LÀ OÙ NAISSENT LES PROPHÈTES

DU MÊME AUTEUR

L'Ivresse du sergent Dida, Le Passage, 2017
Grand Prix SGDL du premier roman 2017

Les Hommes incertains, Le Passage, 2019

www.lepassage-editions.fr

OLIVIER ROGEZ

LÀ OÙ NAISSENT LES PROPHÈTES

roman

LEPASSAGE

À mon frère Marc

I

LES ANGES DE WENDELL

Monrovia, capitale du Libéria

D'habitude, quand il commençait son sermon, les gens s'arrêtaient et écoutaient, car ils espéraient voir les anges. En réalité, le phénomène ne s'était produit qu'une seule fois, mais cette simple fois avait suffi à asseoir sa réputation. Posté à l'angle de la rue Nelson et de l'avenue Sekou Touré, juché sur un vieux casier à bouteilles pour mieux dominer son public, le pasteur Wendell Tubney scrutait les réactions des passants. Il entamait toujours ses prêches par les mêmes phrases à l'efficacité maintes fois éprouvée. « Je suis la voix du Seigneur, notre berger. Il parle par ma bouche aux pécheurs qui ne veulent pas se soumettre à Sa toute-puissance. » La parole de Dieu produisant un certain effet, ces mots attiraient immanquablement la curiosité. Généralement, un premier badaud s'arrêtait, rapidement suivi par un deuxième. Dès qu'il y en avait trois, c'était gagné, *trois* constituait le chiffre magique définissant une frontière entre le couple et le commencement d'un rassemblement. Wendell s'était souvent dit qu'il lui faudrait un jour se pencher sérieusement sur la symbolique des chiffres. Le christianisme ne s'était-il pas construit autour de la sainte Trinité ? songeait-il en grattant par réflexe la petite cicatrice qui remontait le long de sa tempe gauche, geste qui trahissait son impatience à voir la foule grossir.

Si le dimanche les bons chrétiens préféraient s'entasser dans les églises-hangars qui pullulaient en ville, en semaine ils aimaient bien s'arrêter de courir quelques minutes pour écouter les prédicateurs de rue. Une habitude apparue durant la guerre civile, à une époque où la peur de mourir hantait les consciences du soir au matin, et où il fallait bien se rassurer comme on pouvait. C'était au serviteur de Dieu qu'échoyait cette tâche. Quand ce dernier savait choisir les bons mots pour apaiser les cœurs emplis de toutes sortes de craintes liées à la maladie, la mort et l'argent, le chapeau posé à ses pieds se gonflait d'offrandes. Dans le sien, Wendell trouvait souvent ces petits billets froissés qui résumaient la condition humaine sous ces cieux infortunés, coupures crasseuses passées de main en main que personne ne songeait jamais à remplacer par des neuves. Un argent sale, non pas à cause des manipulations, mais par sa nature profonde. L'argent véhicule la cupidité, la misère et les espoirs déçus, il est donc sale par essence. Jésus avait compris le caractère nocif de l'argent, songeait Wendell qui caressait parfois le projet de sermonner sur ce thème tout en sachant qu'il ne le ferait pas. C'était le grand paradoxe, s'il prêchait la pauvreté, il ne mangerait plus à sa faim. Et qui dans ce pays ferait confiance à un pasteur fauché ? Ici, les pasteurs se devaient de rouler en belle voiture, de s'habiller en costume Armani et d'exhiber des téléphones dernier cri. L'époque était aux Églises de Réveil clinquantes et dorées. Pour prouver que l'on était aimé de Dieu, il fallait être riche, la pauvreté constituait *a contrario* la marque des réprouvés. Wendell savait tout cela, ce qui l'amenait à dissimuler constamment son air misérable sous des artifices vestimentaires, gilet, veste et chapeau melon.

Pour retenir les foules, il recourait aussi à l'efficace promesse séraphique. Car il convient de préciser que deux ans auparavant, alors qu'il priait dans le salon de son appartement, les anges lui étaient apparus, profitant des dernières lueurs qui précèdent la disparition du soleil derrière l'horizon. Les cris du jeune pasteur avaient alerté les voisins qui, débarquant en toute hâte, l'avaient trouvé allongé sur le sol, tremblant de tous ses membres, le visage pris de tics et de convulsions, un filet de bave coulant de la bouche. Par la suite, l'un des voisins avait juré sur la Bible avoir aperçu en entrant dans la pièce un être « ailé et lumineux s'échapper par la fenêtre », confirmant ainsi les propos confus de Wendell. La rumeur s'était vite répandue qu'un ange avait atterri à Monrovia, capitale du Libéria. Une première dans l'histoire de ce pays que l'on pensait jusqu'alors oublié de Dieu. Wendell avait hésité à relater l'affaire. Après tout, si Dieu lui envoyait des anges, cela ne concernait pas les autres, et de plus, la morale chrétienne commandait de ne pas faire étalage de ce genre de choses sur la place publique, encore moins d'utiliser un tel événement pour se remplir les poches. Mais les pasteurs concurrents, surtout ceux des Églises de Réveil, n'avaient que faire de cette morale. Sur le marché du fidèle, tous les coups étaient permis pour rallier les vocations et gonfler les rangs. Après s'en être excusé auprès de Dieu, il avait donc grassement payé le témoin providentiel afin qu'il aille raconter son histoire dans les bars de la ville. Les résultats furent à la hauteur et, depuis, les fidèles se montraient généreux avec lui. Même s'ils ne voyaient pas les anges, ils se consolaient en récompensant celui qui avait assisté au miracle. Wendell avait gagné en notoriété dans les rues de Monrovia.

À tous ces gens qui se postaient devant lui, il offrait ce qu'ils étaient venus chercher. Une enluminure à accrocher aux murs d'une journée-prison ; autrement dit, la promesse d'être aimé et protégé par Dieu. Et plus on se montrait généreux avec le pasteur, plus on augmentait ses chances d'attirer sur soi la grâce de l'Éternel. Avec un mouchoir sur sa morale, Wendell vendait du rêve, car le rêve constituait la matière première de l'espoir, et l'espoir était justement ce qui permettait aux hommes de mettre un pied devant l'autre chaque matin en se réveillant. Il se considérait alors comme un serviteur dévoué du Seigneur, et lorsqu'il rentrait chez lui le soir, il pouvait bomber le torse et se regarder dans la glace, même si dans le taudis où il vivait, le miroir ne lui renvoyait qu'une image floue, piquée par la rouille et les saletés.

Mais les journées se déroulaient rarement aussi simplement. La vie était ainsi faite que les épreuves avaient doté cet homme au passé trouble d'une curieuse franchise, ancrant en lui une croyance qui ressemblait à l'antique conviction platonicienne selon laquelle l'individu n'accédait à la vérité qu'après avoir abandonné ses illusions. Wendell n'était pas très grand, mais parfois il voyait plus loin que tout le monde. En vérité, il ne pouvait s'empêcher de rappeler à cette foule attentive qu'avant le Nouveau Testament il existait l'Ancien avec son cortège de prophètes vindicatifs et inquiétants. Ézéchiel, Isaïe, Daniel ou encore Baruch. « Et l'Ancien Testament, c'est quelque chose, répétait-il à ses fidèles. Pas question dans ce texte sacré d'excessives commisérations. On y rend coup pour coup, œil pour œil et dent pour dent. Les rois sont défaits et les batailles s'achèvent dans le sang. Dieu y enseigne davantage la vengeance que l'amour et plus souvent la cruauté que la miséricorde. L'Être suprême en rajoute même à grand renfort de cités détruites, de palais en flammes et de punitions s'étalant sur plusieurs générations ! Ce Dieu, il faut lui obéir au doigt et à l'œil, courber la tête et demander pardon en permanence. » Wendell insistait sur ce point, « l'Ancienne Alliance entre l'Éternel et les hommes se résume à une question de soumission ». Cette manie de vouloir rappeler à tous la cruauté de certains passages de la Bible n'était pas sans rapport avec la vie qu'il avait menée avant sa conversion religieuse.

Il assurait donc le show, juché sur son casier à bouteilles, le chapeau melon posé à ses pieds, son gilet bleu nuit bien boutonné sur sa chemise blanche. Campé sur ses petites jambes arquées, le doigt tendu vers le ciel, il personnifiait la colère divine, donnant de la chair au verbe et de la force au texte sacré. « Faites attention avec l'Ancien Testament, mécréants, votre destin s'y trouve écrit… » Il fallait reconnaître que si quelques rares ouailles acceptaient de payer pour écouter un pasteur leur raconter qu'ils allaient en baver, la grande majorité préférait les bras accueillants d'un Dieu-nounou, parangon de bienveillance. Un Dieu qu'un billet bien lourd glissé dans la poche du prêtre le dimanche arrivait à convaincre, et qui ne se faisait pas constamment prier pour apporter son aide. De fait, à chaque fois qu'il abordait l'Ancien Testament et son catalogue d'imprécations, Wendell s'attendait à des désertions. En général, au bout de quelques minutes, la foule commençait à se clairsemer, les timorés fuyaient laissant le champ libre aux impies, à tous ceux qui goûtaient la violence, aux sadiques que fascinait le démiurge impitoyable de la Bible. C'est alors que fusaient les railleries et les insultes. L'Apocalypse approchait sans tambour ni trompette au rythme croissant des pulsions destructrices de l'engeance assemblée à ses pieds. Wendell avait trop connu la guerre pour ne pas aimer un tant soit peu la bagarre. Dès lors, il répliquait, il argumentait, et quand cela ne suffisait pas, il tonnait, ricanait, jurait. Généralement, le prêche se terminait mal, car arrivait fatalement le moment où, dans un geste théâtral, Wendell fermait le poing pour l'abattre solennellement sur le haut du crâne d'un insolent qui l'avait souillé de ses injures. Hélas, il n'était ni très grand ni très costaud – il s'était d'ailleurs souvent demandé si Dieu ne l'avait pas puni de son passé d'enfant-soldat en l'empêchant d'atteindre une taille correcte. Avant, du temps de la guerre civile au Libéria, il avait toujours une mitraillette AK-47 en bandoulière ainsi qu'une grenade chinoise dans la poche, et personne n'osait la ramener devant son mètre soixante. Mais aujourd'hui, la situation était différente. La lutte avait épuisé les âmes et brisé les familles, et lui, Wendell Tubney, n'était à présent qu'un minuscule soldat de Dieu armé de sa seule Bible. Quand il commençait à s'énerver, il se trouvait toujours un gaillard pour le descendre de sa caisse et lui flanquer des coups de pied au cul. Anges ou pas, ceux-là s'en foutaient. Sa vie était en quelque sorte devenue une pénitence. Il ne la subissait pas, il acceptait de la subir. Dans son esprit, la nuance signifiait beaucoup, car il avait commis trop de crimes dans ce bas monde pour concevoir de s'en sortir comme si de rien n'était.

La veille, l'affaire s'était mal terminée. Alors qu'il menaçait de damnation éternelle une de ses ouailles qui l'avait traité de clown, un délinquant lui avait jeté à la figure une mangue pourrie. Or, la mangue est un fruit vicieux qui contient un gros noyau bien dur, et Wendell l'avait reçue en plein dans l'œil gauche. Profitant de cet aveuglement temporaire, le démon de la colère s'était insinué dans son esprit, et, lui faisant perdre toute retenue, l'avait poussé à insulter copieusement son agresseur. Durant un instant, Wendell avait oublié que l'argot des miliciens agissait immanquablement comme une décharge électrique sur ses compatriotes. La foule s'était immédiatement souvenue de ces phrases diaboliques et de cet accent pidgin que l'on entendait durant la guerre civile, crépitement vocal précédant celui des armes. L'auditoire s'était subitement demandé qui était réellement ce pasteur malingre, si bizarrement accoutré avec son pantalon rapiécé, sa veste trop large qui lui donnait l'air d'un enfant endimanché, sans parler de son curieux chapeau importé d'Angleterre. N'appartenait-il pas à cette caste malfaisante qui avait ensanglanté le pays pendant des années ? Les interrogations contiennent bien souvent l'acte d'accusation, et les gens avaient donc commencé à le regarder avec suspicion. La vengeance s'invitant rapidement au sein d'une foule en colère, Wendell avait préféré décamper sous les quolibets et les crachats pour se réfugier dans une ruelle sombre, parvenant à éviter au passage quelques coups de pied en direction de ses parties génitales. Une fois encore, aucun ange n'était en vue.

Dans sa cachette, il s'était apitoyé un instant sur son sort, comparant exagérément sa condition à la vie des premiers chrétiens morts en martyrs, puis il avait longuement pesté contre ces vauriens qui venaient systématiquement gâcher ses prédications. Après une demi-heure consacrée à apaiser sa colère, il s'était souvenu qu'il avait promis à Mama Djaloh d'aller lui rendre visite pour prier avec elle. Cette ancienne mécréante qu'il avait réussi à convertir à « la seule vraie religion » vivait non loin de la paroisse Saint-Joseph derrière l'université. Entourée de parents musulmans devenus méfiants envers l'apostate, Mama Djaloh réclamait constamment son soutien moral pour ne pas défaillir et finir par reprendre attache avec le Coran. Wendell allait donc lui rendre visite chaque fois qu'il le pouvait. Effectuer une bonne action au service de Dieu, voilà qui devrait plaire aux anges. Il avait décidé d'y aller à pied en passant par la plage. La route était un peu longue, mais Wendell avait besoin d'évacuer la colère en lui. Les hommes, déplorait-il, finissaient toujours par faire ressortir sa part sombre alors qu'il se battait pour effacer son pedigree d'enfant-soldat et gommer ses réflexes d'homme-hyène. Cela faisait quinze ans déjà qu'il s'était promis de ne plus jamais ressentir de haine envers ses semblables, mais ce serment était difficile à tenir. Rares, en effet, étaient les jours où Wendell s'en sentait la force. Quelque chose bouillonnait en permanence au fond de son cœur, une bile et une amertume qui devenaient torrent de lave lorsqu'on l'insultait ou qu'on le maltraitait. C'était plus fort que lui, il n'arrivait pas à affronter sereinement les sarcasmes et les crachats, ni même à encaisser les coups sans broncher. Il n'avait pas la vertu du Christ en chemin pour le Golgotha.

« Mais comment Ton Fils s'y est-il pris ? demandait-il au bon Dieu. Comment a-t-il pu supporter le supplice sans détester les hommes ? » Wendell marchait sur le sable d'un pas nerveux, le soleil frappait le chapeau noir sous lequel s'échauffaient ses pensées torturées. À sa droite, l'Océan ressemblait à une plaque de métal en fusion n'apportant nulle fraîcheur. « Il a pourtant douté, le Christ ! *Mon Dieu, pourquoi m'as-Tu abandonné ?* C'est bien lui qui a dit ça, non ? Et pourquoi l'as-Tu abandonné, salopard ? Pourquoi m'abandonnes-Tu, moi ton serviteur ? » Wendell dialoguait avec Dieu, ou plutôt soliloquait, car il n'entendait nulle réponse, rien d'autre que le ressac et les cris des oiseaux. Et si l'œil de Dieu palpitait dans ce soleil qui frappait si fort ?

Si Dieu régnait dans cette boule de feu qui faisait frémir le sable devant lui, écrasant de toute sa puissance les eaux vives de la mer ? N'était-ce pas là l'explication la plus probable ? Dieu n'avait nul besoin de se justifier, ni auprès des hommes ni auprès de Son Fils. Il dominait le monde, se contentait d'impulser la vie à Ses créatures pour la reprendre ensuite à Sa guise.

En regardant le ciel, Wendell constatait qu'il était devenu jaune. Jaune comme le sable, le soleil ou la langue des malades de l'hôpital central qu'il allait visiter une fois par semaine. Étonnamment, la plage était déserte. Il ne s'expliquait pas ce phénomène, pas plus que la curieuse disparition des embruns iodés qui d'ordinaire parfumaient l'atmosphère. Reprenant le fil de ses pensées décousues, il se demandait pourquoi Dieu poussait les hommes vers le mal pour exiger ensuite l'expiation de leurs crimes. Que signifiait ce système de valeurs pervers ? « Mais non Wendell, Dieu n'est pas pervers ! Pas plus que l'homme ne naît bon ou mauvais. C'est cette nature, ce soleil, ce sable brûlant, ces maladies, ces animaux, cette faim qui le tenaille depuis l'aube des temps, cette soif irrépressible de posséder, voilà ce qui gâte l'homme. Comment rester pur quand il faut se battre pour survivre ? » Perdu dans sa confusion mentale et émotionnelle, Wendell s'interrogeait sur l'origine de l'infinie tristesse qui s'abattait sur lui en une pluie fine. C'est à cet instant qu'il entendit un grondement venu de sa droite. Il tourna la tête dans la direction du bruit assourdissant, mais sans vraiment distinguer quoi que ce soit car autour de lui l'atmosphère baignait dans cette curieuse lumière jaunâtre.

Les cris des oiseaux marins avaient disparu, de même que les embruns entêtants. Wendell ressentait un manque inexplicable. Alors que le grondement se transformait en un sifflement de serpent, il réalisa enfin l'horrible chose qui s'était produite sur l'Océan. Un phénomène comme il n'en avait jamais vu, un événement si incroyable qu'il ne pensait pas qu'il puisse exister ailleurs que dans les pages de la Bible, à moins qu'il s'agisse d'une monstruosité démoniaque destinée à lui faire perdre la raison, car il fallait être devenu fou pour voir ce qu'il voyait en cet instant.

La mer venait de s'ouvrir en deux, de façon biblique, littéralement. Deux gigantesques falaises d'eau s'étaient écartées, découvrant une vaste plaine de sable blanc sur laquelle gisaient des poissons agonisants, des crustacés et des étoiles de mer par centaines. Au milieu de cette désolation se dressait un immense glaive planté dans le sable, ceint d'une couronne de flammes. Wendell en eut le souffle coupé. Il se tordait le cou pour tenter de voir le sommet de cette épée colossale. Quelques mètres au-dessus de la pointe, sept anges majestueux déployaient leurs ailes au firmament, leurs yeux de diamant fixant avec une cruelle intensité une bête à dix cornes et sept têtes qui flottait, elle aussi, dans le ciel jaune. Cette vision apocalyptique lui asséna un tel choc qu'il en tomba à genoux. Son chapeau melon glissa de son crâne, il sentit alors une main de plomb, la poigne de Dieu à n'en pas douter, se poser sur sa nuque. Wendell se mit à trembler. « Seigneur ! Pardonne-moi d'avoir blasphémé ! » Il tentait de joindre les mains pour prier dans l'espoir d'apaiser le divin courroux, mais prises de convulsions, elles ne lui obéissaient plus. Affolé, le jeune pasteur cherchait désespérément son calme dans les décombres éparpillés de son courage. Il comprit qu'il n'était pas au bout de ses surprises lorsqu'il entendit distinctement les sons des trompettes du Jugement dernier résonner dans l'air devenu suffocant. Le bruit assourdissant transforma la peur en panique dans le cœur de Wendell. Des voix s'élevèrent, disant : « Nous sommes les anges du Seigneur qui versons sur ta tête la coupe pleine du sang que tu as répandu pour la Bête. Repens-toi, sinon tu boiras le sang jusqu'à ce que ton ventre éclate et que la mort te submerge. » Que se passait-il ? Était-ce la fin du monde ? Le jour du Jugement dernier ? Pourquoi ? Pourquoi maintenant ? De quoi s'était-il rendu coupable – en dehors de la ribambelle de crimes odieux qui pesaient sur sa conscience depuis ses onze ans – pour vivre une telle horreur ? Il s'effondra sur le sable, convaincu que l'ire divine allait le submerger.

Wendell s'apprêtait à mourir et, terrorisé, ne tentait même pas de finir sa vie dignement. Mais rien ne se produisit. Les trompettes se turent et les croassements des oiseaux marins revinrent emplir l'atmosphère. Dans un réflexe de survie, il se mit à ramper vers les maisons qui bordaient la plage. Confusément, il demanda pardon à l'Éternel pour ses crimes, pour avoir eu peur de la mort, du Jugement dernier et de l'enfer, pour avoir douté de Lui, et L'avoir imprudemment insulté. Il n'aurait pas dû Lui reprocher d'avoir abandonné Son Fils, ces questions ne le concernaient pas, et ce n'était pas lui, criminel de guerre repenti, qui était en droit de condamner le Seigneur. Il finit par atteindre une ruelle sale entre deux murs de béton noircis de moisissures. Il se laissa choir sur un tas de cartons malodorants. Une dernière sensation l'accompagna dans son évanouissement, celle d'un liquide qui coulait entre ses jambes.

La nuit-laminoir lui passa sur le corps avec son cortège de cafards et de rats. Peu avant l'aube, il ouvrit un œil sans parvenir à distinguer autre chose que de vagues taches de lumière. Sa tête le faisait souffrir, de même que sa peau, rêche comme un linge séché sur une pierre au soleil. L'odorat était le seul de ses cinq sens à fonctionner à peu près normalement, il le regretta aussitôt, car il fut brusquement assailli par des effluves écœurants. Wendell se demandait si ces odeurs étaient les siennes, ou si elles n'appartenaient pas plutôt à quelque compagnon d'infortune lui aussi frappé du glaive divin, et qui tout comme lui se serait vautré dans la fange de cet endroit insalubre, royaume d'insectes répugnants et de rongeurs maudits par la Bible. Il se souvint alors dans les moindres détails de sa vision, et en éprouva de l'épouvante. « Le monde existe-t-il encore, s'interrogea-t-il ? Je dois être en enfer. » Un rapide coup d'œil circulaire infirma cette pensée. Wendell se redressa. Sur l'horizon, la nuit devenait bleue, le jour n'allait pas tarder à se lever. Mais il n'arrivait pas à s'extirper de son matelas de cartons ni de la camisole de douleurs physiques et de souffrance psychique qui emprisonnait son être. Il tenta de bouger un bras, sa main rencontra un objet froid, lisse et arrondi. C'était une bouteille de bière. Il regarda la cannette quelques secondes, puis l'attrapa. Un cadeau du ciel ! Finalement, Dieu ne l'avait pas maudit. Ravi de cette découverte, Wendell décapsula le flacon d'un coup de dents et ingurgita son contenu aussitôt. Dans la relative fraîcheur de l'aube naissante, il frissonna avant de lâcher un rot. Son âme titubait au bord du jour, ses yeux se fermèrent. Perdant toute notion de la réalité, il se laissa sombrer dans les profondeurs dantesques de sa psyché.

Soudain, une main le pressa et secoua son épaule, une voix lointaine prononça son prénom. Wendell n'eut pas besoin d'ouvrir les yeux pour comprendre que cette main qui le touchait ne présentait aucun danger, en effet si quelqu'un avait voulu lui faire du mal, il se serait réveillé avec une douleur atroce sur la tête ou dans le bas-ventre. Dès lors qu'il eut constaté que ses bourses et son crâne étaient sains et saufs, il se désintéressa de la situation. Qu'on lui fiche la paix, c'est tout ce qu'il demandait. La main insista et s'agrippa à son épaule, la voix recommença à prononcer son nom.

– Wendell, Wendell, vous êtes bien Wendell Tubney ?

Qu'est-ce qu'il en savait ? Et s'il n'était pas Wendell Tubney, mais quelqu'un d'autre ? Un homme qui aurait eu plus de chance, enfin pas plus de chance, mais moins de malchance. Un homme qui n'aurait pas eu l'âme déformée dès l'enfance dans l'étau d'une guerre civile, et qui aurait pu se consacrer à Dieu, ou à la mécanique, ou à l'enseignement, à n'importe quoi d'autre qu'à tuer. Un Wendell qui l'aurait rendu fier et qui aurait porté la parole de Dieu non pas pour oublier un passé innommable, mais par vocation.

Hélas, il n'était pas ce Wendell-là, ni celui d'avant, plutôt une forme dégradée, polluée, viciée, inapte au combat, impropre à la vie, un sac de crimes inavoués et de mensonges retenus, un Wendell qui n'arrivait pas à expier et qui ne savait comment aborder son avenir. Malgré ses grognements censés repousser l'intrus, il comprit qu'il ne pourrait pas échapper à cette main agaçante comme une mouche. Il souleva donc une paupière.

Ce qu'il entrevit alors le plongea dans un ravissement surprenant. Un ange ! Il avait face à lui un ange, ou plutôt « une » ange, car c'était manifestement une femelle avec des cheveux bruns, des yeux bleus, flirtant avec le gris, et un visage ovale si pâle qu'il en était émouvant. C'était exactement comme cela qu'étaient représentés les anges du bon Dieu dans la bible illustrée que lui avait offerte, il y avait bien longtemps déjà, le pasteur Johnson, l'homme qui l'avait sorti de la guerre pour l'immerger dans la religion. C'était une figure en tout point semblable à celle qu'il avait vue chez lui, ce fameux jour où les anges lui étaient apparus. « Les séraphins n'ont pas les cheveux crépus, ni la peau noire, ni les yeux injectés de sang comme moi, se disait-il. Ils laissent flotter leurs cheveux lisses, arborent un visage rayonnant de pureté intérieure et affichent un regard doux. » Ses anges d'importation christiano-biblique étaient enfin revenus ! Peut-être même que celle-là était une sorte d'archange porteuse d'une missive divine, s'imaginait-il. Malgré l'orgueil contenu dans cette hypothèse qu'il regretta aussitôt, car l'orgueil constitue un péché, il se réjouissait. Cette révélation l'extirpa de son demi-sommeil, il reprit ses esprits et observa plus attentivement la figure penchée au-dessus de lui.

C'est alors qu'il réalisa que le visage de sa messagère présentait quelques ridules, un regard dur et des lèvres pincées. De plus, elle fronçait les sourcils. « Depuis quand les anges froncent-ils les sourcils, s'interrogea Wendell ? Et depuis quand ont-ils des rides ? Un ange se doit d'avoir la peau lisse comme le cul d'un nourrisson. » Cet ange n'en était pas un, conclut-il, ce n'était qu'une emmerdeuse de Blanche, une missionnaire ou une baratineuse d'ONG qui voulait sauver son âme en enveloppant la pauvre Afrique de sa compassion. Une tristesse insondable s'abattit sur lui. Wendell sentait les larmes remonter le long de ses sinus. La déception était à la hauteur de l'espoir suscité par l'apparition et son goût mille fois plus amer que le mauvais vin que boivent les catholiques à la messe. Il décida de fermer les yeux et de ne plus répondre, le faux ange n'avait qu'à dégager. Cependant, la voix persévérait :

– Wendell, j'ai besoin de vous, réveillez-vous ! Vous ne pouvez pas rester ici, Dieu réclame votre aide. Il m'a guidée jusqu'à vous, vous devez m'écouter.

Pourquoi insistait-elle, se demandait Wendell ? Qu'est-ce que c'était que cette histoire ? Il avait beau n'être qu'un prêcheur de rue, un pasteur sans toit, lorsque l'on invoquait Dieu sous son nez, il tendait l'oreille, et si de surcroît on prétendait être envoyé par Lui, alors il était impossible de ne pas écouter. Wendell était peut-être un homme imparfait, il demeurait cependant un bon chrétien. On lui avait enseigné que Dieu pouvait décider de parler directement à Ses créatures, ou confier ce soin à des anges, ou utiliser tout autre moyen. Il avait le choix, c'était Lui qui fixait les règles. Il pouvait donc fort bien lui envoyer une femme à la fausse gueule d'ange, histoire de brouiller les pistes et de s'amuser un peu avec lui.

Wendell ouvrit donc les yeux, redressa le buste, et se retrouva nez à nez avec cette femme qui le regardait, étonnée. Sur son visage, il lisait, non pas le dégoût comme il s'y attendait, mais le reproche, celui que l'on adresse silencieusement à un ami qui se laisse sombrer faute d'avoir le courage de nager. Il la contempla un instant et s'attarda sur de longues mèches brunes qui flottaient au vent. Le front large et les pommettes hautes témoignaient d'une intelligence certaine, tandis que le menton volontaire portait une petite cicatrice. Cette cicatrice leur faisait un point commun, songea-t-il en éprouvant dès lors un peu plus de sympathie pour cette inconnue. Elle ne manquait pas de cran, car il n'était pas reluisant, pensa-t-il honteusement. Elle aurait dû s'enfuir en courant, et pourtant elle restait là, il y avait forcément une bonne raison. À leur tour, les deux yeux bleus le scrutèrent attentivement, s'attardant sur son visage à la rondeur juvénile, pour se poser ensuite sur son large nez, glisser sur sa peau grêlée de taches pigmentaires, avant enfin de s'accrocher à la cicatrice qui ornait sa tempe. Wendell n'était pas très beau, mais il possédait un charme surprenant. Le charme d'un pasteur à la fois profond et léger, amical et intimidant.

Réalisant qu'il était désormais bien éveillé, la femme s'écarta quelque peu et lui demanda de se lever. Mais Wendell décida de se faire désirer. Ça lui apprendrait à se déguiser en ange. Il ronchonna, fit mine de se lover dans ses cartons comme s'il dormait entre de délicieux draps de coton.

– On est dimanche, non ? Alors, laissez-moi roupiller.

Il eut à peine le temps de fermer à nouveau les yeux qu'il sentit deux bras le saisir et le redresser avec une facilité déconcertante. Wendell poussa un cri.

– Hé quoi ! Qu'est-ce que vous me voulez ?

Un gaillard aux bras puissants l'avait soulevé comme il devait soulever chaque midi son assiette de riz. Il se tenait désormais aux côtés du pseudo-ange qui, en comparaison, paraissait minuscule. Wendell vacilla quelque peu, puis retrouva son équilibre.

– Qui êtes-vous ? Que me voulez-vous ? Pourquoi vous m'emmerdez comme ça ?

Une comète traversa le ciel brumeux de son esprit. Il se demanda s'il ne fallait pas commencer à avoir peur. Mû par un réflexe ancien, Wendell chercha des yeux une échappatoire dans l'arrière-cour où il avait passé la nuit. Pourtant, rien dans l'attitude des deux importuns ne laissait présager une quelconque malveillance. Au contraire, le grand gaillard lui souriait chaleureusement, et la femme présentait ses paumes pour signifier qu'elle ne lui voulait aucun mal. Elle se prénommait Frances, dit-elle d'une voix rapide, légèrement nasillarde, et elle était américaine. Cette entrée en matière éveilla la curiosité de Wendell. Une Américaine ? C'était peut-être son jour de chance, ces gens-là étaient bourrés d'argent. La suite de son propos le plongea dans un océan de perplexité :

– C'est vous que je cherche, Wendell. Je parcours la ville depuis des semaines pour vous trouver. Vous êtes celui qu'Il a choisi pour Son grand dessein.

2
LE CANTIQUE DE FRANCES

Frances évaluait Wendell d'un œil méfiant. Cet homme serait donc celui qui devait tirer l'Afrique des griffes du diable ? Elle commençait à douter. Et si ses sœurs et ses frères de l'Église de la Foi Rédemptrice lui avaient raconté n'importe quoi ? S'ils s'étaient trompés ? S'ils s'étaient moqués d'elle ? Elle ne savait plus quoi penser.

– Vous êtes bien Wendell Tubney ? Le pasteur Wendell Tubney ? insista-t-elle.

Wendell acquiesça du menton avant de lui demander d'un ton bourru ce que ça pouvait bien lui faire. L'Américaine tentait de cacher sa déception. Elle avait traversé l'Afrique de l'Ouest à la recherche de l'homme qui pourrait accomplir le Grand Œuvre, du sauveur d'âmes que les boussoles évangéliques lui avaient indiqué, et voilà qu'elle tombait sur ce gnome qui sentait l'urine, et sans doute d'autres choses moins avouables. Elle éprouvait de la colère et de l'amertume. « Les voies du Seigneur sont impénétrables », pensa-t-elle. Ou peut-être était-ce un tour du Malin ? Satan jouerait-il avec elle ? Son regard devint dès lors incisif. Elle savait qu'elle pouvait être très impressionnante rien qu'avec ce regard, c'était l'une de ses armes les plus efficaces. On ne sillonne pas l'Afrique et le monde pendant vingt ans sans avoir dans sa besace quelques gousses d'ail pour maintenir à distance les hommes-vampires, ces hyènes en rut. Frances avait travaillé pendant des années auprès des pauvres et des nécessiteux dans les faubourgs de Nairobi, Lagos, Abidjan, côtoyant le désespoir et la misère bien plus souvent qu'à son tour. Distribuer des médicaments le soir dans les gares routières des grandes villes revenait pour une jeune et jolie femme à accepter le risque de se faire entraîner dans un cul-de-basse-fosse par un groupe d'hommes avides. Son regard l'avait tirée de bien des situations périlleuses. Une fois, une seule, il n'était pas venu à son secours. Et c'était depuis un perpétuel cauchemar dont elle ne pourrait jamais totalement effacer la trace.

L'homme devait avoir vingt-cinq ans, tout au plus. Sa lippe inférieure tremblait, son front était couvert de sueur, son haleine empestait l'alcool. Ses mains puissantes l'avaient violemment plaquée contre la calandre du camion jusqu'à lui couper le souffle. Elle se souvenait encore de la couleur du camion, un rouge vermillon taché de rouille. Il avait relevé sa jupe, arraché sa culotte. Un sexe dur, presque métallique, l'avait ensuite déchirée. Serrant les mâchoires, elle s'était débattue, pas question de céder ni de capituler sans combattre. Devenues griffes, ses mains avaient lacéré le visage de son agresseur, devenues crocs, ses dents avaient voulu le mordre, avant qu'une volée de coups n'éteigne sa résistance. Le viol n'avait pas duré plus de dix minutes, mais son souvenir l'avait longtemps submergée. Le sexe dévasté, l'esprit vaincu, le corps meurtri, elle avait pleuré toute la nuit. De honte, de douleur, de tristesse. « Dieu, où étais-Tu ? » Dieu n'avait pas été là. « Pourquoi ? » s'était-elle demandé. Pourquoi l'avait-Il abandonnée ? Pour tester sa foi ? C'est ce qu'avait suggéré plus tard son frère, le pasteur Daniel Miller. Mais à quoi bon la mettre ainsi à l'épreuve ? Il n'y avait pas plus croyante qu'elle. Elle se consacrait à Dieu depuis qu'elle était enfant, sa vie se résumait à prêcher la bonne parole. Des dizaines d'hommes et de femmes avaient été convertis par ses soins ; de plus, elle ne péchait ni par orgueil ni par vanité, alors quoi ? Dans quel but Dieu avait-Il placé sur sa route cette incarnation du diable ?

Jusqu'alors, le Seigneur avait été pour elle l'objet d'un amour absolu et inconditionnel. Lorsqu'elle s'abandonnait à la prière, se produisait en elle un troublant phénomène. Les mots, trop souvent chargés d'attentes flétries et de ferveur factice, perdaient leur sens, l'amour qu'elle ressentait pour Lui n'avait pas besoin de langage, de texte ou de Bible, la pureté de ses sentiments entièrement dirigés vers le Seigneur éclaircissait son âme. Sa dévotion était impatiente et Dieu y répondait en la guidant vers des territoires connus d'elle seule où elle découvrait la signification du bonheur. Cette relation n'avait jamais rencontré ni doute ni absence car Dieu l'accompagnait avec la fidélité d'un vieux domestique, veillant derrière son épaule. Cet amour partagé constituait l'unique voie possible, et si Frances s'en était vu proposer une autre, elle se serait enfuie en courant.

Pourtant, il y avait eu ce cauchemar, cette incompréhensible torture.

D'autres auraient perdu la foi ou sombré dans le désespoir, mais Frances s'était acharnée à chercher une réponse. Jusqu'au jour où elle avait compris : son agresseur ne partageait pas sa religion. Il voulait même la punir d'être chrétienne, jugeait-elle. Dieu l'avait effectivement mise à l'épreuve, et cette découverte fut un soulagement. Ce qui lui était arrivé n'était pas le fruit du hasard, il y avait une logique profonde à ce drame. Elle pouvait désormais donner un sens à ce qui n'en avait pas, sans remettre en cause ni ses croyances ni son système de valeurs. Ce fut pour Frances le début de la renaissance, d'une deuxième naissance même, puisque la personne qui venait de retrouver le monde après des mois de souffrance et d'interrogations n'était plus la même. Frances avait changé sur un point : elle avait maintenant une mission.

Depuis, remuant ciel et terre, questionnant des dizaines de pasteurs, de prêtres, d'évangélisateurs, elle cherchait celui ou celle qui allait l'aider à accomplir la tâche qu'Il avait choisie pour elle. Elle avait eu besoin de deux années pleines, de multiples voyages entre Lagos et les villes environnantes, jusqu'au jour où un certain révérend Wilburg Mackenzy, tout juste arrivé d'une province rurale du Libéria, lui avait parlé d'un jeune homme extraordinaire dont les prêches enflammaient les esprits, et qui vouait sa vie à arpenter les rues pour annoncer Sa venue. Un pasteur qui, disait-on, parlait avec les anges. Grâce à ses contacts au Libéria, Frances s'était renseignée sur cet homme. Le connaissait-on ? Qui était-il ? Plusieurs témoins lui avaient confirmé ce qu'elle avait d'abord supposé n'être que vaines superstitions comme il en naît souvent chez les croyants. Wendell Tubney aurait reçu de Dieu le don miraculeux de convertir les âmes. De plus, ancien soldat repenti, il ne craignait pas la guerre et savait se battre au nom de sa foi. Elle s'était donc mise en route depuis Lagos à sa recherche sans jamais envisager qu'elle eût pu se tromper d'homme.

Frances était née trente et un an auparavant dans le Missouri au sein de la famille du pasteur Franck Miller. Un foyer uni par la ferveur religieuse et bâti sur un socle de valeurs protestantes ayant traversé intactes le temps et l'espace depuis cette Suisse calviniste du XIXe siècle d'où était parti son ancêtre, Jeronimus Miller.

Il convient de suivre le périple accompli par cet aïeul, équipé d'une bible pour seule boussole lorsqu'il parcourut les océans puis les plaines du Missouri, pour comprendre à quel point la croyance en Dieu représentait pour ce migrant européen une armure indestructible qu'il transmettrait par la suite à ses enfants. Bien des générations sont passées entre l'arrivée en Amérique de Jeronimus Miller et la naissance de Franck, pourtant ils ont contemplé l'horizon avec les mêmes yeux emplis d'une égale confiance en la Providence divine chargée de guider leurs pas. Les années qui les séparent n'ont pas affaibli leur quête évangélique, celle qui leur a donné les arguments pour bâtir impitoyablement sur le cadavre des nations indiennes un pays orgueilleux. À travers les siècles, leurs iris bleu-gris, leur nez retroussé et leurs mèches claires dessinent une curieuse symétrie indiquant que cette lignée ne mélange pas son sang, pas plus qu'elle ne dissout sa foi dans des principes philosophiques ou moraux rencontrés chemin faisant. L'Amérique puritaine doit à ces hommes l'étrange paradoxe d'une société à la fois libertaire et rigoriste où nul n'admet les entraves collectives et où chacun s'impose parfois jusqu'à l'automutilation les psychoses produites par le huis clos étouffant du cercle domestique. Car la famille constitue le second pilier pour ces hommes, libres dans leur géographie autant qu'ils sont prisonniers de leur histoire. Le foyer, pour eux, étant conçu comme la réplique en miniature du royaume des cieux, où les pères, juges suprêmes et bergers omnipotents, veillent sur leurs brebis avec une autorité n'acceptant nulle contestation et avec une morale rigoureuse dont ils se veulent les sentinelles inflexibles.

Franck Miller avait-il conscience de cet atavisme au moment où il prit les grandes décisions qui engagèrent l'avenir des siens ? Nul ne peut le dire avec certitude. On sait, en revanche, qu'il fut tenté durant sa jeunesse de rejoindre une communauté amish avant de réaliser que sa curiosité pour la marche du monde lui interdisait de vivre comme au XIXe siècle. « Au fond, avait-il fait remarquer à de nombreuses reprises, le Christ a choisi de parcourir la terre, et non de s'enfermer dans un monastère. » Ces mots illustraient les deux traits de caractère qui rapprochaient Franck Miller de son aïeul : sa soif d'aventures et son esprit missionnaire. À mesure que son foyer se solidifiait, l'évangélique se mit à concevoir le projet fou de partir vers un autre continent et d'y fonder une congrégation pour répandre Sa parole là où Sa lumière n'avait qu'imparfaitement pénétré. C'est ainsi qu'un beau matin, il décida d'emmener son épouse Adriana et leurs trois enfants vers l'Afrique. Frances n'avait pas dix ans, Daniel et Esdras allaient respectivement sur leurs huit et six ans.

C'est dans la ville de Kisumu, sur les bords du lac Victoria, au Kenya, que Frances et ses frères passèrent donc la plus grande part de leur enfance. Cette bourgade rurale parsemée de vergers leur apparut immédiatement comme l'allégorie parfaite du jardin d'Éden dont parlait à foison leur livre de chevet. Une terre bénie où le lait et le miel coulaient en abondance, fruits généreux d'un peuple industrieux, paisible et joyeux. Franck Miller érigea promptement l'Église de la Foi Rédemptrice grâce aux dons de fidèles américains qui du haut de leurs orgueilleuses paroisses contemplaient fièrement l'installation des leurs au-delà des mers. Déployant une énergie affûtée par son esprit de pionnier, Franck Miller construisit en un temps record une série de bâtisses impressionnantes. À côté du temple proprement dit, l'édifice principal était constitué d'une vaste demeure en bois protégée du soleil par de majestueux acacias, faisant face à un petit dispensaire où travaillait un jeune docteur recruté à Nairobi. Ce fut le paradis de Frances, le cocon où elle s'éveilla à Dieu. À cette époque, elle priait de tout son être, avec cet ardent abandon que l'on retrouve chez certaines religieuses européennes que l'Église catholique éleva au cours des siècles au rang de saintes et de béates.

Après des années de croissance, la florissante communauté parut trop étroite aux yeux de l'entreprenant évangélique. Poussé par ses sponsors américains, il décida qu'il était temps d'essaimer vers d'autres contrées. Dieu lui avait donné trois enfants afin qu'ils poursuivent son œuvre. Il confia donc à Daniel et à Frances, devenue une jeune femme dynamique, la tâche d'implanter l'Église en Afrique de l'Ouest. Ce projet enthousiasma d'emblée son aînée qui s'y lança avec optimisme et énergie. Arrivée au Nigéria à la fin de l'année 2010, en compagnie de son frère cadet, Frances fut le moteur d'une nouvelle communauté de fidèles.

Nourrie depuis toujours aux injonctions missionnaires, elle ne tarda pas à forger le projet d'installer son Église plus au nord du pays, sur les terres d'islam gouvernées par les émirs, les lamidos et les sarkis qu'elle pensait, dans son innocence juvénile, pouvoir convertir au christianisme. Franck Miller avait scrupuleusement veillé à l'éducation religieuse de sa fille, mais il avait oublié de lui enseigner que la vie emprunte souvent des chemins déplaisants.

Un beau jour, elle posa ses valises dans un faubourg de la ville de Kano, dans l'État du même nom, l'un des plus vastes de la fédération nigériane. Débuta alors pour elle une longue période d'épreuves, marquée au départ par l'hostilité des populations envers cette missionnaire chrétienne, puis par une forme d'indifférence, peut-être plus cruelle encore. Elle travaillait d'arrache-pied, bataillant contre la faim et les maladies endémiques, arpentant les quartiers insalubres et les zones abandonnées par l'État. Son énergie et son altruisme finirent par lui attirer de nombreuses sympathies. Et si le temple restait désespérément vide à l'heure des cultes, en revanche le petit dispensaire ne désemplissait jamais. Le temps forgea autour d'elle l'habituelle armure de ceux qui sont trop exposés à la souffrance humaine. Si Frances demeurait sensible aux malheurs qui frappaient les plus vulnérables, cette violence ne constituait désormais plus pour elle un choc destructeur. Elle parvenait à en surmonter les effets, tout en préservant ses qualités d'empathie et de compassion. Cet équilibre émotionnel prévalut jusqu'au jour maudit où elle expérimenta dans sa chair la douleur et le mal.

Ce jour tragique où un chauffeur routier venu de Maiduguri abusa d'elle représenta son premier contact direct avec Satan, confia-t-elle par la suite à son frère, le pasteur Daniel. Sa vie jusqu'alors exclusivement consacrée à Dieu s'était peu à peu fissurée. À partir de ce moment, tout avait basculé. La violence masculine, l'exploitation des faibles par les plus forts et l'inhumanité d'une partie des gens qui l'entouraient lui apparurent comme des fléaux sataniques destinés à saper l'œuvre de Dieu. Après sa terrible épreuve, Frances ne se détourna pas de l'espèce humaine comme on aurait pu le redouter. Elle poursuivit ses actions humanitaires dans les bas-fonds des grandes villes, mais elle était devenue méfiante, intransigeante et dure, en particulier avec les tenants de « l'autre foi », les musulmans, dont elle ne voyait plus ni la piété ni les engagements charitables. Aveuglée par les fantasmes colportés à leur propos dans sa communauté, son âme s'était emplie d'un mal jusqu'alors inconnu dans cette famille tolérante. Dans ses veines s'était mis à couler le venin de la haine. Elle aurait dû s'en ouvrir à son père et à son frère Daniel. Ensemble, ils auraient cherché des solutions, et prié pour ramener la paix dans son cœur, mais Frances s'était repliée dans la solitude de son malheur. C'est à cette période de sa vie que son regard s'était paré d'un éclat adamantin d'une dureté impressionnante. C'est aussi à partir de là qu'elle s'était mis en tête de chercher un homme ou une femme qui pourrait l'aider à mener à bien le projet qui germait dans son esprit.

Elle portait maintenant ce regard sur Wendell, espérant sans trop y croire que le nabot allait se muer en soldat de la foi. Au bord du découragement, elle attendait un signe. C'est alors que se produisit un miracle. À l'instant où le jeune homme s'extirpait de son lit de misère, le premier rayon du jour vint frapper son visage, illuminant un sourire si beau, si pur, si profond qu'elle en eut le souffle coupé. Une telle image, en ce moment précis, balaya ses appréhensions. Wendell n'apparaissait plus comme le semi-cadavre clochardisant dans une infecte arrière-cour, il était devenu un frère de Jésus, un enfant de Dieu en proie à la lutte permanente contre le démon, qui est à la fois l'explication de la condition humaine et la preuve de l'existence du Seigneur. Frances s'adoucit, prise d'une compassion inattendue, elle posa sa main sur le visage de l'homme, qui se mit à pleurer.

Wendell n'avait pas su retenir ses larmes. Le geste de la jeune femme avait percé un tunnel jusqu'au plus profond de son cœur pour y faire entrer un peu de cette lumière qui lui manquait depuis tant de jours. Épuisé par sa misérable existence, ce pasteur sans église, éternel errant d'une nation qui, subodorant son passé sulfureux, lui refusait la rédemption, arrivait à bout de forces. L'idée qu'il puisse représenter un espoir pour d'autres et que le Seigneur lui ait assigné une tâche agissait comme un puissant stimulant. Wendell secoua ses membres, épousseta son pantalon et sa chemise, ramassa son chapeau melon, le cala sur sa tête et prononça cette phrase :

– « Qui est celle qui apparaît comme l'aurore, belle comme la lune, pure comme le soleil, mais terrible comme des troupes sous leurs bannières ? »

Frances sourit à l'évocation du Cantique des Cantiques et répondit avec les mots de Jean Calvin :

– « Fais-moi entendre, dès le matin, Ta bonté, car je me suis confié en Toi. Fais-moi connaître le chemin où je dois marcher, car j'ai élevé mon âme à Toi. »

3
LA POUSSIÈRE DES RÊVES

Mokolo, nord du Cameroun

À très exactement trois mille sept cent trente-quatre kilomètres de Monrovia, aux abords du village sahélien de Mokolo, dans la région septentrionale du Cameroun, le vent soulevait une petite tornade. Depuis le seuil de sa maison, Laya observait l'arabesque de poussière ocre qui s'approchait d'elle. Mentalement, la jeune fille lui intima l'ordre de déguerpir, car elle n'avait pas envie de recommencer à balayer, une fois de plus, les feuilles mortes et autres débris qu'en cette saison le vent amassait à sa porte. Laya était adossée au chambranle de la porte mal ajusté dans une maçonnerie rudimentaire, son pagne tissé serré à la ceinture laissait entrevoir ses jambes fines et musclées. Le tee-shirt blanc que lui avait offert son père pour ses dix-sept ans dessinait les courbes d'un corps harmonieux et vigoureux. Cette vibration juvénile se traduisait le jour par de longs soupirs et la nuit par des rêves envahissants qu'elle préférait cacher à ses parents. Inutile de les alarmer en leur avouant qu'elle songeait à fuir Mokolo et partir vers d'autres villes, d'autres terres, partout ailleurs pourvu qu'elle fût loin de ce paysage rocailleux, sec et monotone, de ces champs de mil si arides qu'il fallait travailler et retravailler des jours durant sous le soleil ardent pour en tirer une maigre moisson.

Ils ne pouvaient comprendre son besoin d'évasion. Une telle aspiration n'entrait pas dans les habitudes de ces paysans dont l'ambition se limitait à rêver d'une fenaison prodigieuse ou d'un cheptel sain. À ces enracinés, l'horizon suffisait. Il était circonscrit par le périmètre de la ville de Mokolo, puis plus loin par l'ourlet de champs, et encore au-delà par le bourrelet des monts Mandara qui dressaient leur masse sombre aux sommets rabotés par les vents le long de la frontière avec le Nigéria. Laya ne jugeait pas les siens, au contraire, elle respectait leur dévouement et leur courage, mais l'autarcie dans laquelle ils vivaient avait engendré des esprits taciturnes, aussi imperméables à la joie que ceux des troupeaux de zébus qui mâchonnaient à longueur de journée le souvenir de gras pâturages. Cette austérité ne lui ressemblait pas. Elle se sentait étrangère, trop gaie, trop libre et trop vivante. Elle aurait voulu pouvoir détester les habitants de Mokolo, cela aurait été tellement plus commode pour quitter cette région, mais elle n'y arrivait pas. Elle aimait sa famille qui l'aimait en retour. Or, l'amour complique toujours tout, surtout lorsque l'on a envie de fuir.

Laya arborait un sourire satisfait. La petite tornade s'était dispersée quelque part sur le chemin qui menait au centre de la ville. Mais son soulagement fut de courte durée, car déjà elle voyait poindre depuis la plaine un autre danger. Cachant le soleil, un gigantesque rideau s'avançait à vive allure. Cette fois-ci, c'était une véritable tempête de sable. Mieux valait rentrer et attendre que le fléau s'éloigne. Laya ferma précautionneusement la porte en bois, tentant de bloquer les battants grossiers. À peine était-elle abritée que la bourrasque s'abattit sur sa maison. En fouettant la porte, le vent crissait comme les grains de millet passés au tamis. L'air sentait le silex et des odeurs poivrées apportées depuis les lointains déserts du Nord. Laya était coupée du monde, mais cette impression ne la dérangeait pas. L'obscurité qui avait envahi la pièce restait à la périphérie de son âme. Elle allait profiter de l'isolement pour se distraire, fredonner des ritournelles apprises auprès de sa grand-mère, ou réciter les poèmes qu'à l'école le maître qualifiait de sublimes. La solitude, cette denrée rare, Laya la thésaurisait au fond de son cœur pour les moments où la famille réunie chassait irrémédiablement par ses rires et ses cris toute possibilité d'intimité.

Elle s'allongea donc sur son lit, contempla un instant la photo du footballeur vedette de l'équipe nationale que lui avait donnée son cadet, s'apprêta à allumer le petit poste de radio, quand elle entendit toquer à la porte. Surprise, elle se redressa. Qui osait ainsi se promener dehors par un temps pareil ? Peut-être était-ce l'un de ses frères, mais pourquoi n'entrait-il pas ? Ce devait plutôt être Abdoulaye, son cousin si timide que d'ordinaire, lorsqu'on lui proposait d'entrer, il continuait à hésiter sur le seuil par peur de déranger. Trois coups résonnèrent encore. Laya se leva et tendit l'oreille, ses pensées se bousculaient, il y avait tant d'histoires dans la région en ce moment avec les djihadistes de Boko Haram qui sillonnaient le nord du Cameroun ; d'ailleurs ses parents ne lui avaient-ils pas déconseillé d'ouvrir aux étrangers ? Les coups se répétèrent. Laya s'était avancée jusqu'à la porte, sans bruit, afin que l'inconnu, de l'autre côté, ne puisse deviner qu'elle était là. Elle épiait, elle écoutait le vent souffler, elle analysait chaque détail, le moindre son, pour déchiffrer si ce vent apportait un péril ou un naufragé. Laya était tiraillée entre la curiosité et la prudence. Mais la peur n'habitait pas son âme juvénile et donc intrépide. On n'abandonnait personne dehors par un temps pareil, lui avaient enseigné ses parents. Elle se décida donc à ouvrir.

Dans l'encadrement de la porte, la première chose qu'elle vit fut son turban, enroulé sur sa tête, ne laissant apparaître que ses yeux. Deux iris étonnamment clairs, sans joie ni peine, et dont la fixité trahissait des hantises secrètes. Laya détailla l'individu dans l'embrasure. Un grand corps, presque filiforme, des jambes maigres et des bras noueux qui accentuaient l'impression misérable. Son boubou sale et usé témoignait de ses habitudes frugales, et le bâton de marche qu'il tenait confirmait sa vocation de pèlerin. Il restait silencieux, se contentant de regarder Laya. Les usages de l'hospitalité, le mauvais temps ainsi que l'autorité patriarcale œuvraient en sa faveur. Docilement, Laya finit par s'écarter pour le laisser entrer. À sa suite, s'engouffrèrent dans la pièce une dizaine d'hommes, tous habillés de la même façon, sauf le dernier, un jeune garçon au visage rieur couronné d'une casquette bleue. Vêtu d'un simple tee-shirt, il portait un lourd sac qu'il déposa à ses pieds avant de secouer le sable qui s'accumulait sur ses épaules.

La maison étant petite, le groupe choisit de s'asseoir par terre. Personne n'avait prononcé le moindre mot. Seul le grand homme se tenait debout.

– Merci de nous avoir ouvert ta porte, jeune fille, finit-il par dire. Le vent de sable nous a surpris en chemin et il nous était impossible de poursuivre notre route. Dieu récompensera ton hospitalité.

Laya ne savait quoi répondre à cette voix caverneuse et puissante. Elle sentit ses joues chauffer, mille questions se bousculèrent dans sa tête, aucune n'osa atteindre ses lèvres. Elle se dirigea alors vers le fond de la pièce, en revint avec un broc en plastique rempli d'eau fraîche ainsi qu'un gobelet qu'elle tendit à l'homme. Il se désaltéra silencieusement avant de passer la cruche à ses compagnons.

– Où sont tes parents ? l'interrogea-t-il avec une légère brusquerie.

Laya ne répondit pas immédiatement. Au lieu de baisser la tête comme le font d'ordinaire les jeunes filles face à un adulte qui les questionne, elle redressa le menton. Ils se jaugèrent du regard. Elle lisait de l'étonnement dans ses yeux, mais nulle colère.

– Qui êtes-vous ? demanda-t-elle d'une voix ferme. Qui ai-je accueilli dans la demeure de mes parents ?

L'homme lui sourit. Les mots de Laya avaient effacé de son visage le masque impavide du voyageur. Il posa son bâton et s'assit en tailleur parmi ses compagnons sans cesser de la fixer. Laya s'attarda sur ces étranges yeux d'un vert olive inhabituel.

– Viens à mes côtés, lui proposa-t-il cordialement. Mes amis m'appellent l'Initié, mais mon prénom est Amadou. Ces hommes que tu vois autour de moi sont mes fidèles, les dévoués serviteurs de notre Dieu.

Il parlait fulfulde avec l'accent des gens du Nigéria voisin, légèrement plus rugueux que celui des habitants de Mokolo ; Laya comprit qu'il venait de l'autre côté de la frontière. À peine s'était-il tu que ses compagnons égrenèrent un à un leur prénom. Laya n'en retint aucun, sauf celui du dernier, le jeune garçon à la casquette bleue, il s'appelait Issa. Elle lança un regard de biais dans sa direction tout en se gardant de lui sourire. Il lui fallait désormais se présenter, elle aussi, ce qu'elle entreprit avec assurance, imitant sa mère qu'elle avait si souvent observée en train de recevoir des visiteurs. Elle leur donna de nombreux détails sur ses parents, leur lignée, leurs activités agricoles, sur la ville de Mokolo à la lisière de laquelle ils habitaient. Avec subtilité, elle exposa la situation actuelle de la bourgade encore traumatisée par les récents raids meurtriers de la secte Boko Haram.

L'Initié hocha lentement la tête avant de se lancer dans le récit de ses divers périples. Sa voix douce s'accéléra lorsqu'il dépeignit la région d'où il venait, les lieux qu'il avait traversés, les hommes qu'il avait rencontrés, ceux qui l'avaient suivi pour écouter ses paroles et ses prières. Car c'était sa mission durant ces longues journées à marcher de ville en village, à sillonner d'interminables plaines rocailleuses si cruelles pour les pieds, ou encore ces champs grillés sous le soleil implacable, ainsi que les vallons ravinés où nul n'aime se perdre de peur d'y mourir déshydraté. Ce chemin dessinait la route sinueuse d'une pensée consacrée à Dieu. À chaque instant, expliqua-t-il à Laya, il priait et parlait de choses essentielles ou insignifiantes, les deux menant souvent aux mêmes conclusions sur les limites de la philosophie et la nécessité de la foi. Il débattait de ce que les hommes savaient et croyaient savoir concernant le Jugement dernier, le péché, l'orgueil, la vanité. Il fustigeait ceux qui s'estimaient si importants qu'ils oubliaient Dieu, mais aussi les fidèles qui se qualifiaient de musulmans tout en ignorant la manière de rendre grâce à Allah et à Son Prophète Mahomet, « qu'Allah le bénisse et lui accorde le salut ». L'Initié fixa Laya, comme s'il s'adressait uniquement à elle, mais ses propos étaient destinés à tous, comprit-elle.

– Nous sommes ici pour apprendre aux habitants de ce village à honorer Dieu et à respecter Sa parole. Seule l'observation de la glorieuse loi de Dieu sauvera les âmes de Mokolo. Voilà ce que je dirai demain matin sur la place publique, à l'occasion d'Al-Sobh, la prière de l'aube. En attendant, nous dormirons ce soir à la mosquée. Peux-tu m'en indiquer le chemin ? Il est temps que nous partions et te laissions en paix.

L'Initié se leva, poussa la porte et sortit aussi simplement qu'il était entré. Les hommes le suivirent sans un mot, se contentant d'incliner la tête en passant devant Laya. En franchissant le seuil le dernier, Issa lui lança un sourire avant d'attraper son sac de toile noire ; elle tenta de l'aider à soulever le bagage, mais il écarta son geste. Refermant la porte, elle se demanda un instant ce que pouvait bien contenir ce gros sac. Puis, elle suivit du regard les étrangers disparaissant l'un après l'autre derrière la rangée d'épineux qui ornaient la ruelle menant au centre de la ville. Leur départ laissa un vide en elle. Une impression qui la surprenait. Le vent était tombé, la nuit approchait.

Le soir, elle raconta en détail à son père la visite de ces pèlerins. Celui-ci grommela, haussa un sourcil, termina les galettes de maïs préparées par sa fille, avant de se lever et d'annoncer qu'il se rendait en ville s'enquérir de ces étrangers. Une heure plus tard, il revint avec sur le visage un air perplexe, mais rassuré. Les pèlerins, arrivés d'on ne savait où, s'étaient installés derrière les murs blancs de la petite mosquée. Leur irruption avait provoqué un moment de panique et il avait fallu que les autorités dépêchassent une unité militaire pour apaiser les habitants de Mokolo. Avec les troubles causés par les djihadistes, la population était devenue méfiante. Tout étranger était suspect surtout s'il venait de l'autre côté de la frontière, davantage encore s'il portait le boubou ou la djellaba. Mais les gendarmes n'avaient rien trouvé à redire à la présence de cet Amadou, surnommé l'Initié par ses compagnons de route. Il avait été autorisé à rester à la mosquée sous la protection, et donc la responsabilité, de l'imam Kader, homme respecté pour son érudition, sa pondération et sa clairvoyance.

Le lendemain à l'aube se produisit un phénomène inattendu. En lieu et place de la voix nasillarde de l'imam

Kader, l'appel à la prière fut lancé par celle d'un inconnu. Cette voix inhabituelle et pourtant chaleureuse parcourut l'obscurité, pénétra dans les maisons, se glissa dans les chambres et s'insinua dans les consciences encore à moitié endormies. Les fidèles de Mokolo comprirent qu'il se passait un événement peu ordinaire dans leur communauté, l'un de ceux qui marquaient la journée d'une pierre blanche que l'on ferait rouler, bien des années plus tard, sur le sentier de la mémoire. Ils se hâtèrent de se vêtir, de s'asperger les joues d'un peu d'eau, et d'accourir à la mosquée pour découvrir le visage et le nom de celui à qui Dieu avait offert une si belle voix. Ils n'étaient pas au bout de leurs surprises, car en arrivant face au bâtiment, ils virent une dizaine d'hommes alignés devant la porte d'entrée, empêchant quiconque de pénétrer dans l'enceinte. C'est alors que surgit un individu longiligne, tenant à la main un bâton de pèlerin. Personne ne le connaissait, mais beaucoup avaient entendu parler de sa venue en ville, la veille. La rumeur nocturne évoquait un saint homme et cette étiquette intrigante autant que merveilleuse faisait s'écarquiller les yeux encore ensommeillés. Ceux qui avaient éprouvé de la crainte en écoutant la voix mystérieuse lancer l'appel à la prière furent vite rassurés, car le visage qu'ils découvraient était un masque de bienveillance. L'inconnu dévisageait la foule avec curiosité. Il ne souriait pas, mais son expression trahissait une sorte d'attente comme s'il venait chercher parmi ces simples villageois la réponse aux questions théologiques qui agitaient son esprit. L'Initié s'avança d'un pas, il dominait d'une demi-tête les fidèles rassemblés. Il leva la main et les murmures s'éteignirent immédiatement. Après quelques secondes, il abaissa le bras et entama un long monologue.

Il commença par exposer d'une voix sereine les raisons qui poussaient ses compagnons à fermer l'accès à la mosquée de l'imam Kader. Cette mosquée, disait-il, était si mal entretenue qu'elle offensait Allah. Qui pouvait laisser cet endroit dans un état pitoyable et oser se présenter un jour devant son Créateur ? Qui pouvait expliquer à Dieu pourquoi l'imam Kader en était réduit à mendier sa nourriture, alors que de nombreux croyants de la ville mangeaient trois fois par jour ? Dans la foule, les têtes s'inclinaient sous le poids de la honte. Mais l'Initié ne s'arrêta pas à la réprimande, il venait enseigner la foi aux musulmans de Mokolo, et pour cela, il lui fallait d'abord leur révéler qui il était.

Le mystérieux prédicateur raconta donc son parcours, depuis l'enseignement soufi reçu en Afrique de l'Ouest, jusqu'aux longues études théologiques à l'université africaine de Khartoum, en passant par son séjour à Nicosie auprès du cheikh Mehmet Nazim Adil Al Haqqani, autorité incontestée du soufisme qui sillonna le monde pour inculquer l'ésotérisme. Un homme grâce à qui, disait-il, lui était apparue dans toute sa complexité merveilleuse la parole du Prophète, loué soit son nom. C'est à la suite de ce séjour à Nicosie qu'il avait accepté, en dépouillant son âme de toute vanité, ce surnom d'Initié. Sa voix s'était considérablement adoucie à l'évocation de ses maîtres mystiques, elle reprit un peu de vigueur lorsqu'il interrogea les fidèles rassemblés devant lui sur les grandes questions qui agitaient le monde. Comment vivre en accord avec les règles de l'islam sans que ces règles devinssent une routine masquant l'impiété ? Comment se comporter face aux nombreux faux croyants qui arpentaient les routes du Sahel pour empoisonner les esprits ? Comment combattre les ennemis de l'islam qui se cachaient parfois sous le visage de la bienveillance et de la tolérance ? L'Initié commentait, conseillait, racontait aux hommes désormais attentifs que le paradis était réservé à ceux qui s'en montraient dignes. Il parla ainsi pendant plus d'une heure, alors même que le soleil s'éloignait dans le ciel. Puis, il ordonna à ses compagnons de laisser les fidèles entrer dans la mosquée, non seulement pour y effectuer la prière du matin, mais avant tout pour aider l'imam Kader à nettoyer, rénover, et repeindre des lieux qu'ils devaient dorénavant considérer comme leur propre foyer.

Tandis que les hommes commençaient leurs ablutions, l'Initié passa dans leurs rangs. Des mains se tendaient vers lui, des doigts agrippaient son vêtement, un dévot se proposa de lui laver les pieds. Ce grand homme, sec et noueux, exerçait une attraction sur ses semblables qui allait bien au-delà des mots prononcés. Quelque chose en lui séduisait immédiatement. Peut-être étaient-ce ses yeux, flamboyants d'intelligence et de passion, ou alors sa voix, dont il tirait des inflexions si troublantes qu'elles résonnaient encore dans les cœurs longtemps après que leur écho se fut évanoui. En cet instant, son magnétisme pouvait se mesurer au silence respectueux des humbles villageois, paysans, commerçants, employés ou ouvriers, attroupés devant lui. Ils n'avaient jamais imaginé qu'un saint puisse un jour s'arrêter dans leur bourgade.

Le bruit s'était répandu dans la ville qu'un érudit venait d'y prononcer des paroles importantes. Une foule s'était donc rassemblée au croisement des rues qui menaient à la mosquée. Au milieu de cette foule, Laya était l'une des rares filles présentes. Elle voulait en savoir plus sur cet homme qui alimentait toutes les conversations. Elle espérait aussi revoir Issa. En y réfléchissant, elle s'était dit que ce garçon qui parcourait le vaste monde pourrait comprendre son désir d'évasion, et peut-être lui donner de judicieux conseils. Tandis que chacun écoutait silencieusement les paroles de l'Initié, elle cherchait donc Issa du regard et finit par le trouver accroupi derrière le tronc d'un grand kapokier. Elle fendit la foule et s'approcha de lui. Ne sachant trop quoi dire, elle engagea la conversation à propos de l'Initié. Était-il son maître ? Son guide spirituel ? Était-il, lui-même, une sorte de talibé ? Le visage d'Issa s'anima à mesure que cette belle jeune fille l'interrogeait. Il entreprit bien volontiers de lui raconter leur rencontre.

Elle remontait à plus d'une année, lorsque l'Initié était apparu dans sa ville, Anjawa, située au Nigéria. Comme à chaque étape de son périple, le maître s'était rendu à la mosquée pour parler aux fidèles. Issa, qui vivait à proximité, était sorti de chez lui, attiré par l'attroupement. L'Initié commandait aux habitants de construire une nouvelle mosquée et de n'y laisser entrer que les hommes sincères. Tout comme ici à Mokolo, on l'écoutait avec beaucoup d'attention, car sa parole subjuguait, ses mots touchaient immédiatement les cœurs, précisa Issa. Après quelques instants, il avait compris qu'il ne quitterait plus cet homme, et même mieux, qu'il le suivrait au bout du monde. Il s'était arrangé pour se placer sur son chemin à la sortie de la mosquée, et lorsque l'Initié eut terminé de prêcher, il lui avait demandé la permission de rester avec lui. Le religieux avait souri, se souvenait-il. Un sourire si plein de bonté qu'il avait cru s'évanouir. Puis il avait prononcé cette phrase : « Je ne choisis pas ceux qui m'accompagnent, ce sont eux qui décident de me suivre. Si tu veux venir avec moi, libre à toi. Tu auras toujours ta place à mes côtés, car ton regard est clair et ton cœur est pur, je le vois. » Issa était retourné chez lui en courant pour annoncer à sa famille qu'il s'en allait avec le prophète apparu le matin même dans leur localité. Son père avait relevé la tête et hoché le menton d'un air indifférent. Il n'aimait pas ce fils, le huitième que lui avait donné sa femme. Le plus faible, le plus turbulent, le moins apte à la vie au village. À ses yeux, Issa n'était qu'une bouche inutile, un bon à rien qui ne rapporterait jamais d'argent, car il ne travaillait pas assez dur aux champs. Bon débarras. Sa mère recluse à la cuisine n'avait rien dit. Mais au moment où il s'apprêtait à sortir de chez lui avec un sac rempli de quelques vêtements, elle l'avait retenu par le bras et lui avait recommandé : « Ne commets aucun acte dont tu puisses avoir honte, mon fils. Ne deviens pas un méchant homme. Et rends grâce à tes parents en respectant la parole d'Allah. »

Voilà comment son existence avait basculé, racontait-il à Laya. Il n'avait jamais regretté sa décision, car depuis, il allait par monts et par vaux, portant le bagage de l'Initié, écoutant ses enseignements et priant cinq fois par jour à ses côtés. Certes, la vie se révélait difficile, les repas frugaux et il fallait souvent dormir dehors au risque d'être attaqué par les bandes armées qui sévissaient dans la région, mais au moins cette vie ne manquait pas d'aventures. L'Initié avait une mission, un grand dessein, lui dévoila-t-il en prenant un air mystérieux.

– Et d'ailleurs, nous sommes de plus en plus nombreux. À chaque ville ou village que nous traversons, des gens se joignent à nous. L'Initié nous conduit près du lac Tchad, c'est là que nous bâtirons la cité nouvelle que Dieu a demandé d'ériger en Son honneur.

Laya l'écoutait les yeux brillants, tout comme elle buvait autrefois les paroles de son grand-père lui racontant l'épopée fabuleuse de l'empereur de Sokoto, Ousman Dan Fodio. Son cœur se gonflait de ses envies refoulées. Elle aurait aimé se joindre à eux, mais elle redoutait que son père refusât. Les filles n'avaient pas les mêmes possibilités que les garçons. Issa lui prit la main et en effleura l'intérieur avec son index.

– Pas plus que ta vie n'est écrite sur ta paume, ton destin n'appartient à quelqu'un d'autre. Et puisque ce n'est pas ton père qui a utilisé le divin calame pour tracer ces lignes, il faut en conclure qu'il n'a pas le droit de dessiner le chemin de ton avenir.

Le soir tombait. Laya regardait les feux domestiques s'allumer les uns après les autres comme des rangées de lucioles immobiles dans l'air apaisé. C'était l'heure à laquelle le rythme intense de la journée s'effaçait pour laisser place aux plaisirs du repas. C'était aussi l'heure à laquelle l'Initié et ses compagnons attrapaient leurs sacs et leurs baluchons, les jetaient sur l'épaule avant de reprendre leur route. Issa l'en avait informée, ils emprunteraient le chemin qui débouchait devant sa maison et bifurquait ensuite vers la brousse. Ils voyageraient alors une bonne partie de la nuit, la marche nocturne s'avérant plus facile en saison chaude. En passant devant chez elle, il sortirait de sa poche sa flûte taillée dans une tige de roseau et sifflerait quelques notes en guise d'au revoir. Dans la tête de Laya, les pensées se bousculaient, dominées par l'image d'Issa, libre, indépendant et souriant. Il était à peine plus âgé qu'elle, mais il avait déjà vécu plusieurs vies. Elle tira le rideau qui séparait sa couche de celle de son frère dans le réduit qui leur servait de chambre, s'allongea sur sa natte et laissa courir sa main sur sa poitrine en pensant à Issa. Elle chassa bien vite ces « sentiments impurs », comme aurait dit sa mère. Son esprit bouillonnait d'idées insensées. Elle s'imaginait une vie de voyages, de rencontres, de lieux exotiques qu'elle traverserait avec l'assurance de son jeune âge et la curiosité dévorante de ses yeux. Elle voyait ces ailleurs dont elle rêvait depuis l'enfance, croisant des femmes et des hommes qui parlaient d'autres langues et observaient des coutumes différentes. Et elle aimait ça.

Elle réalisa alors avec une lucidité qui la surprit elle-même qu'elle partirait le soir même pour suivre Issa et son maître. L'évidence brillait de telle façon dans le ciel nocturne de ses ambitions qu'elle se demanda un instant pourquoi elle ne l'avait pas vue plus tôt. Laya était libre, rien ne pouvait l'arrêter, c'était aussi simple que cela. Tout le reste n'était que débats stériles et règles de soumission auxquelles elle ne voulait plus obéir. Personne d'autre que Dieu n'avait dessiné sur sa paume les lignes de son destin, personne n'avait donc le droit de lui dicter sa conduite.

Résolue, elle prit un lé de pagne, y plaça quelques effets personnels, sa carte d'identité, sa radio, son peigne à cheveux, ainsi qu'un pot de beurre de karité pour la peau et quelques vêtements. Elle emballa le tout, puis ouvrit la fenêtre et, sans le moindre bruit, déposa le baluchon sur le sol de la cour. Depuis la nuit épaisse, les insectes voletèrent vers la lueur de sa lampe, ils furent les seuls à remarquer son manège. Il s'agissait désormais de sortir discrètement, de récupérer le ballot et d'attendre le passage de la petite procession de l'Initié. Il lui fallait se dépêcher, pensait-elle, car ils n'allaient pas tarder. Mais comment aller dans la cour sans se faire voir de ses parents ? Laya trouva immédiatement la solution. Elle avait mille idées, mille mensonges, mille stratagèmes en tête. Rien ne résiste à l'imagination d'une fille qui veut rejoindre un garçon, encore moins à celle qui ambitionne de fuir. Elle chaussa ses sandales et quitta la chambre. Sa mère, occupée à préparer les galettes de mil, lui sourit avec bienveillance, et ce fut comme un coup de poignard. Laya sentit son cœur se serrer. Que penserait cette mère, si douce et si bonne, quand elle découvrirait son départ, son mensonge, son crime ? Et son père ? Lui qui la couvait du regard chaque jour, s'enorgueillissant auprès des voisins d'élever une fille aussi travailleuse que belle. Elle allait lui briser le cœur. Non, elle ne pouvait pas partir comme ça, c'était impossible. Pourtant, ce bourgeon qui croissait en elle depuis tant d'années était sur le point d'éclore. Laya renoncerait-elle aux promesses de la récolte ? Abandonner son projet aurait été abdiquer face à la vie et se résigner à une morne existence. Dans son besoin de vivre, elle puisa l'énergie nécessaire pour affronter sa culpabilité. Elle se ressaisit.

Il lui restait à trouver comment faire ses adieux. Car elle ne pouvait pas partir sans rien dire à ses parents, sans laisser au moins un mot. Elle retourna donc dans sa chambre, attrapa le vieux stylo de son frère, griffonna nerveusement une explication sur un morceau de papier qu'elle plaça ensuite en évidence sur son oreiller. Puis, elle revint à nouveau dans la cuisine, déposa un baiser sur le front de sa mère et demanda à son père la permission d'aller nettoyer l'enclos des poules. Elle n'osa pas le regarder dans les yeux, pensant que son mensonge allait se lire sur son visage. Le courage lui manquait soudainement, elle était sur le point de défaillir. Qu'il serait facile de laisser la procession de l'Initié passer sur le chemin, de l'observer s'éloigner et ensuite d'aller se coucher avant d'entamer une nouvelle journée. Laya hésitait. Chaque seconde qui s'écoulait faisait naître des sentiments contradictoires. Désemparée, elle passa la main sur son visage qui s'était couvert d'une fine pellicule de transpiration. Heureusement, personne n'avait remarqué son trouble, ni sa mère, ni son père qui, d'un geste désinvolte, l'autorisa à sortir dans la cour. Ce fut finalement ce geste qui scella son sort. Ce petit signe qui disait tout simplement « tu peux aller t'occuper des poules » se transforma pour elle en une approbation, presque une injonction : « Ne reste pas ici, rien de bon ne peut t'arriver dans cette ville, la vie est ailleurs, empare-toi de ton avenir ! » Ce fut donc un banal mouvement du poignet qui lui donna la force de prendre en main son destin.

Une fois dans la cour, Laya retrouva son courage. Elle se faufila dans l'ombre de la maison, ramassa son baluchon et se glissa discrètement derrière le tronc du margousier qui veillait sur la tranquillité des habitants de la ruelle. De là, elle pourrait attendre Issa et ses amis. Après quelques minutes, elle entendit des pas. La petite procession approchait. Elle se tassa derrière l'arbre. La nuit était noire et personne ne pouvait la voir. Elle distingua rapidement les silhouettes de la troupe qui passaient à quelques mètres d'elle. Une note s'éleva dans la nuit, c'était le son de la flûte d'Issa qui fermait la marche. Son jeune ami avait tenu parole, il lui envoyait un signe d'adieu. Laya patienta une minute, le temps que les pèlerins s'éloignent, puis elle se mit en route à son tour. Durant quelques centaines de mètres, elle les suivit à distance. Portés par la fraîcheur de la nuit, les hommes avançaient d'un pas vif. Alors qu'ils quittaient définitivement le périmètre du village, elle accéléra la cadence pour les rejoindre. Puis, elle courut. Elle trébuchait, se rattrapait aux branches d'un buisson, tombait et se relevait aussitôt, le cœur battant. Une joie furieuse décuplait ses forces, elle fonçait avec la délicatesse d'un zébu vers cet horizon, vers cette nouvelle vie qui s'ouvrait devant elle. Soudain, une ombre surgit, elle entendit le claquement d'une culasse que l'on actionne.

– Qui est là ? Que veux-tu ?

Effrayée, Laya poussa un cri.

– Laya ? C'est toi ?

Elle reconnut le timbre de la voix d'Issa. Il se tenait devant elle, un fusil-mitrailleur à la main.

– C'est toi qui fais tout ce raffut ? Je croyais voir surgir une hyène ou un buffle ! Tu m'as fichu la frousse ! Je suis chargé de fermer la marche et de veiller à ce que personne ne nous crée des ennuis, voilà pourquoi je porte cette arme avec moi, lui expliqua-t-il. Mais toi, que fais-tu là ?

Laya reprit ses esprits. Si Issa avait pu voir son sourire, il aurait compris immédiatement.

– Je viens avec vous !

– Suis-moi, lui ordonna le jeune homme, et ne dis rien jusqu'à ce que nous arrivions au bivouac, ajouta-t-il d'une voix plus douce pour ne pas l'effrayer.

La piste étroite descendait jusqu'au pied des monts Mandara qu'elle contournait ensuite vers le sud. Il y en avait pour au moins trois heures de marche avant d'atteindre la montagne, l'informa Issa. Là-bas, un groupe de pèlerins les attendaient pour partir vers le nord.

Ils progressaient l'un derrière l'autre, prenant soin d'atténuer le bruit de leurs pas et de rester à bonne distance de la troupe emmenée par l'Initié.

– J'espère que je ne t'ai pas fait trop peur ? s'excusa-t-il.

Laya lui répondit d'un hochement de la tête qu'il ne put distinguer, la nuit étant sans lune.

– Reste dans mes pas, conseilla-t-il à la jeune fille, si tu me perds, prononce juste mon prénom, je te retrouverai dans le noir, mais fais bien attention où tu mets les pieds, il y a des cailloux, et bien d'autres dangers dans cette brousse, il faut avancer prudemment pour ne pas réveiller les serpents.

Cette fois, Laya répondit d'un murmure. C'était la première fois de sa vie qu'elle traversait la campagne de nuit, elle ressentait tension et inquiétude. Il y avait trop de djinns, d'esprits malins qui profitaient de l'obscurité pour attaquer les humains. Sa mère lui avait souvent parlé de ces démons qui se cachaient dans les arbustes et les taillis, attendant le voyageur égaré. Il fallait être fou ou fuyard pour se risquer dans les forêts et les maquis après le coucher du soleil. Laya aurait dû avoir peur, mais au contraire, elle ressentait une excitation inconnue à marcher ainsi à l'aveugle dans les pas de son jeune protecteur. Parfois, elle levait la tête et contemplait le ciel nacré d'étoiles. Autrefois, le soir, sur le seuil de sa maison, elle rêvait des heures durant sous la voie lactée, « œuvre de Dieu et maison des anges », comme l'appelait sa mère. Elle repensa à ses parents et éprouva instantanément un pincement au cœur. Comment allaient-ils réagir en voyant le mot qu'elle avait laissé ? Sa mère resterait inconsolable et son père entrerait dans une rage folle. Lui pardonneraient-ils un jour ? Pourrait-elle revenir dans quelques années et leur expliquer qu'elle avait simplement voulu vivre sa vie ? En cet instant, son audace lui parut monstrueuse.

Elle sentait la présence d'Issa à côté d'elle. Elle se dit qu'elle ne savait que peu de choses sur lui. Si cela se trouvait, Issa était un voyou, un imbécile, un tueur peut-être. Laya commençait à regretter d'avoir quitté sa famille. Il était encore temps de renoncer, songea-t-elle. Elle pouvait s'arrêter, interpeller Issa, lui dire qu'elle préférait rentrer chez elle, il comprendrait. Et puis, s'il ne comprenait pas, tant pis pour lui, elle lui demanderait de la raccompagner à l'intersection des routes, d'où elle rejoindrait seule Mokolo. Ce serait simple. Après tout, ils n'avaient pas marché plus d'une heure. Tiraillée entre deux envies contradictoires, Laya s'efforçait de peser le pour et le contre. Il y avait deux chemins. Le premier débouchait sur une longue vie de villageoise devant prendre soin d'un foyer, d'innombrables enfants, et d'un mari, sans doute travailleur et courageux, mais exigeant, ennuyeux et obtus comme le sont les gens de la région. Le second plongeait vers l'inconnu, ce lac insondable mais si attirant. C'était une voie risquée et prometteuse à la fois. Elle redoutait de prendre la mauvaise direction. Elle ne savait que penser, espérant confusément que le destin déciderait à sa place.

Le vœu de Laya n'allait pas tarder à être exaucé, car Issa venait de stopper sa marche, et d'un « chut » impératif, lui ordonnait de ne plus bouger. Laya distingua le ronronnement d'un moteur. Issa s'approcha d'elle et lui chuchota ces mots à l'oreille :

– Il y a des voitures derrière nous, sur la route qui mène à ton village. Je ne sais pas qui cela peut-être, en pleine nuit, mais à mon avis, nous ne devons pas traîner ici. Dépêchons-nous, avançons.

Le destin avait le timbre caressant d'un murmure dans l'obscurité, pensa Laya. Le sort venait de décider de sa vie. Elle n'avait plus qu'à s'y plier. Elle n'avait plus à choisir.

Ils marchèrent encore une heure, toujours à l'écart des pèlerins emmenés par l'Initié. Laya commençait à ressentir de la fatigue. Ses fines sandales butaient sur les cailloux, ses pieds lui faisaient mal. Elle se laissa distancer par Issa. De son côté, le garçon se montrait attentif à sa nouvelle amie. Dans le noir, ses oreilles lui servaient à surveiller chacun de ses pas et de ses mouvements. Il devinait que Laya était tendue, il percevait aussi son courage. Cette jeune fille qu'il connaissait à peine et dont il avait pu apprécier les yeux pétillants d'intelligence à la mosquée l'impressionnait. Dans le groupe devant, personne n'avait pu remarquer la venue de Laya. Issa attendrait le premier bivouac au pied de la montagne pour avertir l'Initié, en espérant que le chemin parcouru empêcherait que la présence de la jeune Camerounaise fût remise en cause. Car Issa souhaitait qu'elle reste à ses côtés. Laya lui était apparue comme un rayon de lumière dans la nuit, un visage souriant dans la foule indifférenciée. Elle était la première personne depuis des mois à avoir cherché à le connaître, à lui poser des questions sur sa vie, sa famille, ses choix. En réalité, si l'on exceptait l'enseignement du maître et les rares discussions nocturnes entre les marcheurs, Issa ne parlait à personne. Et personne ne s'intéressait à lui. Loin de ses parents et des gens de son âge, il éprouvait une solitude pesante. Laya arrivait à point nommé. Au moment où cette pensée se formait dans sa tête, sa jeune amie trébucha dans le noir. Issa se retourna et se précipita pour l'aider à se relever.

– Je sais que tu es fatiguée, Laya. Tiens bon encore

quelques kilomètres, et nous nous reposerons. Je te présenterai alors à l'Initié.

Laya s'accrocha à son bras un peu plus longtemps qu'il ne l'eût fallu.

– Et s'il refuse que je me joigne à vous ? Que vais-je devenir ?

– Pourquoi refuserait-il ? demanda Issa.

– Je n'ai pas encore dix-huit ans... répondit Laya en baissant les yeux.

Issa marqua un temps avant de conclure :

– Alors nous ne lui dirons pas.

Au pied de la montagne, à un endroit où la végétation offrait la possibilité de se dissimuler, l'Initié stoppa sa marche. Il posa son sac et son bâton, fit signe à ses camarades. Les pèlerins qui attendaient là depuis plusieurs jours son retour sortirent peu à peu des taillis et l'accueillirent chaleureusement. Parmi eux, des femmes, des enfants et des vieillards. Silencieusement, la petite troupe s'installa pour un repos mérité. Après s'être désaltéré, l'Initié commença à prier. Issa et Laya arrivèrent quelques minutes plus tard. Le garçon se dirigea droit vers son guide spirituel.

– Maître, voici Laya, c'est une jeune fille de Mokolo, elle nous a rejoints en début de soirée et souhaite nous accompagner.

L'Initié hocha la tête silencieusement. En dépit de l'obscurité, Issa crut deviner de la contrariété dans ce geste.

– Dis-lui de venir, ordonna-t-il.

Issa sentit son cœur s'emballer. La voix sourde et grave

de son maître ne laissait rien augurer de bon. Laya s'approcha d'un pas hésitant. Issa eut juste le temps de lui souffler un conseil :

– Sois franche, ne mens pas, car il saura te percer à jour.

– Pourquoi veux-tu te joindre à nous, jeune fille ? demanda le maître.

– Parce que je souhaite quitter mon village et voir le monde, répondit-elle.

– Penses-tu que je sois une sorte d'agent de voyages et qu'avec moi tu découvriras le monde ?

– Non, maître, je ne le pense pas.

– Alors que penses-tu ?

– Je… Je veux connaître d'autres lieux, d'autres coutumes, d'autres gens. Je pense que le monde a beaucoup à m'apprendre.

– Et la religion ? N'a-t-elle rien à t'enseigner ?

– Si, sans doute… mais je suis encore ignorante en ce domaine. Hormis les sourates que l'on récite à la mosquée, j'en sais peu de choses.

– Ta franchise t'honore, jeune fille. Et c'est un hommage rendu à Allah de t'entendre parler ainsi à cœur ouvert, sans chercher à dissimuler tes sentiments.

– Merci, maître.

– Es-tu prête à me servir, ainsi qu'Allah, loué soit Son nom, à travers moi ? Es-tu résolue à te soumettre à Sa loi et à suivre Son enseignement ? Es-tu décidée à marcher des jours et des nuits ? Es-tu déterminée à risquer ta vie sur des routes empoisonnées de faux croyants et de vrais tueurs ? Es-tu capable d'accepter la loi de la communauté que j'ai fondée ? Si tu es prête à cela, tu peux venir, sinon, tu partiras. Ma main est tendue. Elle n'exige rien d'autre que le respect de ce que j'enseigne. Je ne suis ni un propriétaire ni un calife. Tu es libre de rester comme de t'en aller le jour où tu le décideras. Pour ma part, je suis libre de t'accepter et de te garder auprès de moi comme de te chasser, si je le juge nécessaire. C'est le seul contrat qui nous lie. Je ne demande que le respect du saint Coran et des enseignements d'Allah.

4
LE FARDEAU DE WENDELL

Monrovia, capitale du Libéria

« C'est tout de même troublant, se disait Wendell tout en regardant Frances porter à ses lèvres sa tasse de thé. Il y a trois jours, l'Éternel ouvre la mer sous mes yeux pour y planter un glaive, et aujourd'hui, cette Américaine est là, devant moi, à me parler d'aller convertir les musulmans d'Afrique… » En réalité, Frances avait louvoyé avant d'en venir à ce sujet. L'avant-veille, elle avait d'abord proposé à Wendell de le raccompagner chez lui, ce qu'il avait refusé poliment ; ensuite, prétextant une faim qu'il lui fallait apaiser sans tarder, elle s'était attablée en terrasse d'un petit restaurant qui bordait la plage, l'invitant à partager un copieux petit-déjeuner à l'anglaise. Le plaisir d'un bon repas ayant délié la langue de Wendell, il s'était senti obligé de se justifier auprès de cette Occidentale, probablement riche et qui sans même s'en rendre compte affichait un sentiment de supériorité morale. Elle l'avait trouvé dans un sale état, inconscient au beau milieu d'un tas d'ordures dans une ruelle crasseuse. Or, Wendell ne voulait pas être résumé à cette image. Trop de préjugés raciaux encombraient la tête des Blancs. Il avait éprouvé le besoin d'expliquer la logique qui l'avait amené à ce qu'il était devenu, ce mélange de déchéance et d'espérance. « N'allez pas croire que je suis un ivrogne ou un clochard, lui avait-il dit, je me bats pour servir le Seigneur et le chemin est parfois semé d'embûches. » Frances n'avait rien répondu, mais ses pupilles s'étaient mises à briller de curiosité. Wendell avait alors entrepris de lui parler de l'événement qui l'avait conduit là où elle l'avait trouvé.

En entamant l'extravagant récit de sa vision, il avait redouté de voir se dessiner sur le visage de la jeune femme l'une de ces expressions brumeuses dissimulant le doute et le mépris. Mais elle n'avait pas souri, ni ricané, ni détourné la tête ; au contraire, les yeux de l'Américaine avaient témoigné d'une bienveillante compassion. Elle lui avait même posé des questions précises et judicieuses. La vision avait-elle été précédée d'un quelconque bouleversement dans son âme ? De signes annonciateurs ? À quoi ressemblaient les anges ? Et la bête ? Quelle couleur avait pris le ciel exactement ? En somme, elle le prenait au sérieux, s'était-il dit en la voyant joindre les mains et commencer à se recueillir. Pourquoi priait-elle au juste, avait-il demandé ? « Pour remercier notre Seigneur de m'avoir permis de te rencontrer. » Wendell avait été impressionné par cette réponse. Contre toute attente, voilà que cette Frances Miller acceptait ses mystères sans broncher. Durant un instant, les larmes lui étaient montées aux yeux tant la sincérité de cette attitude l'avait ému. Mais il s'était ressaisi, jugeant inconvenant d'exhiber son ébranlement devant une inconnue. Ils avaient ensuite entamé une longue exégèse de cette vision et de sa signification. Frances avait subtilement dressé le parallèle entre sa propre quête et la « visite » reçue par Wendell. « Et si le Seigneur t'assignait une tâche ? lui avait-elle demandé sans sourciller. Que ferais-tu alors ? » Avant qu'il n'eût pu répondre, elle s'était mise à lui raconter sa vie, à lui parler de son père, du Kenya, de ses voyages et de ses expériences évangélisatrices. Elle avait aussi beaucoup évoqué sa foi et la façon dont elle la vivait, s'attardant pour finir sur sa propre mission, celle que Dieu lui avait confiée, cet apostolat qu'elle voulait désormais partager avec lui.

Lorsqu'il avait réalisé l'énormité des propos tenus par Frances, Wendell en avait été sidéré. La petite Américaine qui se tenait devant lui le visage stoïque ambitionnait tout simplement de convertir les musulmans du Nigéria au christianisme. Il fallait être mentalement dérangé pour imaginer un tel projet, avait-il pensé, effaré. Il l'avait alors regardée avec plus d'attention. Qui était vraiment cette jolie brune aux yeux passionnés et au teint blafard, la tête farcie de lubies prosélytes ? Wendell avait déjà rencontré quelques fondamentalistes dans son genre, et il s'était toujours gardé de frayer avec eux. Il avait d'ailleurs sérieusement songé à se lever pour planter là cette femme qui le mettait désormais mal à l'aise. Toutefois, une phrase de saint Jean lui était revenue en mémoire : « Si tu prétends aimer Dieu que tu ne vois pas, et que tu n'aimes pas ton prochain que tu vois, alors tu es un menteur. » Cette petite claque derrière la nuque venue du plus chéri des apôtres du Christ – Jean, fils de Zébédée – l'avait rappelé à l'ordre. Il devait faire un effort pour écouter Frances jusqu'au bout, peut-être même la comprendre et l'aider. À son tour, il l'avait interrogée, sans fausses intentions, juste pour que le Seigneur voie qu'il s'intéressait sincèrement à elle et qu'il l'aimait comme Il l'exigeait. Elle s'était pliée avec une joie candide à son questionnaire, répondant avec précision, s'appuyant sur la Bible et la parole du Christ. À chaque argument, elle s'était expliquée patiemment, convoquant tour à tour l'histoire, la raison et la foi. Manifestement, elle avait mûrement réfléchi à son projet. Et peu à peu, les mots employés par l'Américaine avaient commencé à éveiller en lui des sentiments contradictoires. Il fallait reconnaître qu'elle savait se montrer convaincante.

Leurs débats s'étaient poursuivis toute la journée, puis le lendemain, et depuis le début de la matinée encore. Wendell avait dû affronter une sacrée rhétoricienne dont l'ardeur était portée par une conviction inébranlable. Frances avait réponse à tout. Méticuleusement, elle démontait un par un les contre-arguments de Wendell, arasant tel un bulldozer les montagnes d'objections qu'il dressait devant elle. L'intelligence, la foi et la méthode s'unissaient pour gagner à sa cause cet homme soutenu par un mysticisme fait de visions et de révélations. Pour elle, l'affaire était simple : Dieu lui avait désigné Wendell comme le plus apte à mener cette mission en terre d'islam. Elle ne savait pas trop pourquoi, mais c'était ainsi. Et il fallait respecter le Seigneur, Lui seul connaissait les mystères du monde.

De façon générale, Wendell ne doutait pas du bien-fondé de la mission évangélisatrice de son Église. S'il prenait ce devoir au sérieux, il n'avait cependant jamais imaginé que cette mission puisse englober un pays tout entier. Pour lui, convertir Mama Djaloh était le summum de ce qu'il pouvait réussir. Le petit exercice auquel il se livrait chaque matin, juché sur son cageot de bouteilles, relevait davantage du spectacle de rue, voire d'une tendance à rechercher la bagarre. Depuis longtemps déjà, Wendell avait compris qu'il n'avait pas l'âme d'un prophète, ni même l'ardeur et la démesure de ces pasteurs en costume blanc entourés de choristes aux fesses rebondies qui animaient de véritables shows le dimanche dans des temples accueillant plusieurs milliers de fidèles. Et pourtant, à écouter Frances, Dieu jugerait les Siens aux résultats le moment venu. Wendell commençait donc à ressentir une embarrassante blessure d'amour-propre, celle de l'employé qui n'aurait pas atteint les objectifs annuels fixés par la direction. Son tableau de chasse était maigre, bien trop maigre. Combien d'hommes et de femmes avait-il convertis ces dernières années ? Trop peu sans doute. Il aurait pu faire mieux. Mais pour cela, il lui aurait fallu vaincre cette hésitation qui le tiraillait depuis toujours. Devait-on tendre la joue gauche quand on vous frappait la droite, ou au contraire amener sur les têtes des impies les armées de l'Éternel afin qu'elles les réduisent en cendres ? Devait-il, en somme, choisir la Nouvelle ou l'Ancienne Alliance ? Continuer à être le Wendell d'aujourd'hui, celui qui chantait les psaumes et récitait les prières, ou redevenir celui d'avant, véritable machine à tuer ? Cette

Américaine agaçante avait le don de le mettre face à ses propres contradictions, elle posait le doigt sur ses blessures secrètes et découvrait au grand jour les cicatrices qui défiguraient sa foi. Cette troublante acuité le poussait à écouter plus sérieusement ce qu'elle avait à dire. Et puis, il y avait cette vision à laquelle Frances accordait une importance capitale. Ce glaive, ces anges, ces yeux perçants, cette lumière, cette main de Dieu sur sa nuque, ce feu en lui, ces trompettes. Qu'est-ce que tout cela signifiait ? Quelle était cette concomitance divine qui amenait à sa porte une amazone de la foi au moment où l'Éternel lui démontrait Sa toute-puissance ? « Celui qui doute est semblable au flot de la mer agitée par le vent », est-il écrit dans la Bible. Wendell ne devait plus douter, l'adjurait-elle. Il devait laisser son âme devenir le rivage paisible où le ressac de Dieu apporterait sa douce caresse. « C'est tout de même troublant… » se répétait-il comme un mantra. La Bible, toujours elle, lui revenait en mémoire. « L'Éternel envoya parmi eux des prophètes pour les ramener à Lui, mais ils n'écoutèrent point les avertissements qu'ils en reçurent. » Wendell commençait à basculer. Dieu avait mis cette femme sur son chemin, il ne devait pas commettre l'erreur de se boucher les oreilles.

Pourtant, il ne parvenait pas encore à se laisser convaincre. Le projet de Frances lui paraissait insensé. Elle souhaitait emmener au Nigéria une armée du Seigneur. « Oh, non pas une troupe de soldats, non. Une armée de croyants qui irait en terre d'islam prêcher la seule, la vraie, l'unique religion. Une foule de convertis pour s'opposer à l'aveuglement, pour ouvrir les yeux et conquérir les cœurs. » Il fallait « inverser le rapport de forces numérique », disait-elle. En entendant ces mots, Wendell ne put réfréner un sourire ironique. Frances le perçut, son visage se rembrunit. Savait-elle que depuis plusieurs décennies chrétiens et musulmans s'affrontaient régulièrement au Nigéria ? Savait-elle que la secte Boko Haram s'était transformée en mouvement terroriste et passait son temps à tuer chrétiens et musulmans ? Savait-il, quant à lui, répondit-elle, que les chrétiens résistaient et n'avaient pas tous déserté ces régions troublées ? Savait-il que la foi chrétienne vibrait partout, y compris dans les zones que Boko Haram prétendait contrôler ? Savait-il enfin que ces impies finiraient par reculer et disparaître parce que c'était la volonté de Dieu qu'il en soit ainsi ?

Le temps passait. Wendell laissait son esprit flotter dans l'air moite. Dans le ciel, le soleil commençait sa descente vers l'Océan. Son lent plongeon ferait naître une brume de chaleur qui envahirait la côte. Cette brume s'élèverait ensuite pour aller alimenter les nuages là-haut, ceux qui partaient vers l'est et le nord, vers ce monde musulman que Frances rêvait d'arroser de sa foi. Il hésitait à admettre que les chimères de cette femme réveillaient en lui un passé de combattant qu'il croyait disparu à tout jamais. L'ardeur qui autrefois le poussait sur le sentier de la guerre et qu'il pensait désormais réservée à ses seules extases mystiques se voyait stimulée à mesure que son imagination s'enflammait à l'écoute des projets de l'Américaine. Le simple fait de partir de cette ville et de quitter ces lieux où rien de ce qu'il avait vécu ne pouvait être oublié lui semblait déjà une perspective réjouissante. C'est alors qu'arriva devant la petite terrasse la vieille Mama Djaloh.

– Tu avais promis de venir il y a trois jours, mais tu es assis, à jouer les galants au maquis avec une femme blanche… Tsss, tu finiras par fâcher le Seigneur, pasteur.

Wendell s'excusa et lui offrit en guise de dédommagement son plus beau sourire, ces lèvres luisantes d'adolescent que Mama Djaloh aimait particulièrement. Il invita la vieille femme à s'installer à ses côtés et fit les présentations. Ensuite, Wendell entreprit de raconter à Frances la conversion de la septuagénaire devenue chrétienne. L'Américaine regardait Mama Djaloh avec des yeux émus tout en écoutant attentivement les détails relatés par Wendell. À l'évocation de ce grand moment de sa vie spirituelle, Mama Djaloh versa quelques larmes et approuva par de brefs hochements de tête les propos de celui qui l'avait baptisée dans l'Esprit saint. Puis elle prit la parole, s'adressant à cette curieuse femme blanche qui semblait si pieuse et si bienveillante.

– Il y a une chose que le pasteur Wendell ne vous a pas encore dite. Si je suis venue à Lui, c'est parce qu'une nuit j'ai reçu une visite qui a bouleversé mon existence. Alors que je dormais allongée à côté de mon mari dans notre chambre commune, j'ai soudain senti une présence étrangère. Je me suis réveillée et je l'ai vu. J'ai vu un homme blanc, portant une barbe. Les mains jointes, il me souriait. J'ai eu très peur. Croyant avoir affaire à un fantôme, j'étais sur le point de pousser un cri, quand il a dirigé la paume de sa main vers moi, et tout de suite, mon cœur s'est apaisé. Il m'a ordonné de le suivre dans le salon, j'ai obéi sans broncher, puis nous nous sommes assis sur le canapé et il a longuement évoqué Jésus-Christ et la façon dont le Seigneur avait sauvé les hommes. Pendant tout le temps où il me parlait, je me suis demandé si je ne devenais pas folle. Il m'a finalement conseillé de me convertir à la religion chrétienne et d'aller par le monde convaincre mes sœurs et mes frères d'adopter la vraie foi. Puis, alors que je cherchais un mouchoir pour sécher mes larmes, il a disparu. Je n'ai pas pu dormir de la nuit, et je n'ai pas non plus osé le dire à mon époux.

Quand Mama Djaloh eut terminé son histoire et les eut laissés, Frances regarda Wendell avec un sourire qui signifiait ceci : « Il y a tant de coïncidences que tu vas finir par te résoudre à me croire ? »

– Admettons, lui dit Wendell. Admettons que tu ne sois pas folle à lier, et que Mama Djaloh ne soit pas devenue démente ou victime de cette maladie de vieux que les Blancs appellent d'un nom imprononçable. Acceptons que nos visions ne fassent pas de nous des illuminés, mais des saints, ce qui supposerait quand même la matérialisation de certains miracles. Mieux encore, reconnaissons que tu aies raison et que ton projet soit réaliste. Admettons enfin que Dieu m'ait bien désigné comme celui qui portera ton flambeau et dirigera cette armée. Je ne vois toujours pas pourquoi j'accepterais ta proposition.

– Moi, je connais au moins une raison, dit Frances. Tu as besoin d'expier tes crimes.

– Que sais-tu de mes crimes et que sais-tu de ma façon de les expier ? rétorqua Wendell, soudain méfiant devant cette fouineuse qui prétendait maintenant lire en lui comme dans un livre ouvert.

– J'en sais peu de choses en vérité. Mais je suis convaincue que tu es devenu un homme bon.

– Suis-moi, je vais t'emmener sur le lieu de l'un de mes forfaits les plus odieux, et si au retour tu persistes à penser que je suis un homme bon, et même le futur général de ton armée, alors je viendrai avec toi sans hésitation.

Pourquoi avait-il lancé pareil défi ? Lui-même l'ignorait, mais une part de lui refusait désormais le mensonge et la duplicité. Si elle voulait s'attacher ses services, elle devait le connaître. Il ne lui cacherait rien. Frances s'en réjouissait. Le passé d'enfant-soldat de Wendell demeurait pour elle une zone d'ombre. Elle n'avait appris que peu de détails sur cet homme, et si elle n'accordait guère d'importance à son propre jugement dès lors que le Seigneur décidait à sa place, elle se disait quand même qu'il valait mieux savoir dans quels pas elle allait placer les siens.

Wendell, qui n'avait pas d'argent sur lui, laissa Frances régler l'addition. Puis, ils se mirent en route pour le temple maçonnique de Monrovia. Bien que refait à neuf quelques années plus tôt, le vaste bâtiment de pierre blanche n'arrivait pas à se départir de son aspect lugubre hérité d'un passé terrifiant. En gravissant les marches du perron, Wendell terminait de raconter à Frances l'histoire sanglante de ce temple, fondé par les esclaves américains libérés et longtemps interdit aux populations autochtones.

– À l'époque du président Tolbert, on murmurait que se pratiquaient ici des sacrifices humains. Je ne l'ai jamais cru, jusqu'au jour où j'y suis entré. Ce fut comme si les ombres des morts m'assaillaient. Je tremblais de peur.

Étaient-ce les propos de Wendell ? En franchissant la porte du temple, Frances eut le sentiment de pénétrer dans un tombeau.

– Ce que je vais te raconter, lui dit-il, tu es la première personne à l'entendre de ma bouche. C'est un secret que je partageais jusqu'à présent avec Dieu et quelques anciens camarades, car je n'ai jamais trouvé la force de l'avouer aux hommes de ce pays.

Wendell se tenait maintenant devant l'autel, les yeux fixés sur la grande salle plongée dans l'obscurité.

– Nous étions en 2003, j'avais à peine quinze ans. Le règne de Charles Taylor arrivait à sa fin. Dans l'unité militaire que commandait Prince, l'un des fidèles lieutenants de Papa Taylor, nous avions tous compris que le vent tournait. Les rebelles occupaient la brousse à quelques kilomètres de Monrovia. Chaque nuit, ils lançaient des attaques que nous devions repousser. Les affrontements se révélaient difficiles, car ces chiens étaient armés par les Américains. Mais nous, nous avions notre courage pour nous, et aussi la poudre blanche qui nous aidait à partir au front en chantant. Dans notre phalange, chacun avait au moins cinq ans d'expérience de la guerre derrière lui. Nous étions des survivants, protégés par nos talismans, dopés à la cocaïne et à l'alcool, convaincus qu'il n'y avait rien de meilleur au monde que d'aller au combat. C'était ma vie. Je dansais en permanence au bord du volcan, sachant qu'un jour j'y plongerais la tête la première. Un soir nous est parvenue l'information selon laquelle un groupe de rebelles s'était caché dans le temple maçonnique afin de nous surprendre à la façon du cheval de Troie. Je ne sais pas si tu connais cette légende, c'est Prince qui nous l'a racontée. Mine de rien, il avait lu des livres de Blancs. Il était allé à l'école. Il nous a demandé d'aller chasser les « mauvais Grecs » du sanctuaire. Ça le faisait marrer de nous comparer à des Troyens. Alors, nous y sommes allés. Moi le premier. Lorsque nous sommes arrivés aux abords du bâtiment, la nuit trichait avec nos yeux et l'air humide alourdissait nos poumons. Nous savions qu'il y avait des réfugiés à l'intérieur. À l'époque, Monrovia n'était pas une ville, mais un cimetière, et pour échapper à la mort, ceux qui n'avaient pas pu fuir se cachaient là où les murs étaient solides. Il y avait donc des civils, mais je m'en foutais, car les ennemis rôdaient, et c'étaient eux que je venais chercher. Prince m'avait confié l'opération. Avec une vingtaine d'hommes, nous avions décidé de surprendre les salopards qui voulaient nous baiser. Pardonne mon langage. Ce sont des tics qui reviennent parfois quand la colère monte en moi… La moitié de mes gars était postée sur le toit et devait faire irruption par les étages. L'autre moitié s'était répartie aux deux entrées du bâtiment. Moi, je devais arriver par la grande porte, un lance-roquettes à l'épaule et une kalachnikov à la main. Putain ! Ça devait être une sacrée fête ! Mais je n'avais pas imaginé que les mecs en face étaient des lâches. Lorsque je me suis pointé, exactement à cet endroit où nous nous trouvons maintenant, les autres s'étaient planqués derrière un rideau de femmes et d'enfants. Ça pleurait et ça hurlait à tout va ! Au début, je n'avais pas l'intention de tirer, mais les gars au fond de la pièce se foutaient des femmes et des enfants, ils ont commencé à nous arroser. Au lieu de partir pour épargner des vies, j'ai fait pareil. J'ai bien dû tuer une dizaine de gosses et leurs mères. Deux rafales, tout au plus. Le massacre des Innocents… Ça m'a rendu fou de rage. Je n'ai pas permis à ces salopards de miliciens de s'enfuir. Je les ai obligés à se livrer, leur promettant la vie sauve s'ils obéissaient. Ils étaient quinze encore debout. Ils avaient beau supplier et pleurnicher pour que je les épargne, je les ai mutilés un par un avant de les laisser crever dans leur sang sous mes yeux. Tous les gars autour de moi étaient impressionnés par ma férocité. Prince m'a récompensé avec une belle Mercedes volée à l'ambassade d'Allemagne. Sur le siège, il y avait un illustré racontant l'épopée des Grecs et l'épisode du cheval de Troie. Je l'ai lu et je me suis saoulé pour fêter ma victoire. Ce que je n'ai jamais avoué, et qui depuis me hante pratiquement chaque nuit, c'est à quel point j'ai pris mon pied en massacrant ces pourritures de miliciens.

Après ces mots, Wendell se tut. Dans sa tête, les images de cette nuit d'épouvante continuaient à défiler. Un rictus douloureux traversait sa figure et ses mains tremblaient. Frances posa sur lui un regard compatissant. Son visage ne laissait deviner ni effroi ni horreur.

– Souviens-toi des paroles de Luc, lui dit-elle dans un murmure. « Ne jugez point, et vous ne serez point jugés. Ne condamnez point et vous ne serez point condamnés. Absolvez, et vous serez absous. » Je ne suis pas celle qui te condamnera, Wendell. Cette tâche incombe à notre Père, l'Éternel. Tu portes le poids de tes crimes et je comprends que tu n'es pas homme à nier tes péchés, mais tu n'as pas perdu ta conscience. Au contraire, tu recherches désormais le salut par tes actes. Et c'est tout ce qui importe.

De nombreux êtres humains demeurent lestés toute leur vie par leurs méfaits qui les entraînent irrévocablement à leur perte, seuls quelques-uns réussissent le tour de force de transformer le plomb en or, puisant dans la contrition les ressources d'un redressement moral et psychique. Wendell appartenait à ceux-là, pressentait Frances. Son aveu suffisait à prouver qu'elle ne se leurrait pas. Aucun usurpateur n'aurait parlé comme il venait de le faire, aucun hypocrite n'aurait dévoilé la nudité de son âme sans craindre les regards. Les sournois n'ont ni la force ni l'audace de crier à la face du monde qu'ils ont péché. Non, elle ne pouvait pas se tromper. Le pasteur Wendell Tubney ne le savait pas encore, mais il était l'instrument de Dieu au service de la foi. Il allait devenir un grand général à la tête d'une armée évangélisatrice. Le destin de Frances consistait à permettre à l'ancien enfant-soldat d'accomplir le sien, pour la gloire du Seigneur et la ruine des mécréants.

Mais si le cœur de la jeune femme pardonnait avec promptitude, son esprit conservait la mesure du pas cadencé et prenait le temps d'étudier minutieusement chaque situation. Wendell devait faire ses preuves. Il ne suffirait pas de se mettre en route vers le pays voisin, la Côte d'Ivoire, où les attendaient les fidèles de l'Église de la Foi Rédemptrice, il faudrait activer des forces bien plus puissantes, organiser un mouvement d'une ampleur considérable, fixer une stratégie et gérer une intendance titanesque. Le pragmatisme était de rigueur et le jeune Libérien devait encore lui démontrer son aptitude à mener à bien une telle mission. Il fallait partir sans tarder, confronter leurs ambitions avec la réalité.

5
LA MÉLANCOLIE DU SOLDAT

Mokolo, village de Laya, nord du Cameroun

Si le jeune Balthus Kouémé avait lu le fameux roman de Dino Buzzati, *Le Désert des Tartares*, il aurait sans doute réfléchi à deux fois avant de se lancer dans l'aventure qui va suivre. Mais le récit mélancolique de l'écrivain italien ne circulait pas beaucoup au sud du tropique du Cancer, et pour l'heure le bouillonnant capitaine avançait crânement de son pas chaloupé vers la maison de Djibo, le père de Laya, ignorant que cette rencontre allait à tout jamais modifier le cours de son existence. Balthus Kouémé appartenait à l'unité d'élite de l'armée camerounaise, le Bataillon d'intervention rapide mieux connu sous ses initiales, le BIR. Enfant chéri du pouvoir camerounais qui voyait en lui le dernier recours en cas de putsch, le BIR représentait sans conteste la seule entité au Cameroun capable de s'opposer aux velléités mortifères du groupe Boko Haram qui depuis quelques années avait franchi les frontières du

Nigéria pour répandre sa violence et sa haine sur le pourtour du lac Tchad.

En dépit de ses vingt-sept ans, Balthus Kouémé, natif de Yaoundé, n'était pas un combattant aguerri. Ses attitudes héritées de l'adolescence échappaient encore à la brusquerie qui caractérise celles des vétérans, sa bienveillance rechignait à se dissimuler sous les airs méprisants qu'adoptaient d'ordinaire les officiers. Son affectation à la base de Kolofata, au nord du Cameroun, où le BIR dirigeait la lutte contre les djihadistes nigérians et leurs supplétifs locaux, constituait la première étape d'une carrière qui s'annonçait brillante, car Balthus Kouémé était sorti major de promotion des meilleures écoles militaires. Il venait de parachever à West Point un cursus entamé à l'École supérieure internationale de guerre de Yaoundé. Les aptitudes tant physiques qu'intellectuelles de ce garçon débordant de vitalité avaient fini par attirer l'œil pourtant passablement encrassé de l'état-major camerounais qui lui avait concédé un poste au sein du BIR après avoir hésité à l'envoyer moisir dans un bureau au ministère de la Défense pour lui apprendre l'humilité.

Au moment de frapper à la porte du domicile que la jeune Laya avait déserté trois jours plus tôt, Balthus Kouémé repensait précisément à la mission qui lui avait été confiée. Chargé de sillonner la bande frontalière pour retrouver ses compatriotes victimes de kidnapping, le capitaine prenait à cœur cette tâche bien qu'il eût souvent le sentiment d'être en territoire étranger tant les habitants de la région lui paraissaient différents des hommes et des femmes de Yaoundé. Leur apathie s'accordait mal avec son impétuosité et leur fatalisme heurtait son volontarisme. D'une façon générale, la suspicion s'insinuait entre les villageois taciturnes, endoloris par leur horizon minéral, et les soldats pour la plupart venus du sud luxuriant aux mœurs bien plus enjouées. De la méfiance à la défiance, il y avait cependant un pas que le jeune gradé se refusait à franchir. Le patriotisme formant la vertu cardinale d'un bon officier, il s'efforçait d'appliquer le même traitement à toutes les composantes de ce pays disparate, voyant dans cette équité la preuve de sa supériorité morale. Drapé de ces principes, Balthus Kouémé détonnait parmi les soldats cyniques et les fonctionnaires désabusés qui pour beaucoup considéraient les habitants du nord du Cameroun comme des vaches à lait, ou comme des traîtres en puissance, toujours enclins à se vendre à l'ennemi.

C'est donc avec un sourire dénué de tout faux-semblant qu'il s'adressa au père de Laya lorsque celui-ci ouvrit sa porte. Balthus ne fut pas vraiment surpris par l'air abattu qu'arborait le quinquagénaire. En ces temps difficiles, le malheur et la mort implantaient leurs stigmates sur les physionomies, et la mine dévastée du sieur Djibo témoignait sans l'ombre d'un doute que sa maisonnée n'avait pas été épargnée par le sort. L'homme aux épaules voûtées le fit asseoir sur une chaise et lui raconta ce qu'il savait. Sa fille, Laya, la prunelle de ses yeux et la lumière de ses vieux jours, avait disparu un soir après le passage dans le village d'un étrange prédicateur se faisant appeler l'Initié. Cet homme l'avait subjuguée avant de la kidnapper, affirmait-il. Djibo et les habitants s'étaient lancés à sa poursuite, fouillant la brousse jusqu'à vingt kilomètres à la ronde, suivant des traces de pas qui s'étaient finalement perdues sur le plateau rocheux menant aux monts Mandara. Ils n'avaient pas osé continuer seuls les recherches à cause des rumeurs signalant des terroristes armés dans la région. Ce récit, ainsi qu'une photo de la belle Laya, firent forte impression sur le soldat à l'esprit chevaleresque. Balthus Kouémé regarda minutieusement le portrait en pied de la jeune fille tandis que dans son cœur grandissait un sentiment d'indignation à la savoir prisonnière de vieux sadiques barbus. Il promit à Djibo de tout entreprendre pour ramener vivante sa progéniture. Il n'y avait pas d'obstacle à ce que Balthus Kouémé se mette en route immédiatement vers la frontière, car un récent accord passé entre le Cameroun et le Nigéria permettait aux soldats des deux pays de pénétrer sur le territoire de l'autre afin de faciliter les opérations contre les djihadistes.

Après s'être fait servir de l'eau fraîche et un peu de nourriture par la mère de Laya, Balthus Kouémé et les deux hommes qui l'accompagnaient prirent congé de la famille éplorée. Ils quittèrent le village de Mokolo par la piste de l'ouest qui montait vers la frontière nigériane, laissant derrière eux les haies d'agaves aux grasses feuilles gorgées de sucre, abandonnant aussi sur les bas-côtés de la mémoire le souvenir sécurisant d'une terre familière. À bord de leur Jeep flambant neuve, fournie par la coopération militaire américaine, les trois soldats bifurquèrent sur une route caillouteuse afin de se rendre dans la bourgade de Madagali. Si les ravisseurs de la jeune Laya étaient bel et bien partis dans cette direction, il y avait fort à parier que la garnison de Madagali en eût entendu parler, estimait Balthus. Il leur suffirait alors de prendre les renseignements et de rentrer à la base pour aviser.

La piste était en mauvais état. Ils devaient avancer à petite vitesse, ce qui – redoutaient les trois hommes sans oser le formuler à voix haute – les exposait à une éventuelle attaque, nul ne sachant précisément où se trouvaient les fanatiques de Boko Haram dans cette brousse aux bosquets d'épineux recelant mille dangers. Ils roulèrent cahin-caha pendant une heure environ, suffoquant sous une chaleur écrasante, tandis que la lumière aveuglante dessinait dans les nuages de poussière des formes menaçantes que leurs pupilles embuées observaient avec inquiétude. Ils arrivèrent harassés à Madagali pour découvrir quelques maisons basses à peine protégées du soleil infernal par les ramures faméliques d'acacias jaunissants. Les ruelles sableuses et souillées de détritus offraient leur désolation à quelques insectes dont le vol bourdonnant brisait la monotonie du silence qui régnait en ces lieux. Nulle trace d'une base ou d'un campement n'apparaissait. Balthus Kouémé jugeait la situation d'autant plus surprenante que la veille encore le commandant de la garnison de Kolofata avait évoqué devant lui le poste de Madagali comme l'un des mieux équipés de l'armée nigériane. Or, non seulement il n'y avait dans ce bourg aucune présence militaire ou humaine, mais rien n'indiquait de plus que des troupes y eussent récemment bivouaqué. Un esprit paranoïaque eût flairé un piège, mais Balthus Kouémé pariait plutôt sur une mesquine opération de désinformation, tant une ancestrale suspicion prévalait entre soldats nigérians et camerounais pourtant alliés contre le péril commun. Cependant, il lui fallait tirer l'affaire au clair. Les trois hommes descendirent de leur Jeep et entreprirent de patrouiller, fusil-mitrailleur en main, cognant à chaque porte dans l'espoir de trouver quelqu'un à qui parler. La troublante quiétude des lieux alimentait en eux une sourde appréhension. Ils progressaient à pas de loup, se méfiant des sachets de plastique abandonnés sur le sol, scrutant minutieusement les traces et les amas de cailloux, autant de pièges susceptibles de cacher un engin meurtrier. Quelques mètres plus loin s'élevait une mosquée. Le portail était ouvert et une ombre accueillante leur tendait les bras. Oubliant toute prudence, ils s'y précipitèrent pour échapper un instant à la chaleur oppressante de ce début d'après-midi.

À peine à l'abri du soleil, Balthus Kouémé poussa un soupir de soulagement, enleva son gilet pare-balles et son équipement, épongea de la main l'abondante sueur qui couvrait sa tête. Lorsqu'il eut terminé de se frotter les yeux, il réalisa que l'entrée de la mosquée débouchait sur un patio d'où l'on entendait distinctement un écoulement liquide. S'approchant, il découvrit une imposante vasque taillée dans la roche, surmontée d'un tuyau métallique, et comprit que le lieu de culte avait été érigé autour d'une source donnant en permanence un mince filet d'eau fraîche. Les soldats s'y désaltérèrent, remplissant leurs casques d'eau avant d'en verser le contenu sur leurs crânes bouillants. Ils commençaient à plaisanter à voix haute, oubliant la nécessaire discrétion qui sied aux opérations militaires en zone à risque. Tandis qu'il s'apprêtait à repartir, le capitaine Kouémé aperçut une silhouette se dessinant dans l'encadrement de la porte. Par réflexe, il la mit en joue, regrettant aussitôt d'avoir réduit son niveau de vigilance. Nerveux, il ordonna en langue kanouri à la silhouette de ne plus bouger. Deux bras graciles s'élevèrent, tandis qu'une voix enfantine le suppliait de ne pas tirer. Balthus Kouémé écarta légèrement le doigt de la gâchette et s'approcha pour découvrir un gamin d'une dizaine d'années tremblant de tous ses membres. Il abaissa le canon de son fusil et s'accroupit pour placer ses yeux à hauteur de ceux de l'enfant, puis il posa délicatement sa main gantée d'une mitaine de cuir sur son épaule et lui assura avec douceur qu'il ne lui ferait aucun mal. Le garçon se prénommait Iteka, il vivait à Madagali. Les habitants du village étaient partis voilà deux jours de cela, expliqua-t-il, pour suivre un imam appelé l'Initié faisant route vers le nord avec ses compagnons. Quant à ses parents, ils travaillaient aux champs et n'allaient pas tarder à rentrer. Sa famille n'étant pas musulmane, elle n'avait eu aucune raison de partir avec les autres, voilà pourquoi ils résidaient encore à Madagali. Balthus lui posa une dernière question : avait-il aperçu cette fille que l'on voyait là, sur la photo sortie de sa poche ? Iteka secoua la tête. Ce visage ne lui disait rien. Il confirma enfin qu'aucun détachement militaire n'avait traversé le village depuis des mois. Le mystère demeurait entier. Balthus Kouémé se redressa et retourna dans la ruelle inondée de soleil tandis que le jeune garçon filait à toutes jambes vers une maison au portail de fer. Immobile, le capitaine huma l'air brûlant durant quelques instants, puis il appela le caporal Berthold Badji et le deuxième classe Polycarpe Kouagheu, les deux hommes qui l'accompagnaient. Il fallait prendre une décision. Soit rentrer à la base en territoire camerounais, soit poursuivre vers le nord, à la recherche de cet imam qui se faisait appeler « l'Initié ».

Balthus partagea ses hésitations avec ses subordonnés, pas tant pour recueillir leur avis, que parce qu'il aimait réfléchir à voix haute. D'ailleurs, alors que les deux hommes lui faisaient savoir qu'ils optaient pour un retour à la base, le capitaine leur intima l'ordre de remplir les gourdes et les bouteilles d'eau, car ils allaient se mettre en route pour le nord, jusqu'à la ville de Gowza où ils trouveraient bien un bivouac. Berthold Badji et Polycarpe Kouagheu n'osèrent protester. Ils n'aimaient pas l'idée de patrouiller trop longtemps en territoire nigérian et encore moins la perspective d'y passer la nuit, mais ils préféraient ne pas contester les ordres de ce capitaine qu'ils connaissaient mal et qui aurait fort bien pu les punir pour insubordination. Eût-il été averti de leurs états d'âme que Balthus Kouémé les aurait balayés d'une simple pensée.

La Jeep s'engagea de nouveau sur la piste. Sans cesser de scruter le ciel, Balthus réfléchissait aux différentes hypothèses concernant cet Initié ravisseur de jeunes filles. Le plus probable à ses yeux étant que cet homme agisse pour le compte des bandes armées, Boko Haram en tête, à qui il devait fournir des contingents de combattants ainsi que des esclaves sexuelles. Il fallait faire vite pour sortir Laya de ses griffes, sinon on risquait de ne jamais la revoir. Dans l'immédiat, ce qui l'inquiétait le plus était ces gros nuages jaune-ocre qui fonçaient dans leur direction. Une tempête de sable approchait. Balthus eut une pensée pour Laya. Elle devait se trouver quelque part plus au nord, sans doute déjà prise dans le vortex de poussière capable de tuer en cinq minutes si l'on ne s'en protégeait pas. Soudain, la tornade s'abattit sur leur voiture. Le caporal Badji stoppa le véhicule. Il n'y avait plus qu'à attendre la fin de ce cauchemar en priant pour qu'il ne durât pas trop longtemps. Le capitaine essaya en vain de contacter la base de Kolofata, mais la radio à haute fréquence ne fonctionnait pas au milieu de ce tourbillon de silice. Ils étaient coupés du monde.

Le vent s'arrêta brusquement quelques dizaines de minutes plus tard. Les trois hommes sortirent en nage de l'habitacle étouffant pour dégager le sable qui couvrait les vitres et le pare-brise. Dans le ciel, de longues stries jaunâtres formaient l'arrière-garde de la tempête désormais en route vers le sud. Balthus Kouémé décida qu'il était temps de repartir. Il restait environ deux heures avant la tombée de la nuit. Largement de quoi se rendre à Gowza.

Le jeune soldat laissa dériver ses pensées sans un regard pour ses compagnons moroses. Ces deux-là se fichaient de la mission qui leur avait été confiée, se disait-il. Ils étaient venus au nord du Cameroun parce qu'ils en avaient reçu l'ordre, et surtout pour toucher des primes conséquentes. Sauver des habitants du coin séquestrés par d'autres habitants du coin était le cadet de leurs soucis. Ce n'était pas son cas. Une conviction qu'il ne s'expliquait pas l'incitait à poursuivre les recherches. Ce n'était pas le romantisme de la situation ni la perspective de se voir en protecteur d'une fille en perdition, Balthus était suffisamment intelligent pour laisser de côté ce genre de fantasmes. Ce n'était pas non plus l'amour du devoir accompli, c'était bien davantage. Une force en lui le poussait à s'enfoncer dans ce no man's land périlleux, à courir au-devant de l'inconnu dans un pari insensé. La même force qui autrefois l'avait fait lever le doigt à maintes reprises durant sa formation lorsqu'un instructeur proposait un exercice difficile, celle aussi qui le faisait bondir en première ligne quand une attaque survenait à Kolofata. Balthus Kouémé cherchait quelque chose que son orgueil réclamait avec insistance, quelque chose qui lui manquait et qu'il ne parvenait pas à nommer. Peut-être était-ce le sentiment diffus que le danger encouru resterait toujours moins menaçant que celui qu'il y avait à demeurer sur place et vivre sans buts ni idéaux ?

La prudence aurait commandé de quitter cette piste ensablée et de bifurquer vers la frontière camerounaise afin de renouer le contact avec sa garnison ; pourtant, Balthus Kouémé venait de donner un ordre qui contredisait tout ce qu'il avait appris à l'armée. Il se demandait combien de temps s'écoulerait avant que ses subordonnés ne se rebiffent et qu'un début de mutinerie n'éclate dans l'habitacle de la Jeep. Pour l'heure, le caporal et le deuxième classe se tenaient cois. Le moteur de la voiture faisait entendre des rugissements d'animaux. Saturé de poussière et de chaleur, l'air devenait de plus en plus irrespirable tandis que le ciel confondait sa blancheur laiteuse à celle du sol. Quand il plissait les yeux, Balthus Kouémé ne voyait plus qu'un panorama flou et incertain. Une ivresse s'emparait de lui. La fuite vers l'inconnu. La quête du moment où fusionneraient le danger, la vie, la mort, l'absence d'horizon.

6
LA MAIN TENDUE

État de Borno, nord du Nigéria

Laya fermait la marche aux côtés d'Issa. Devant eux, les pèlerins avançaient d'un pas monotone le long d'un sentier de brousse. La lune déposait ses lueurs argentées sur les buissons immobiles qui balisaient le chemin, rendant leur progression plus aisée. Sous la clarté sélénienne, les buttes couvertes d'herbes ressemblaient à des silhouettes d'immenses zébus endormis. Laya repensait à ces nuits d'autrefois, quand elle s'échappait de la maison pour aller avec ses frères taquiner les troupeaux assoupis des bouviers du voisinage. Les souvenirs deviennent nostalgie lorsque l'incertitude les ravive et Laya s'embourbait dans ces marécages dangereux.

Ces deux derniers jours, de nombreux villageois étaient venus gonfler les rangs des fidèles de l'Initié. La jeune fille s'étonnait de voir à chaque étape surgir des silhouettes silencieuses qui s'inséraient simplement, comme si la chose apparaissait naturelle, dans la file de pèlerins. Des paysans faméliques, des femmes décharnées, des enfants en haillons ayant fui les exactions des fanatiques de Boko Haram ainsi que les répressions aveugles de l'armée nigériane. Ils ne disaient rien, ne racontaient pas leurs malheurs, ne se plaignaient pas. Ils ne demandaient qu'à suivre l'Initié. Celui-ci les accueillait par une accolade et une prière de remerciement à Allah. Quand elle le pouvait, Laya scrutait les regards lorsqu'ils se posaient sur le guide. Elle y lisait la vénération, l'attente et la confiance. Le pouvoir de cet homme semblait immense, mais à quoi tenait-il ? Elle sentait un déséquilibre entre ces paysans chassés de leur terre par la violence des temps et ce prédicateur devenu leur ultime recours. L'Initié exerçait une fascination s'appuyant tout autant sur sa force que sur leur faiblesse. Laya ne manquait pas de perspicacité, mais elle ne savait quelles conclusions tirer de cette observation. Était-il raisonnable de suivre cet homme ? Vers quel but menait-il ces gens ? Ce but représentait-il un espoir ou au contraire une nouvelle chimère ? La perspective d'un autre échec ?

La respiration d'Issa à ses côtés l'arracha à ses pensées. Elle se plaisait à cheminer en sa compagnie. Ils marchaient vingt mètres environ derrière les pèlerins, tous les deux conscients que la distance qui les séparait du groupe renforçait leur intimité. Parfois, elle éprouvait le contact de la main d'Issa volant à son secours quand elle butait sur un caillou. Elle se disait alors qu'elle aurait aimé pouvoir tenir longuement cette main dans la sienne. Sentir sa chaleur et sa force lui aurait fait le plus grand bien. Ils parlaient peu, comme s'ils s'étaient déjà dit l'essentiel ou comme s'ils désiraient garder pour plus tard les mots importants. Placer ainsi sa confiance en ce garçon était faire preuve d'ingénuité, elle en avait conscience, mais c'était pour elle une façon de ne pas penser aux dangers de sa situation. Laya ne voulait pas se poser de questions ni sur sa fuite ni sur son avenir. Tout comme les villageois l'avaient entrepris avec l'Initié, elle remettait son destin entre d'autres mains que les siennes.

Soudain, la procession stoppa sa marche. Un murmure s'éleva. Un nom répété à voix basse passa de bouche en bouche. « Issa. » Deux syllabes volaient comme le vent dans les branches. L'Initié faisait appeler le jeune garçon.

– Viens avec moi, Laya, l'Initié a besoin de nous.

Ils se dirigèrent d'un pas rapide vers la tête du cortège désormais immobile, et rejoignirent aux avant-postes leur maître dont la grande silhouette décharnée se détachait dans la semi-obscurité.

– Il y a des gens devant nous… On ne peut pas encore les apercevoir, mais je sais qu'ils sont là. Je les ai… sentis, expliqua l'Initié. Issa, va voir qui ils sont et ce qu'ils veulent.

La demande avait beau être murmurée, elle n'en demeurait pas moins pleine d'autorité. Troublé par les paroles du prédicateur qui révélaient un don de clairvoyance, Issa obéit de bonne grâce. C'était lui que le guide avait choisi pour endosser les risques. Sa mission consistait à protéger les pèlerins des nombreuses menaces qui surgissaient immanquablement dans ce territoire infesté de démons humains, il était le dépositaire de la sécurité collective et en tirait une fierté légitime.

– Attends-moi là, souffla-t-il à Laya, avant de se faufiler dans les herbes hautes qui bordaient la piste.

La jeune fille ne dit mot, mais elle éprouvait déjà de l'inquiétude. Brusquement, les dangers tapis dans l'ombre de la nuit devenaient tangibles. Tandis qu'Issa disparaissait, l'Initié ordonna aux pèlerins de s'asseoir et de ne plus bouger. Laya sentit soudain la respiration du prédicateur sur sa nuque. Il lui murmura :

– Viens avec moi.

Ils s'éloignèrent tous deux des fidèles murés dans un silence craintif. L'Initié choisit une petite butte de terre à quelques pas du groupe. Laya s'installa à ses côtés.

– Connais-tu la sourate de la lune, Al-Qamar ?

Laya n'en avait que de vagues souvenirs. Elle ne se rappelait que le premier verset : « L'heure du Jugement dernier approche et la lune se fend. » L'Initié poursuivit à sa place et récita la sourate en entier, puis il l'interrogea :

– Te semble-t-il, Laya, que cette lune qui brille là-haut est en train de se fêler ? Non. Alors, ne t'inquiète pas. Ni pour toi, ni pour Issa, ni pour nous. Allah nous protège, car nous sommes Ses fidèles serviteurs. Il ne nous abandonnera pas. Ceux qui avancent devant nous dans la brousse ne nous veulent aucun mal.

Le religieux continua ainsi durant de longues minutes à rassurer Laya qui l'écoutait avec l'attention de l'élève. Ses mots prononcés avec bienveillance pénétraient en elle et la soulageaient. Dans la nuit claire, elle sentait son corps se détendre et ses muscles fatigués se relâcher ; elle finit par s'abandonner au sommeil.

Quand elle se réveilla, Issa était revenu, il conversait à voix basse avec l'Initié. Un petit groupe s'était effectivement installé un peu plus loin sur les berges d'une rivière à sec. De simples villageois qui avaient eu la peur de leur vie lorsqu'ils avaient vu surgir Issa.

– Ce sont des gens paisibles qui désirent chercher refuge au Cameroun, leur dit ce dernier. Avec eux voyagent leurs femmes et leurs enfants. Ils affirment qu'ils ne peuvent plus rester chez eux, car Boko Haram mène des razzias sanglantes. Comme nous, ils marchent une partie de la nuit pour éviter d'être repérés.

L'Initié le corrigea :

– Nous progressons de nuit pour déjouer la chaleur, et non par crainte d'une quelconque bande armée… Ces gens ont sans doute besoin de mon aide. Nous irons les voir quand le soleil s'annoncera. Et nous prierons avec eux.

Le jour ne s'était pas encore levé lorsque l'Initié arriva en compagnie d'Issa et de deux imams vers le campement des villageois. Il s'attendait à les trouver en pleins préparatifs d'Al-Sobh, la prière de l'aube, mais il découvrit une petite troupe profondément endormie. Sans doute était-ce la fatigue du voyage, se dit-il pour les absoudre tout en demandant à Dieu de leur donner de la force dans leur entreprise. Le maître s'approcha et s'annonça d'une voix claire. La sentinelle, qui s'était elle aussi assoupie, se réveilla brusquement, lâchant un juron qui étonna l'Initié, non par sa trivialité, mais par la langue employée, l'anglais.

– Excusez-moi de vous déranger, humbles voyageurs,

je suis celui qui bivouaque à proximité. C'est moi qui ai envoyé nuitamment le jeune Issa s'enquérir de votre identité. Il est revenu avec la joie au cœur, après avoir constaté que vous étiez en bonne santé et sans nul autre besoin qu'un peu de repos. C'est pourquoi, réjoui qu'Allah vous ait gardé en Sa sainte protection, j'ai décidé de venir prier avec vous ce matin et de vous convier ensuite à partager le peu que nous avons à manger.

À ces mots, le petit groupe qui comptait une vingtaine d'adultes et autant d'enfants commença à s'agiter. Les corps se redressaient et les têtes dodelinaient. Mais personne ne se levait pour accueillir comme il se devait l'étranger. Personne ne semblait avoir compris un traître mot aux propos de l'Initié qui avait utilisé la langue kanouri. Cette attitude intrigua le guide spirituel. Il jeta un regard de biais vers Issa et les deux imams qui l'accompagnaient. Les trois étaient tout aussi surpris. Après quelques instants, il répéta ses paroles en haoussa, tentative qui ne reçut pas davantage de réponse. Perplexe, il se demandait qui étaient ces gens apeurés et apathiques qui ne comprenaient manifestement pas les idiomes pourtant parlés couramment dans la région, quand l'un d'eux se leva et s'approcha. L'Initié, qui le dominait de son immense taille, se contenta de joindre les mains et d'incliner légèrement le buste. L'homme l'imita aussitôt. D'âge mûr, il portait un caftan de belle facture. Un peu trop élégant pour un simple paysan, pensait Issa qui les observait en retrait. Il se présenta, disant s'appeler Karim, et s'excusa en anglais de ne pas connaître les langues locales. L'Initié décida de ne pas chercher à percer ce mystère. Il convia poliment Karim à conduire la prière, mais celui-ci déclina la proposition.

– C'est à l'invité qu'échoit cet honneur, fit-il remarquer.

Tandis qu'il demandait à Issa de lui apporter son tapis de prière, l'Initié constata que ces drôles de voyageurs n'en possédaient pas. Il mit cela sur le compte de leur fuite. Cependant, très vite, une série de détails l'obligea à revoir son opinion. Chacun savait que la prière était un acte spirituel, mais également un rituel physique. Pour les croyants, les gestes devenaient mécaniques, et ces attitudes qui remontaient à l'enfance imprimaient en quelque sorte leur marque sur les chairs. On prie avec son âme, certes, mais aussi avec son corps, ses mains, son dos et ses genoux qui portent dans leur plasticité des années voire des décennies de pratique. Ces automatismes n'existaient pas chez ces hommes, constata le grand prédicateur. Gauches et malhabiles, leurs gestes imitaient les siens de façon maladroite. Plus étonnant encore, ils ne savaient pas se mettre en rang ni se tourner correctement vers l'est. L'Initié commençait à deviner qui étaient ces étrangers, mais il décida de n'en rien dire au moment d'entamer la récitation de la Fatiha. Tous s'inclinèrent respectueusement. Dans son dos, le guide les entendait murmurer des phrases incompréhensibles. Il se retourna et vit certains des hommes tenir les mains jointes à la façon des chrétiens. Cette fois – et après s'en être excusé auprès d'Allah –, il interrompit sa prière et se dirigea vers Karim qu'il aida à se relever.

– Si tu es musulman, alors je dois être le plus mauvais des croyants, car je ne connais pas les sourates que vous marmonnez dans vos barbes. Avoue-moi plutôt ta véritable religion, et ton vrai nom. Dieu pardonne aux repentis, mais Il n'aime pas le mensonge.

D'un air gêné, l'homme s'expliqua :

– Je t'ai menti par prudence et non par malice, mon ami. Car nous sommes ici en grand danger, mes parents et moi. Nous fuyons notre village qui a été attaqué par les terroristes de Boko Haram. Et il nous est apparu judicieux de nous déguiser en musulmans. En réalité, nous sommes chrétiens.

L'Initié lui sourit.

– Si dans son infinie sagesse Dieu te recommande de te travestir en musulman, c'est sans doute le signe qu'Il souhaite t'amener à Lui, ne crois-tu pas ?

Karim baissa la tête, n'osant répondre. Le guide comprenait son désarroi.

– Tu n'as rien à craindre de moi ni de mes compagnons. Nous sommes des voyageurs, de vrais pèlerins. Nous ne sommes pas des juges de la foi, ni même des bandits djihadistes, comme vous qualifiez les tueurs de Boko Haram.

Karim s'appelait en réalité Peter, il était pasteur dans une congrégation protestante. Boko Haram ayant entrepris de pourchasser tous les chrétiens qui habitaient dans l'État de Borno, il avait décidé de fuir vers le Cameroun voisin, où, disait-on, les autorités installaient des camps pour les réfugiés. L'Initié se désolait qu'ils fussent ainsi chassés de chez eux par ces monstres. Il leur proposa de se joindre à son groupe. Vers le nord, dans une cité cachée dont l'emplacement était connu de lui seul, ils vivraient en sécurité. C'était là, dans cet endroit préservé de la fureur des humains, protégé du malheur par la main même d'Allah, qu'il comptait ériger une immense mosquée et une école où seraient admis tous ceux qui n'avaient enfreint ni la loi de Dieu ni celle des hommes. Les chrétiens seraient les bienvenus. Peter l'écouta avec attention. Ils s'installèrent à l'écart pour manger le pain et les fruits secs apportés par les pèlerins. L'Initié parlait de sa quête et de sa spiritualité, mais le chrétien était trop préoccupé du sort des siens pour entrer dans cette conversation. Tout ce qui lui importait était de mettre ses compagnons en lieu sûr, à l'abri des bandes armées qui tuaient les hommes et violaient leurs femmes. Son interlocuteur le lui reprocha :

– La peur ne doit pas nous éloigner de la foi. Que crois-tu qu'il adviendrait de nous, tout musulmans que nous soyons, si nous croisions la route de ces criminels ? Nous subirions le même sort que vous. Mais Allah nous protège et nous avons confiance en Lui. Il les écartera de notre chemin.

Peter s'en excusa par avance auprès du guide musulman, mais sa foi vacillait.

– Comment continuer à croire en Dieu quand on constate ce que les hommes font à leurs semblables ? Je n'ai pas ta force de caractère, l'Initié, je n'arrive plus à me fier à Sa bonté. Chaque nuit, quand je ferme les yeux, je revois les cadavres des enfants éventrés que j'ai découverts en entrant dans le village voisin du nôtre. Il venait de subir un raid des djihadistes. Les rares habitants qui n'avaient pas été assassinés s'étaient enfuis dans les montagnes. Des dizaines de familles avaient disparu au cours de cette sanglante tragédie. Depuis, je me pose sans cesse la même question. Quel est donc ce Dieu de miséricorde que je prie chaque jour et qui se montre insensible face à tant de souffrances ?

L'Initié demeurait stoïque devant ce malheureux. Mais le silence ne constituait pas la réponse qu'il convenait d'apporter aux larmes, aussi prit-il dans les siennes les mains de Peter.

– Chaque épreuve que le Clément nous envoie est destinée à raffermir notre foi, non pas à l'affaiblir. Allah n'agit pas à la place des hommes. Il n'est pas comptable des souffrances endurées sur terre par Ses créatures. Mais Il nous indique la voie à emprunter. Nous devons nous battre face à de tels barbares et non pas fuir. Est-ce que la montagne s'enfuit quand le vent souffle ? Nous sommes les rochers. Ils ne sont que la tempête. La peur est leur victoire, elle est notre défaite. Ton choix n'est pas le bon, mon ami.

Peter retira ses mains de celles de l'Initié. Le désarroi se lisait sur son visage. Les deux hommes se séparèrent sur une triste accolade. Avant de partir, l'Initié offrit à Peter un chapelet de prière en perles de bois. Le métronome de la religion raviverait peut-être la confiance du chrétien. Il éprouvait une immense compassion pour ces villageois qui avaient dû abandonner leur vie, leur paroisse, et plus grave encore à ses yeux, leur foi.

– Quels drôles de gens ! s'exclama Issa en regardant les faux musulmans s'éloigner.

Au loin, Karim-Peter, qui tenait à la main le chapelet de prière, leur adressa un signe d'adieu. Puis la troupe disparut derrière un renflement de terrain.

– Ce ne sont pas de drôles de gens, le corrigea l'Initié, mais des brebis égarées. Si Allah, loué soit Son nom, écoute mes suppliques, ils finiront par trouver le chemin. À la fois celui qui les amènera en lieu sûr, et celui qui les conduira à Dieu.

– Je comprends leurs craintes. La situation est devenue infernale pour les chrétiens dans cette région.

– Elle l'est pour tous les hommes, toutes les femmes, tous les animaux. Elle l'est pour toutes les créatures d'Allah.

– Oui maître, mais les chrétiens sont plus exposés. Boko Haram cherche à les exterminer. Je comprends leur exode.

– Boko Haram veut anéantir la vie. Or, toute offense à la vie constitue une insulte au Miséricordieux. Il ne s'agit donc pas de fuir devant ces démons.

– Mais que faire d'autre dès lors que l'on ne possède pas les armes pour les combattre ?

– Pourquoi me suis-tu, si tu n'as pas encore compris l'objet de mon entreprise ? La réponse à apporter n'est pas la fuite, car la mort rattrape toutes les créatures, ici-bas. La vie est un fleuve qui mène à un océan que l'on appelle la mort.

– Quelle est donc la réponse, maître ?

– Issa, tu me déçois profondément.

– Je vous en demande pardon, maître.

– La prière est la seule réponse possible à opposer à la mort. Rendre grâce au Créateur, le remercier pour la vie qu'Il nous a accordée et qui est source de joie, voilà ce que nous devons mettre en pratique. C'est pourquoi nous nous rendons au nord, dans cette ville où nous allons bâtir la maison de Dieu. Boko Haram ne pourra jamais nous en déloger et s'ils osent s'aventurer là-bas, la fureur d'Allah s'abattra sur eux.

– Et les chrétiens ? Y a-t-il une place pour eux dans cette cité ?

– Dieu accueille les pieux et les hommes sincères, sans distinction.

– Il faudrait les convertir, si je comprends bien…

Surpris par cette remarque, l'Initié tourna son visage vers le jeune homme. Dans son regard se lisait la contrariété.

– Accepterais-tu de manger du porc, si je te le demandais ?

– J'obéirais par devoir, maître.

– Mais ton obéissance vaut-elle ta sincérité ?

– Non… je ne pense pas…

– Alors, dis-moi. À quoi me servirait-il de rallier ces chrétiens si leur sincérité ne m'est pas acquise ? La foi n'est pas une question d'apparence ni de soumission factice, elle est par essence un élan de l'âme. En aucun cas la conversion ne doit devenir une obligation.

– Mais notre religion tout entière n'est qu'observance de règles…

– Ces règles ne sont pas subies, Issa, elles sont acceptées. C'est là leur beauté. De même que l'air que nous respirons n'entre pas de force dans nos poumons, la religion ne doit pas entrer de force dans le cœur. La croyance n'est pas un clou que l'on enfonce.

– Maître, je ne vous comprends pas. Dieu ne punit-Il pas les infidèles ?

– Que signifie ce terme, Issa ? Suffit-il de réciter la prière pour être un bon disciple ? Suffit-il de porter au front le cal pour être aimé de Dieu ? Pour ma part, je préfère un infidèle sincère à un fidèle qui ne l'est pas. On ne s'ouvre pas à Dieu avec l'âme inclinée. Il faut au contraire l'élever.

– Vos paroles sont étranges… maître.

– Et tes réflexions sont indignes d'un homme, Issa… Je te commande de relire attentivement la sourate appelée « La famille d'Imran » dans le saint Coran. Tu verras que la conversion forcée représente une aberration.

Après lui avoir ordonné d'aller demander aux pèlerins de se préparer sur-le-champ au départ, l'Initié s'éloigna, laissant Issa à ses pensées. Le garçon ramassa son sac et en extirpa la kalachnikov qu'il portait toujours en bandoulière. Il examina le fusil-mitrailleur, joua un instant avec la gâchette, vérifia que le chargeur était bien installé dans son logement et que la sécurité était enclenchée. Combien de mécréants cette arme avait-elle servi à tuer ? se demanda-t-il. Les phrases du prédicateur continuaient à tourner dans sa tête. Pourquoi le guide prenait-il autant de précautions avec ces étrangers ? Issa était convaincu que la seule mission digne d'un bon musulman consistait à convertir les infidèles en les amenant à la vraie religion, par la force s'il le fallait. Ce raisonnement simple, il l'avait entendu un million de fois dans la bouche de ses parents, de ses amis, des imams de sa ville natale. Au lieu de méditer les paroles de son professeur, Issa les mettait en doute. L'Initié avait beau posséder l'érudition et la sagesse, il lui arrivait de se tromper, estimait-il. Pour la première fois depuis longtemps, Issa se sentait en profond désaccord avec le maître.

Quand il avait suivi le guide, il ne pensait pas qu'il serait subjugué par cet homme. Ses propos, sa piété et son humanité furent pour lui autant de découvertes merveilleuses. Issu d'une famille brutale où la soumission était la seule règle, Issa ignorait jusqu'à sa rencontre avec l'Initié que les adultes pouvaient faire preuve d'altruisme, de bonté et de libre arbitre. Pour la première fois, quelqu'un l'écoutait quand il parlait, quelqu'un l'instruisait sans rien exiger en retour ni lui infliger les punitions sadiques que les maîtres coraniques de son village se plaisaient à faire subir aux enfants. Il n'imposait pas sa pensée mais partageait ses convictions et sa foi. Issa s'était attaché à lui au point d'avoir oublié ce pour quoi on l'avait envoyé à ses côtés. Car le garçon n'était pas celui qu'il prétendait être aux yeux de tous. Bien des mois auparavant, des hommes venus dans sa localité lui avaient confié une mission, et s'il ne l'accomplissait pas, sa famille périrait. Fasciné par l'Initié, il en avait chaque jour repoussé l'exécution. Mais une tache salissait désormais le drap blanc de l'admiration dont il entourait son maître. La rencontre avec les faux musulmans et surtout les paroles qu'avait prononcées par la suite le prédicateur avaient introduit un élément pernicieux. L'étoile qu'il fixait s'éclipsant quelque peu, Issa voyait ressurgir dans l'ombre les fantômes de son passé.

Mais pour l'heure, des tâches prosaïques l'attendaient. L'Initié souhaitait que le groupe de pèlerins reprenne la route, de jour cette fois-ci, malgré la chaleur déjà accablante. Chacun, à commencer par le guide lui-même, pressentait qu'il ne fallait pas s'attarder davantage en ce territoire. Il était probable que les bandes armées se soient lancées à la recherche de ces fuyards. Il devait donc veiller à ce que tous, au sein de la pieuse cohorte, soient en mesure d'affronter le trajet. Les malades, les faibles et les enfants devaient être préparés, nourris, les provisions comptées et empaquetées, de même que les herbes médicinales. Mettre cette colonne en ordre de marche n'était pas une simple affaire. Issa allait aussi arpenter les alentours, afin qu'aucune mauvaise surprise ne se produise sur la piste. Cette inspection générale prendrait une bonne heure, si ce n'est deux. Laya arriva à ses côtés. D'humeur joyeuse, elle lui proposa ses services, mais Issa n'avait pas de temps à lui consacrer. Il refusa sèchement. Il n'avait pas besoin d'elle dans ses pattes en ce moment. Elle ferait mieux de se préparer à partir et d'aider les femmes du groupe. Inconsciemment, Issa déversait sur Laya l'irritation née de sa dernière conversation avec l'Initié. Il ne perçut pas le regard désemparé de la jeune fille qui se demandait en cet instant quelle mouche avait piqué son ami.

7
NOUVELLE JÉRUSALEM

Yamoussoukro, Côte d'Ivoire, sept cent quatre-vingts kilomètres à l'est de Monrovia

Lorsque le pasteur Jackson Kwaku promenait sa longue silhouette dans les ruelles du quartier Assabou de Yamoussoukro, les femmes ne manquaient jamais de lui lancer des salutations enjouées, tandis que les jeunes filles osaient sans complexes des œillades aguicheuses en direction du clergyman. Les hommes, ayant abdiqué toute forme de jalousie face à ce superbe représentant du sexe masculin dont il fallait convenir que Dieu avait mis un soin particulier à dessiner les traits au point de rendre toute compétition impossible, préféraient quant à eux se lever de leur chaise à son passage pour lui proposer de venir partager une bière aux terrasses des maquis où ils occupaient leurs fins d'après-midi. Face à lui, les anciens ôtaient leur chapeau à la fois en signe de déférence et parce que ce bel élégant toujours tiré à quatre épingles, et dont les chaussures de cuir marron semblaient faire fuir la poussière comme l'eau bénite repousse le démon, leur rappelait à quel point la jeunesse méritait l'admiration. Les enfants, enfin, se précipitaient au-devant du pasteur dont les poches contenaient souvent quelques sucreries qu'il distribuait dans de grands éclats de rire complices. Seules les nonnettes du couvent voisin demeuraient tête baissée lorsqu'elles croisaient ce phénomène digne de figurer dans un film hollywoodien, mais chacun soupçonnait que cette attitude masquait le profond regret de leurs vœux qui les éloignaient à tout jamais de ce miracle enveloppé d'alpaga. L'arme secrète de l'ecclésiastique résidait dans ses cils, parcelles de féminité d'autant plus appréciées qu'elles étaient rares sur ce monument de virilité. Des cils longs et soyeux qu'il agitait parfois de façon faussement innocente sous le nez des boutiquières et des policières qui, dès lors, ne pouvaient rien lui refuser, que ce fût un rabais sur le prix des cigarettes ou l'annulation d'une amende pour défaut de permis de conduire, le religieux ayant pris la mauvaise habitude de rouler à bord d'une BMW décapotable gris argenté sans avoir passé les examens nécessaires à l'obtention d'une autorisation de circuler au volant d'un véhicule.

L'Église méthodiste qu'il dirigeait ne pouvait certes rivaliser avec sa voisine catholique dont les proportions gigantesques figuraient dans tous les dépliants touristiques distribués en Europe et en Amérique par les ambassades ivoiriennes, mais elle ne désemplissait jamais. Davantage, il faut le dire, en raison de la prestance du pasteur Kwaku que de la qualité de ses sermons. Néanmoins, le vaste bâtiment au frontispice duquel les fidèles pouvaient lire « Ici, Jérusalem vous accueille » faisait la fierté de l'homme d'Église qui pouvait à juste titre se revendiquer le plus populaire des protestants à cent kilomètres à la ronde. « Bible en main, je prends n'importe qui ! » fanfaronnait-il parfois au sortir des maquis où les clients le recevaient toujours de bonne grâce.

On se précipitait donc nombreux le dimanche sur les bancs pentecôtistes pour voir le mâle apôtre bomber son puissant torse et fustiger le démon, avec le secret espoir que l'Éternel qui ne s'était pas montré avare avec Son serviteur se révélerait tout aussi prodigue avec ses ouailles. De plus, le spectacle ne décevait jamais, car Jackson Kwaku possédait une voix veloutée de crooner et un déhanché qui lui avait valu dans sa jeunesse le surnom de « jambes de roseaux » lorsqu'il apparaissait dans les boîtes de nuit d'Abidjan. Avec son sourire irrésistible, sa verve enchanteresse, ses costumes trois-pièces, le clergyman vidait consciencieusement les poches de sa communauté au nom de Dieu, avec un rendement à faire pâlir un fonds d'investissement new-yorkais. Jamais le mercantilisme en habit de prêtre n'avait connu meilleur serviteur, et s'il avait eu les moyens télévisés d'un pasteur Graham, Jackson Kwaku aurait été une star planétaire.

Tandis qu'il poursuivait sa promenade dans la rue qui menait au marché central, distribuant généreusement embrassades, poignées de main et bénédictions, un homme l'observait de loin avec admiration et envie. Wendell Tubney se disait d'un air satisfait : « Voilà celui qu'il nous faut. »

Wendell et Frances avaient réussi à persuader Mama Djaloh de les accompagner jusqu'au « petit Vatican », nom sous lequel Frances désignait la Côte d'Ivoire et sa merveilleuse basilique de Yamoussoukro, plus élevée et plus large que Saint-Pierre de Rome, érigée dans le but de montrer à l'Europe sur quel continent battait désormais le cœur du catholicisme. En outre, l'opulente sentinelle de marbre veillait à ce que les musulmans comprennent bien la notion de frontière religieuse et ne cherchent pas à envahir le sud chrétien. C'était, du moins, le message sous-entendu par ses bâtisseurs. En Côte d'Ivoire, Frances avait eu pour objectif d'entrer en contact avec les dirigeants d'une communauté protestante affiliée à l'Église de son père et qui s'engageait à fournir les bataillons nécessaires à son projet de caravane. Hélas, en arrivant à Abidjan, elle avait appris que le pasteur Paul, celui-là même qui lui promettait monts et merveilles, avait disparu à bord d'un jet privé en direction des États-Unis, ne donnant depuis plus aucun signe de vie à ses nombreux fidèles devenus orphelins. Il lui fallait donc trouver une solution de rechange et, avec ses deux compères, elle avait pris la direction de Yamoussoukro où, prétendait-on, fleurissaient les Églises réformées.

À peine arrivés dans cette surprenante cité née du rêve de feu le président Houphouët-Boigny, ils s'étaient attablés à la terrasse du maquis Ma Reine tenu par un certain Andréa, ancien diacre au temple de Jackson Kwaku. C'est Andréa qui avait renseigné les trois visiteurs sur l'identité du pasteur qui effectuait sa tournée matinale dans le quartier à quelques mètres d'eux. Impressionné par la prestance de cet homme d'allure athlétique, habillé avec distinction, mais sans l'ostentation tapageuse des ecclésiastiques libériens, Wendell s'était dit qu'il pourrait les aider. Il s'en était ouvert à Frances qui, désemparée depuis la défection de son contact d'Abidjan, ne semblait plus trop savoir à quel saint se vouer et s'en remettait aux décisions du jeune pasteur. La vieille Mama Djaloh, qui s'était montrée plutôt taciturne durant le long et fatigant voyage en bus, s'était soudain animée en voyant le bel homme approcher de leur table. Elle avait discrètement craché dans sa main la noix de cola qu'elle mâchonnait depuis quelques heures, s'était essuyé les lèvres, avait mis de l'ordre dans sa coiffure, et lui avait offert son plus beau sourire, bouche fermée cependant, en raison d'une dentition bien trop longtemps négligée.

Jackson Kwaku était homme à apprécier les étrangers, voyant dans chaque rencontre l'occasion de parfaire sa connaissance du vaste monde et des êtres qui le peuplaient. Il suivit donc la recommandation d'Andréa et s'installa à la table de Wendell. Mama Djaloh, qui rajeunissait à vue d'œil à force de contempler l'agréable garçon, lui jetait de petits regards mutins. Frances, de son côté, détaillait avec curiosité les signes d'opulence vestimentaire du prêtre, fixant notamment le magnifique Stetson de tissu noir gansé de marron et décoré d'une plume jaune prouvant l'authenticité du chapeau de marque. Une fois les présentations effectuées, Wendell se lança dans une série de questions sur le pasteur et son Église. Jackson Kwaku, ravi de rencontrer une Américaine et deux Libériens, précisa d'emblée qu'il ne maîtrisait qu'imparfaitement la langue de Shakespeare, ayant anglicisé son nom pour de pures raisons de marketing clérical. Les puissantes Églises de Réveil du Ghana voisin connaissaient en effet un succès grandissant qu'il convenait, expliqua-t-il, d'imiter. Il s'appelait en réalité Jacques Kouakou et était né à Abidjan. Wendell l'assura qu'il comprenait bien les nécessités du métier, étant lui-même adepte de certains artifices de bon aloi pour éveiller la curiosité des fidèles. Les deux hommes parlaient donc le même langage. Et, par un de ces hasards dans lesquels les individus croient voir une intervention divine, ils sortirent concomitamment de leur poche une petite bible avant de rire de bon cœur en constatant qu'ils possédaient tous deux la même édition, imprimée aux États-Unis par les soins des évangéliques américains.

D'emblée, Wendell et Jackson s'entendirent comme larrons en foire et commencèrent à disserter sur les mérites respectifs des breuvages brassés en Côte d'Ivoire et au Libéria, conversation qui provoqua des regards noirs suivis de remarques énervées de la part de Frances qui attendait un entretien moins prosaïque. Profitant de l'absence momentanée du clergyman ivoirien, parti se rafraîchir aux toilettes, Wendell sermonna Frances, précisant qu'il ne fallait pas brusquer le pasteur Kwaku et que la bienséance africaine obligeait à ces entrées en matière frivoles. L'Américaine proposa de les laisser seuls poursuivre la discussion et se rendit à l'hôtel en compagnie de Mama Djaloh.

Jackson Kwaku entreprit de faire visiter à Wendell « la boutique concurrente », en l'occurrence la basilique de

Yamoussoukro, fierté des catholiques africains et de tous les habitants de la ville sans distinction de race ou de religion. De loin, les volutes d'air chaud faisaient paraître le monument à la fois fragile et irréel, mais plus il approchait et plus Wendell était surpris par le sentiment d'écrasement qui émanait de la gigantesque église. Tout avait été étudié pour imposer la puissance du catholicisme et effacer le moindre doute quant au bien-fondé de la chrétienté. Une fois à l'intérieur de la basilique, Wendell s'extasia devant le luxe et la magnificence des lieux. En outre, il n'avait jamais imaginé que l'on puisse climatiser un si vaste édifice. Jackson regardait du coin de l'œil le visage de son nouvel ami, se félicitant intérieurement de le savoir aussi impressionné. Avec un légitime orgueil, le Yamoussoukrois d'adoption lui fournit de nombreux détails sur les dimensions du bâtiment, les matériaux – tous plus nobles les uns que les autres – employés pour le décorer, ainsi que les tonnes de béton utilisées pour sa construction.

– Dieu est grand et les catholiques ne sont pas petits. Ils n'ont pas fini de nous étonner, commenta-t-il les yeux brillants d'admiration.

Cette dernière réflexion tira Wendell de sa contemplation.

– Toi qui sembles révérer les œuvres de nos frères, lui répondit-il non sans malice, pourquoi as-tu choisi de devenir protestant ? Avec tes qualités, l'Église catholique t'aurait accueilli à bras ouverts !

La réponse du pasteur Jackson Kwaku s'avéra aussi vertigineuse qu'un verre de koutoukou avalé cul sec et le ventre vide.

– J'ai longtemps hésité entre la soutane et l'habit de clergyman. Mais, l'ennui avec la soutane, c'est que tu dois faire vœu de chasteté. Or, moi et la continence, ça fait deux. J'entretiens quatre maîtresses et quelques gamines à qui je paie les frais d'université. Je les aime toutes, et je les honore comme Dieu préconise qu'un homme doit révérer une femme. Certes, je sais bien que la polygamie n'est pas vraiment recommandée par l'Église, mais nous sommes sur terre pour nous améliorer, donc j'essaie de m'améliorer… L'autre problème avec la soutane, c'est le vœu de pauvreté. Ici, on naît tous dans la pauvreté, voire l'extrême pauvreté. Le seul souhait que l'on puisse formuler si l'on est un homme sensé, c'est d'en sortir, pas de s'y maintenir. Voilà les deux choses qui me gênent avec les catholiques. Chez les protestants, il n'y a pas ces problèmes. Tant que l'on se montre généreux avec son prochain et que l'on respecte les femmes, on peut s'arranger. Le reste est une question de confiance en soi… Laisse-moi te dire le fond de ma pensée, mon frère. L'Église catholique, c'est pour les désespérés et ceux qui aiment se faire du mal. Je ne suis ni l'un ni l'autre.

Wendell, qui n'avait jamais envisagé les choses sous un angle aussi abrupt, en resta muet de stupéfaction pendant une bonne minute. Il se demandait où s'arrêtait la franchise et où commençait le cynisme chez Jackson Kwaku.

– Je vois, finit-il par dire. Tu t'es parfaitement adapté à ton environnement.

Le pasteur ivoirien ne prêta pas attention à cette remarque. Sur son visage, on pouvait lire un air de conspirateur.

– Puisque les catholiques t'intéressent, laisse-moi te dire un secret, mon frère. Les papistes sont bien plus puissants que nous, les protestants. Certes, nous sommes de plus en plus nombreux et de plus en plus riches, mais eux, ils possèdent une organisation qui depuis deux mille ans leur garantit la supériorité. Le règne pour les siècles et les siècles… si tu vois ce que je veux dire. Viens avec moi, je vais te faire rencontrer un prêtre très intéressant. Il va tout t'expliquer.

Les deux comparses quittèrent la basilique pour se diriger vers un presbytère, situé non loin de là. Ils y furent accueillis par un petit homme corpulent au regard vif et à la langue bien pendue, le père Christophe Kouamé.

– Voilà le schismatique en costume de play-boy ! dit ce dernier en les apercevant. Quelle bonne surprise ! Que fais-tu ici, réformé de mes deux ? Si c'est pour te convertir, je te préviens, je vais d'abord devoir t'exorciser !

– Je ne suis pas venu plier un genou devant Rome, même s'il faut toujours s'agenouiller lorsque l'on s'intéresse aux reliques enfouies dans la poussière.

– Ah, tu m'as manqué, Kwaku ! Et ta langue de vipère calviniste aussi. Depuis que tu as enceinté une lycéenne, tu deviens discret dans les parages. C'est bien dommage, car le paternel de la fille vient juste de quitter mon bureau, il aurait sans doute aimé te dire deux mots !

– Père Kouamé, fais attention avec tes plaisanteries. Mon nouvel ami, le pasteur Wendell tout juste arrivé du Libéria, ne connaît pas encore toute la finesse de ton humour, il pourrait prendre tes propos au premier degré.

– Un Libérien ? À chaque fois que j'ai vu des Libériens, ils avaient un fusil dans une main et un poignard dans l'autre. J'espère qu'il n'est pas ici pour mettre le pays à feu et à sang ! s'exclama le catholique dans un grand éclat de rire.

Wendell le rassura sur ses intentions et se présenta. Le père Christophe Kouamé soupira, se plaignant du nombre de missionnaires protestants qui venaient arpenter sa ville.

– Ce ne sont pas des musulmans dont il faut se méfier. C'est de vous, les Églises de Réveil. On ne vous arrête plus. Évangéliques de mes deux !

Les deux hommes se révélaient aussi dissemblables que possible. Autant Jackson Kwaku, élancé et élégant, entretenait son physique, autant Christophe Kouamé, petit et rond, négligeait son apparence ainsi que sa soutane, souillée de taches grasses. Profitant du fait que son ami était allé fouiller son réfrigérateur à la recherche de bières fraîches, Jackson souffla à Wendell :

– Écoute-le bien, d'ici deux minutes il va embrayer sur son thème favori. Demande-lui juste ce qui, selon lui, explique la supériorité de l'Église catholique sur les autres… et tu verras !

La question posée déclencha un sourire de satisfaction sur le visage du prêtre qui s'assit aussitôt, croisa les mains sur sa panse et se lança dans une démonstration que Jackson Kwaku connaissait presque mot pour mot pour l'avoir entendue à maintes reprises lors des débats animés que les deux compères tenaient régulièrement.

– Je vais t'expliquer pourquoi j'ai choisi Rome et non Genève ou Atlanta. Vois-tu, Rome c'est un clergé, une hiérarchie. Et qui dit hiérarchie, dit échelons, et donc possibilité de les gravir. C'est là toute la beauté du catholicisme. Rome c'est le pouvoir. L'Église catholique c'est l'ambition. Non pas celle de flatter trois ou quatre cents fidèles, ainsi que le fait chaque dimanche dans sa paroisse mon ami Kwaku ici présent, mais celle de conduire des millions de croyants. Sous nos cieux, l'évêque dépasse en importance le député ou même le ministre. Parfois, il égale un président. C'est ça, Rome. C'est l'ambition à l'état pur. Pour les hommes comme moi, nés pour diriger, le Vatican représente la possibilité d'une belle carrière avec au bout du chemin l'assurance d'entrer au paradis porté par les louanges de millions de chrétiens. L'Église catholique est un État au cœur des États et possède un clergé si influent et si structuré qu'il veillera encore sur nos âmes dans mille ans. Quand toutes les sectes huguenotes se seront dissoutes dans le mercantilisme de supermarché, quand les gens ne croiront plus les fausses promesses des pasteurs enrichis sur leur dos, quand ces pasteurs ne sauront plus satisfaire le besoin de mysticisme en se contentant d'offrir des proverbes tirés de l'Ancien Testament, les fidèles reviendront vers nous. Et nous répondrons présents. Aussi fort que par le passé, encore mieux armés, et prêts à envoyer les Églises de Réveil brûler en enfer. Notre puissance réside dans notre organisation et notre discipline. C'est ce que nous ont appris les jésuites. Rome est une pyramide en pierre de taille, tandis que vos temples protestants ne sont que des hangars de tôle disséminés dans la savane. Vous périrez avalé par le Sahara de votre néant moral !

Wendell frissonna un instant, ayant cru apercevoir une lueur machiavélique dans les pupilles du prélat. Il était impressionné par la force de ce raisonnement qui vaudrait assurément à son auteur une place aux côtés de saint Pierre à l'heure du dépôt de bilan final. Il n'en oubliait pas pour autant l'absence indécente de dimension spirituelle dans le discours du catholique. Tout comme Jackson, le père Christophe parlait de façon crue des motivations qui amènent certains à opter pour l'habit religieux. Wendell en éprouvait une certaine gêne, néanmoins il se disait qu'il allait parfaitement s'acclimater dans cette ville où le culte semblait être l'activité première de la majorité des habitants.

Frances et Wendell devinrent rapidement indispensables à la paroisse « Ici, Jérusalem vous accueille ». Jackson Kwaku, dont la parole au sein de la communauté valait de l'or, présenta à tous Wendell comme un saint, un pasteur béni de Dieu qui avait contribué à arrêter la guerre civile dans son pays. La légende selon laquelle les anges étaient venus à Monrovia pour lui parler fit le tour des fidèles, rehaussant davantage la réputation du Libérien. Après quelques jours, les deux hommes célébraient le culte de concert devant un public encore plus nombreux qu'à l'accoutumée. Pendant ce temps, Frances œuvrait à recenser les habitués et à lancer des campagnes de recrutement. Elle calcula que l'Église dénombrait déjà cinq cents fidèles et une bonne centaine de visiteurs occasionnels. Jackson Kwaku avait si bien travaillé qu'il avait tissé des liens avec une dizaine de villages voisins, pouvant de ce fait compter sur une communauté forte de deux mille âmes. Pour Frances, la question se résumait à savoir combien d'entre elles accepteraient de la suivre jusqu'au Nigéria.

Le séjour à Yamoussoukro lui faisait le plus grand bien. Son projet avançait de nouveau, ce dont elle remerciait Dieu en redoublant d'ardeur dans ses oraisons. Car elle priait de plus en plus souvent, matin midi et soir, dans la paroisse du pasteur Kwaku. Wendell l'accompagnait autant qu'il le pouvait. Ils s'agenouillaient à deux devant l'autel, ou dans le petit bureau adjacent doté d'un superbe crucifix en bois d'ébène, loin de l'agitation qui régnait la plupart du temps au temple. Durant ces moments, Wendell observait Frances du coin de l'œil. La façon particulièrement intense qu'elle avait de se recueillir ne cessait de l'étonner et de l'inspirer. Car Frances savait indéniablement s'ouvrir à Dieu. Elle ne se contentait pas de s'adresser à Lui ; elle se livrait corps et âme, tant elle priait avec ferveur. Une ardeur que Wendell n'avait que rarement observée auparavant chez les dévots des Églises de Réveil, et qui, en comparaison, renvoyait leurs habituelles démonstrations théâtrales à un curieux folklore.

Chez Frances, la ferveur était intérieure, et surtout, elle était dénuée de doute et de faux-semblants. Chaque fibre de son être s'élançait vers Dieu. Quand elle s'agenouillait devant la croix, ses paupières se fermaient, son corps se relâchait, toute la tension nerveuse qui d'ordinaire figeait les traits de cette femme constamment sur le qui-vive disparaissait d'un seul coup. Son visage retrouvait alors douceur et paix. Wendell avait même cru déceler un léger changement de pigmentation de sa peau qui rosissait quelque peu.

C'était, imaginait-il, comme si Dieu l'avait touchée du doigt pour lui insuffler Sa grâce. Frances devenait subitement belle dans cet abandon mystique, elle ne ressemblait plus à la personne méfiante qu'elle était la plupart du temps, et le demi-sourire derrière lequel elle cachait ses pensées profondes laissait place à un air pénétré dont la sincérité renforçait le charme. Sans jamais oser lui poser directement la question, Wendell se demandait ce qu'elle disait à Dieu, ce qu'elle ressentait durant ces moments extatiques, et surtout, ce que Dieu lui répondait.

Il était impressionné.

Lui aussi priait beaucoup, mais avec le sentiment croissant au fil du temps que son monologue intérieur ne rencontrait que le vide et le silence. Quelques années plus tôt, lorsqu'il se recueillait avec son mentor le pasteur Johnson, Wendell avait eu la conviction que Dieu écoutait ses oraisons. Désormais, cette certitude avait laissé place à un doute angoissé. Wendell avait beau s'adresser au Seigneur, parler avec une extrême sincérité, relater ses bonnes actions, se repentir de ses mauvaises pensées, demander pardon pour ses péchés, il lui semblait que ses paroles se perdaient dans l'univers. Sa franchise, sa candeur devant Dieu ne recevaient aucune réponse. La surprenante émotion qu'il ressentait autrefois avait disparu. Il avait pourtant vécu de nombreuses expériences mystiques depuis qu'il avait rejoint la religion, et sa dernière vision – il ne savait comment qualifier autrement ce qui lui était arrivé sur la plage de Monrovia – constituait bien la preuve que l'Éternel formait pour lui un projet précis. Pourquoi restait-Il distant, depuis lors ? Wendell n'avait pas changé, il ne s'était pas éloigné de la Bible, il n'avait pas replongé dans les pensées impures ni même dans les accès de colère. Le silence qui régnait au fond de son âme l'inquiétait, le renvoyant à la peur de l'enfant qui appelle sa mère sans recevoir de réponse. *A contrario*, il jalousait quelque peu la facilité avec laquelle Frances entrait en communion avec l'Être suprême. Pourquoi Dieu se cachait-Il à lui ? Pourquoi lui parlait-Il à elle ? Bien entendu, les crimes qu'il avait commis pouvaient expliquer le mutisme du Seigneur. Et même si le pasteur Johnson l'avait assuré que Dieu lui avait pardonné, cela était-il vrai ? Wendell s'en voulait de douter. Le Christ n'avait-il pas dit à Thomas : « heureux sont ceux qui croient sans m'avoir vu » ? Il se reprochait aussi d'envier la ferveur de Frances, se désolait de toutes ces mesquineries qui surgissaient dans son esprit. La culpabilité l'envahissait en permanence. En cela au moins, on ne pouvait contester qu'il fût un bon chrétien.

Mais autant la foi de Frances le réjouissait et soutenait ses propres convictions, autant l'attitude de Jackson Kwaku le surprenait. Ce grand gaillard, affable, drôle, et par-dessus tout doté d'un charme inouï, se révélait être un showman incomparable. Il aurait pu faire carrière à la télévision ou en politique, tant sa faculté à soulever les cœurs paraissait incroyable. Le culte représentait son stand-up, et les fidèles son public. Il parvenait en un tour de main à l'émouvoir ou l'effrayer, pour ensuite mieux le cajoler et l'instant d'après le haranguer en lui promettant l'enfer s'il ne l'écoutait pas attentivement. Il usait et abusait des poses théâtrales et des vieux trucs d'acteur. Assister aux prêches de Jackson Kwaku, c'était embarquer dans un Grand huit, il fallait s'accrocher. Dieu, le diable, les saints et les démons étaient tour à tour convoqués dans une farandole colorée. Avec un don certain, il imitait des dizaines de personnages bibliques, son tour de force étant l'interprétation de Noé accueillant les animaux dans son arche, car pour la beauté du spectacle, il faisait monter sur scène un couple de hyènes à demi apprivoisées qu'élevait dans son jardin un ami notaire. « Aucune bête, même la plus détestée des hommes ne déplaît à Dieu ! » Lorsqu'il haranguait ses ouailles, c'était un énorme aimant qui s'activait. Les visages, tantôt craintifs, tantôt enflammés, tantôt extatiques se tournaient vers lui pour ne plus le lâcher du regard. Il aurait pu leur demander d'aller se jeter dans les marigots à crocodiles qui entouraient le palais présidentiel de Yamoussoukro, beaucoup se seraient exécutés sans poser de question. Les sermons de Jackson Kwaku apparaissaient incomparablement plus passionnants, plus palpitants, plus vivants que tous ceux que Wendell avait pu débiter debout sur sa caisse de bouteilles dans les rues de Monrovia. Sans compter les aphorismes cyniques dont il émaillait ses propos. « Il y a deux sortes d'hommes, les aveugles et les idiots. Aux premiers, je peux éventuellement rendre la vue, mais pour les seconds, je ne peux rien. Alors, choisissez bien votre camp ! » Telle était la puissance de cet homme que le Grand Metteur en scène avait pris à son service. Et Dieu récompensait son talent de la seule façon qui plaisait à Jackson, c'est-à-dire en espèces sonnantes et trébuchantes sorties des poches de ses fidèles. Il méritait son argent, son succès et par-dessus tout, il méritait l'amour de

Dieu, estimait Wendell. Mais lui parlait-Il ? Voilà la question qui préoccupait le Libérien. Car Jackson passait ses journées à faire tourner son entreprise, investissant dans de nouvelles activités lucratives comme la location d'appartements, le transport de marchandises ou la protection rapprochée de personnalités. Y avait-il une place pour Dieu dans l'emploi du temps bien rempli de cet homme d'affaires ? Le soir, il passait des heures en ville à fêter sa popularité en distribuant de sages conseils, des paroles aimables, et en payant parfois quelques tournées générales aux terrasses des maquis. Mais priait-il ? Durant les cultes, il arrivait toujours un moment où Jackson joignait les mains, respirait profondément et se taisait pendant quelques minutes les yeux fermés, semblant alors entrer en communication avec l'Être suprême. Dans ces moments, Wendell le regardait attentivement. Il savait que son recueillement constituait un élément du spectacle, une attitude nécessaire, car elle permettait aux fidèles de s'identifier à lui et de s'abandonner à la prière. Mais Jackson ressentait-il réellement la présence de Dieu ? Wendell aurait plutôt parié que le madré pasteur était entièrement habité par son ego. Pouvait-il lui en faire reproche ? Certes, non. Cependant, il aurait aimé que son ami possédât au moins une petite dimension spirituelle. À ses yeux, si l'on pouvait escroquer ses fidèles, il ne fallait pas tricher avec Dieu.

Wendell laissa à Frances le soin d'expliquer au pasteur ivoirien les détails du plan qu'elle ambitionnait de mener en terre d'islam, plus précisément dans l'État de Borno, au nord du Nigéria, là où la secte Boko Haram, devenue groupe armé sanguinaire aux ramifications tentaculaires, défiait les plus puissantes légions d'Afrique. À l'évocation du nom de Boko Haram, Jackson frissonna et se signa. Son regard se perdit un instant au loin comme s'il pouvait déjà voir les djihadistes cagoulés de noir, transpirant la haine et sentant la mort, débouler devant sa paroisse à bord de leurs pick-up hérissés de mitrailleuses.

– Nous n'allons pas les combattre, car nous ne sommes pas des militaires, le rassura Frances, mais nous allons leur montrer que la Bible et les Évangiles peuvent arrêter le démon où qu'il se trouve. Nous enverrons une caravane de fidèles, une caravane de la paix pour soutenir nos frères chrétiens au nord du Nigéria. Voilà notre projet.

Jackson ne comprenait pas tout à fait où elle voulait en venir. Ne se sentant pas l'âme d'un martyr, il ne se voyait pas finir comme les premiers chrétiens, dévorés par les lions. Il n'ignorait cependant pas que les chrétiens se méfiaient de plus en plus des musulmans. De drôles d'imams avaient fait leur apparition dans la région, et si l'on ne savait pas précisément ce qui se disait dans leurs mosquées, chacun pouvait en constater les effets. Les barbes s'allongeaient. Les femmes voilées marchaient en petits groupes dans la rue, ne se mélangeant plus avec les autres. Quant aux amis d'enfance, ils ne voyaient plus les Issouf, les Issa, les Mohamadou les rejoindre le soir au maquis devant une bonne bouteille de bière ou de koutoukou. Les communautés s'éloignaient les unes des autres. Plus grave, certains jeunes avaient quitté la ville et nul ne pouvait dire où ils étaient allés. Jackson Kwaku avait fini par établir un lien entre leur départ et l'épidémie de violence qui s'était emparée du Sahel. Il s'en était ouvert aux notables musulmans, et notamment à l'imam de la mosquée voisine, Djibril Doumbia, son vieil ami. L'imam Djibril lui avait expliqué à quel point l'influence des wahhabites était devenue importante. Ils arrivaient avec de l'argent qu'ils distribuaient aux familles pauvres. Ensuite, ils construisaient une mosquée ou une école coranique et prêchaient un rigorisme absolu, fort éloigné des habitudes locales. Les imams de la ville avaient bien tenté de dialoguer avec ces fondamentalistes, mais ils s'étaient heurtés à un refus. « Ils ne se mélangent pas, ils ne veulent pas de nous, avait précisé Djibril Doumbia. Je me souviens que durant le dernier ramadan, j'avais invité les wahhabites à venir rompre le jeûne à la maison. Ma femme avait préparé le plus merveilleux des repas. Lorsqu'ils sont arrivés, ils ont commencé à critiquer la cuisine, à nous reprocher trop d'opulence, des choses comme ça. Le ton est monté assez vite quand ils ont insulté ma fille qui selon eux n'était pas correctement voilée. Mes fils ont fini par les chasser. Ils nous ont traités de mécréants et de faux musulmans. Tu te rends compte ! Moi, un faux musulman ! »

Cette radicalité faisait peur à Jackson. Derrière ses grands airs, se cachait en réalité un matamore, un homme qui fuyait comme la peste tout ce qui pouvait mener à la confrontation. Et s'il approuvait l'idée d'une caravane de la paix, il se demandait si Frances portait vraiment la réconciliation dans son cœur. Il avait remarqué les attitudes parfois déconcertantes de l'Américaine qui refusait de serrer la main des imams qu'il lui présentait. Elle prétendait connaître le Nigéria, et pourtant, elle ne semblait pas comprendre le besoin d'un dialogue entre les confessions. Car sur cette longue ligne de contact entre chrétiens et musulmans qui traversait l'Afrique d'ouest en est, la cohabitation se révélait nécessaire, selon lui. La bonne entente passait par des visites régulières et un travail en commun dans les instances interreligieuses. Sinon, l'intolérance menacerait les communautés. Certes, Frances ne pensait pas différemment de la majorité des fidèles de la paroisse qui se méfiaient des musulmans, mais pour Jackson, un pasteur devait justement guider le troupeau et non le conforter dans son aveuglement. Il appréciait davantage le jeune Wendell qui avait toujours un mot chaleureux à la bouche, qui tendait la main à tous sans exception. De plus, il en connaissait un rayon sur l'Ancien Testament. La vieille Mama Djaloh, « sœur Marie » comme on l'appelait désormais dans la communauté, se montrait, elle aussi, plus œcuménique. Bien que fraîchement convertie au christianisme, elle n'hésitait pas à rendre visite aux imams de la mosquée voisine. Pour Jackson, la caravane de la paix devait servir la cause du rapprochement et du vivre ensemble. Or il soupçonnait Frances de chercher plutôt l'affrontement.

Si Jackson était d'une nature pusillanime, en revanche, il était doté d'un sens de l'organisation hors du commun. Dès qu'il s'agissait d'argent, il comprenait l'impossible et activait sa puissance créatrice pour faire surgir du désert des flots de billets. Il fallait trouver des fonds pour équiper et transporter au Nigéria les centaines de volontaires. Si l'argent de la communauté ne manquait pas, Jackson était suffisamment avisé pour savoir qu'un bon homme d'affaires ne dépensait jamais ses deniers, mais d'abord ceux des autres. Et ici, ceux qui avaient l'argent étaient les papistes qui puisaient sans vergogne dans les fonds publics mis à leur disposition par l'État. Il proposa à Wendell de retourner voir son vieil ami catholique qui tenait les finances du diocèse. Il ne refuserait pas de les aider.

– Mon saint patron est aussi celui des voyageurs, fit remarquer le père Christophe Kouamé, lorsque Wendell et Jackson lui eurent exposé leur projet. Et j'ai toujours rêvé d'un grand périple à travers les pays voisins. Je vais donc vous accompagner.

Jackson ne cacha pas sa surprise.

– Serais-tu prêt à te mêler aux Églises de Réveil que tu vilipendes chaque jour ? Tout ça pour voir du pays ?

Le père Kouamé afficha un sourire onctueux, comme seuls savent en avoir les gens d'Église, plein de compassion, de miséricorde et d'arrogance dissimulée sous de la fausse modestie.

– « Ce ne sont pas ceux qui se portent bien qui ont besoin de médecins, mais les malades. Je ne suis pas venu appeler à la repentance des justes, mais des pécheurs. » Voilà ce que prêchait notre Seigneur, Jésus-Christ. Il est temps d'appliquer son enseignement.

– C'est une aventure trop risquée pour un homme comme toi ! L'archevêque ne te laissera jamais partir d'ici.

– Que sais-tu de l'archevêque, mon ami ? Il exécute mes ordres, fanfaronna le père Christophe Kouamé. J'ai dix ans d'expérience de plus que lui dans le métier, et ce n'est pas son titre qui m'impressionne !

– Mais, père Christophe, tu sais bien ce qui se passe là-haut, au Nigéria !

– Oui, je le sais, et je sais aussi qu'il est temps pour moi de me dégourdir les jambes et de voir du pays.

– Tu n'es pas un missionnaire, mon ami ! Laisse ça aux professionnels, insista Jackson en regardant le sexagénaire ventru, se demandant comment il pourrait à son âge affronter un voyage si long et si éprouvant.

– Chacun de nous est un évangéliste, c'est le sens même du Nouveau Testament, Jackson. Tu ne peux me reprocher de vouloir appliquer l'enseignement du Christ qui disait : « Vous serez mes témoins à Jérusalem, dans toute la Judée et la Samarie et jusqu'aux extrémités de la terre. » Tu entends, Jackson ? Aux extrémités de la terre !

– Quand nous sommes venus demander ton aide, nous envisagions de mobiliser les fonds du diocèse, pas ses représentants !

– Vous aurez mon argent. Et moi avec. C'est un package. Et puis, tu ne penses quand même pas que je vais te laisser seul aller t'amuser au Nigéria. Qui veillera sur toi, si je ne t'accompagne pas ?

L'affaire était entendue. Le père Christophe Kouamé, soixante ans, quatre-vingt-sept kilos pour un mètre soixante-cinq, allait prendre pour la première fois depuis plusieurs décennies son bâton de pèlerin et suivrait la caravane de la paix jusqu'aux confins du Nigéria.

8
DANTE AVAIT RAISON

État de Borno, nord du Nigéria

– Nous aurions déjà dû être arrivés à Bama depuis longtemps, fit remarquer le caporal Berthold Badji d'une voix inquiète.

Cette réflexion tira Balthus Kouémé de ses pensées. Son attention quitta les cimes pelées qui donnaient au paysage aride un aspect désolant pour se porter sur la route défoncée. Il fronça les sourcils, réalisant qu'il avait le soleil en plein dans les yeux. Cela faisait plusieurs jours déjà qu'ils sillonnaient les routes de l'État de Borno, s'arrêtant dans chaque village, questionnant les habitants au sujet d'une caravane menée par un homme se faisant appeler l'Initié. Mais les réponses qu'ils obtenaient étaient souvent contradictoires et leurs recherches demeuraient infructueuses. Conscient du risque qu'ils couraient en ce territoire potentiellement dangereux pour des militaires camerounais mais décidé à poursuivre sa quête, Balthus tentait d'apaiser l'inquiétude de ses subordonnés, ahuris de se retrouver embarqués dans une telle opération, en affichant une détermination et une autorité à toute épreuve.

– Pourquoi roulons-nous vers l'ouest ? demanda-t-il. Nous étions censés aller au nord.

Le caporal Badji, qui tenait le volant, lui lança un regard coupable, tandis qu'à l'arrière le deuxième classe Kouagheu émettait un grommellement indistinct.

– J'ai suivi la piste, mon capitaine, se justifia le sous-officier. Mais… j'ai peut-être bifurqué sans le savoir.

Balthus Kouémé laissa échapper un long soupir d'agacement, davantage contre lui-même qu'envers son subordonné. Il s'en voulait. Il aurait dû rester attentif au lieu de rêvasser. Il sortit la carte routière fournie par l'état-major.

– Arrête-toi, je vais vérifier.

Comme à chaque fois qu'il donnait un ordre, ses hommes obéissaient sans broncher pour se murer ensuite dans le silence. Balthus devinait que ce silence était très différent de celui qui régnait l'instant d'avant. Il y entendait l'écho de reproches non formulés, le mépris, voire une forme de colère à son égard. Entre eux n'existait pas la complicité qui s'installait habituellement entre des personnes obligées de voyager longuement ensemble, ni la solidarité naturelle qui liait les soldats engagés dans une mission. Ils n'étaient ni frères d'armes, ni collègues, ni camarades. Trois individus, trois îles chacune plongée dans son isolement, trois égoïsmes qui n'avaient pas réussi à abattre les murs derrière lesquels se cachaient les peurs et la solitude. Balthus ne connaissait rien de ses deux compagnons. Étaient-ils mariés ? Avaient-ils des enfants ? Il ne leur avait rien demandé ; ils ne l'avaient jamais questionné en retour. Ses deux subordonnés ne parlaient pas davantage entre eux, mais Balthus n'aurait pu dire si c'était par désintérêt ou parce qu'ils avaient déjà appris tout ce qu'il y avait à savoir l'un sur l'autre.

– Nous sommes partis bien trop à l'ouest. Il faut faire demi-tour et retrouver le goudron, expliqua-t-il au chauffeur. Et la prochaine fois que l'on quittera la route, demande-moi simplement ce que j'en pense, ça nous évitera de nous perdre.

Au moment où la voiture bifurquait, Balthus Kouémé aperçut sur le sol un vieux panneau couvert de rouille et de poussière, sur lequel on pouvait cependant lire le nom du village de Galdekore.

– Attends un peu. Nous approchons de Galdekore. Je viens de voir ce nom sur la carte, c'est sur l'axe qui mène à Bama. Allons-y, nous retrouverons une bonne route là-bas et nous gagnerons du temps. Et puis, au point où nous en sommes, un village de plus ou un de moins, cela ne fait pas grande différence.

Badji acquiesça du menton. Après un kilomètre, ils arrivèrent dans un village aux rues sinueuses et aux maisons basses. Balthus Kouémé remarqua immédiatement une série de bâtiments incendiés. Il baissa la fenêtre de la voiture, une odeur âcre l'assaillit aussitôt.

– Arrête-toi ! ordonna-t-il d'une voix forte au caporal. Prenez vos armes, tous les deux ! Kouagheu, viens avec moi. Il se passe quelque chose, ici. Je n'aime pas ça.

Les deux hommes sortirent de leur torpeur et retrouvèrent en un instant leurs réflexes de combattants. La pestilence qui planait sur le village avait suffi à les alerter du danger, tapi quelque part dans l'ombre des maisons silencieuses. Cette puanteur était celle de la mort, du feu ravageur, de la violence meurtrière, celle aussi des corps en décomposition. Une telle odeur déclenchait naturellement une peur panique doublée d'un sentiment de dégoût que les trois soldats chassèrent en empoignant leurs armes. Car le simple fait de porter une arme rassure le militaire. Lui offrant un moyen de défense et d'attaque, elle lui procure la possibilité d'échapper à la mort, cet avenir obsédant de la condition du guerrier.

Badji était resté dans la voiture, il roulait maintenant à petite vitesse, tenant le volant d'une main et son fusil d'assaut de l'autre, tandis que Kouagheu et le capitaine, protégés derrière la carrosserie, marchaient d'un pas lent tout en pointant leur arme vers les maisons aux toits calcinés et aux portes défoncées.

– Il y a eu du grabuge ici, commenta le deuxième classe.

– Oui, et on dirait qu'on arrive trop tard, ajouta Balthus Kouémé, montrant à l'aide du canon de son fusil-mitrailleur un cadavre gisant dans les herbes à quelques mètres de là.

Ils s'approchèrent pour découvrir un paysan abattu d'une balle en plein front. La dépouille commençait à sentir. Balthus Kouémé se pencha sur elle. En quelques mois, il avait acquis une triste mais réelle expertise de la putréfaction des chairs dans la chaleur de la saison sèche. L'homme était mort depuis quarante-huit heures à peine, estimait-il. En se relevant, il se dit que quelque chose clochait. L'odeur excédait largement celle que produisait un simple corps en décomposition. Il partagea ses observations avec le deuxième classe Kouagheu qui, d'un air méfiant, surveillait les alentours.

– Il y en a sûrement d'autres, allons voir là-bas, proposa-t-il.

Ils contournèrent une habitation aux murs noircis et dont le toit s'était effondré sous l'effet d'un incendie. Ce qu'ils virent derrière la maison les figea d'horreur et grava à jamais dans leur cœur la désespérance que d'ordinaire les hommes découvrent en atteignant un âge avancé. Polycarpe Kouagheu en laissa même tomber son arme, sans que le capitaine, muet et immobile, ne le réprimande.

Le sol était jonché de cadavres. Il s'en étalait à perte de vue sur le vaste terrain qui descendait vers la route en contrebas. On ne voyait plus la terre et les herbes, ni les chemins qui traversaient ce qui formait autrefois un talus, mais à la place un immense charnier couvert de sang, de chairs calcinées, d'entrailles pourrissant au soleil. Les cadavres étaient emmêlés, parfois entassés les uns sur les autres. Certains, figés dans des positions grotesques, semblaient participer à une macabre pantomime. Des hommes, des femmes et des enfants gisaient pour l'éternité. Le capitaine parvint à dénombrer au moins trois corps de nourrissons avant que les larmes ne brouillent sa vue. Ce n'était pas la scène d'une exécution de masse, mais celle d'un affrontement. La terrible bataille finale que s'étaient livrés d'un côté les villageois, leurs familles et les soldats qui les protégeaient, et de l'autre les cohortes de djihadistes descendues des monts avoisinants pour semer la mort. Le combat s'était révélé impitoyable, bestial, insensé. Tout ce qui pouvait tuer, blesser, trancher avait été employé, et toutes sortes d'armes, couteaux, haches, fourches, machettes, pistolets, kalachnikovs traînaient sur le sol. Des mains de femme tenaient toujours entre leurs doigts des visages lacérés, des bouches mordaient un bras ou une jambe, des poings s'étaient à tout jamais enfoncés dans des ventres déformés. Les yeux crevés, les membres déchiquetés, les torses poignardés témoignaient de la violence du gigantesque corps à corps qui s'était déroulé dans le village. La scène était proprement insoutenable. Pour ajouter encore à l'indicible, le sang brunissait la terre d'où surgissaient des nuées d'insectes se repaissant des restes de la folie meurtrière. Durant de longues minutes, Balthus Kouémé et Polycarpe Kouagheu demeurèrent stupéfaits. Les deux hommes tremblaient devant l'inconcevable abolition de la raison. Ils n'arrivaient pas à détacher leur regard de cette scène dantesque. Le diable avait ouvert une fenêtre sous leurs yeux afin qu'ils entrevoient l'enfer et connaissent l'horreur du royaume sur lequel il régnait. Ils n'oublieraient jamais cette vision.

À bord de la voiture, Berthold Badji, nerveux, patientait difficilement. Aucun vent, aucun bruit, aucun signe de vie dans cet endroit sur lequel la nuit commençait à tomber. Rien n'énerve davantage un militaire que le silence. Le calme ne présage jamais rien de bon. Au contraire, il annonce un piège et préfigure la mort. Berthold Badji serra furtivement entre le pouce et l'index le médaillon porte-bonheur que sa mère lui avait passé au cou le jour de son incorporation, puis il sortit de son véhicule, bien décidé à aller chercher ses compagnons. Le caporal qui servait déjà depuis près de cinq années était le plus expérimenté des trois hommes, il savait qu'il ne fallait jamais s'attarder trop longtemps dans un endroit désert ni s'éloigner de ses camarades. Au moment où il se dirigeait vers la bâtisse derrière laquelle le capitaine et le deuxième classe avaient disparu, il entrevit du coin de l'œil une petite silhouette féminine approchant vers lui.

– Stop ! cria-t-il tout en pointant son arme dans sa direction. Ne bouge pas, lève les mains !

La fillette se tenait à dix mètres de lui environ. Elle semblait dire quelque chose, mais le caporal ne parvenait pas à la comprendre.

– Lève les mains ! répéta-t-il. Je veux voir tes mains !

La gamine s'arrêta et souleva les bras. Le caporal aperçut alors distinctement une cordelette reliant son buste à son poignet. Il comprit immédiatement. La gosse portait sur elle une bombe, dissimulée par le voile qui lui couvrait les cheveux et le haut du corps. Elle tenait le détonateur entre ses doigts.

– Si tu fais un pas ou un geste de plus, je jure que je t'abats ! Tu m'as entendu ?

La petite ne répondait pas, elle marmonnait quelque chose d'incompréhensible. Le caporal Badji savait qu'à cette distance il risquait d'être blessé voire tué si elle actionnait son engin meurtrier. La panique s'empara de son esprit, lui soufflant l'unique solution capable de préserver son intégrité physique. Il n'avait d'autre choix que d'exécuter la fillette.

La peur l'empêchait d'éprouver tout sentiment de pitié, et de mesurer l'horreur du forfait qu'il s'apprêtait à commettre. Sauver sa peau était la seule chose qui comptait. L'instinct qui le guidait en cet instant ne lui laissait aucune alternative. Le caporal se préparait à tirer quand une pensée retint son geste. Il venait de revoir l'image de sa petite sœur, une enfant à peu près du même âge que cette fillette, avec laquelle il s'amusait souvent à jouer au gendarme et au voleur lorsqu'il se reposait en permission chez ses parents. Elle avait une façon semblable, un peu raide, de lever les bras verticalement comme si elle voulait décrocher le soleil. Et cela l'avait toujours fait rire, surtout quand elle ajoutait de sa voix fluette : « Je me rends, soldat ! Je suis ta prisonnière. » Non, il n'allait pas ouvrir le feu sur cette enfant. Du moins, pas sans avoir essayé autre chose auparavant. Berthold Badji redevenait un homme, il contrôlait à nouveau ses peurs et ses instincts.

– Qu'est-ce que tu tiens ? lui demanda-t-il sans obtenir de réponse.

L'enfant continuait à marmonner quelque chose qui ressemblait à une comptine ou une chanson. Il lui ordonna une nouvelle fois de ne pas bouger et s'éloigna d'une dizaine de pas, marchant lentement à reculons pour se mettre à l'abri. Ses yeux étaient rivés sur les mains de la petite. Il la vit très distinctement actionner le détonateur. Le caporal eut un haut-le-cœur. Une pensée effrayée traversa son esprit, son sang se glaça. Mais rien ne se produisit. Pas d'explosion, pas de fin du monde, rien. Elle recommença. Une fois, deux fois, trois fois. Elle appuyait désormais sur son déflagrateur comme un automate tout en marmonnant les mêmes propos incompréhensibles. Le caporal l'observait de loin. Il hésitait.

Après quelques instants, Berthold Badji parvint à ordonner ses pensées. Deux options se présentaient. Retrouver ses camarades et quitter cet endroit au plus vite, ou aller voir la môme qui se tenait à quinze mètres de lui et chantonnait d'une voix faible. Il choisit la deuxième solution, en souvenir de sa petite sœur, et surtout parce qu'un soldat digne de ce nom ne doit pas laisser une fillette en danger derrière lui. Il s'approcha d'elle le fusil en avant, sachant parfaitement ce que son attitude pouvait avoir d'effrayant. Arrivé à moins d'un mètre d'elle, il comprit enfin ce qu'elle marmonnait. C'était une phrase qu'elle répétait en boucle, alternativement en arabe et en langue kanouri. « Il n'est d'autre Dieu que Dieu. Dieu est grand et Mahomet est Son Prophète. » Le caporal réalisa en cet instant toute l'horreur du drame que vivait l'enfant. Quelqu'un l'avait forcée à revêtir un gilet bourré d'explosifs et lui avait scotché le détonateur à la main. Mais quelque chose n'avait pas fonctionné. Il entreprit de calmer la petite qui devait avoir neuf ou dix ans, tout au plus.

– Tu vas enlever cette saloperie. Tu entends ce que je dis ? Débarrasse-toi de ce gilet !

Mais la fillette semblait ne pas comprendre. Le regard perdu, elle récitait sa prière, les mains levées.

– Tu peux baisser les bras maintenant.

Elle ne répondait pas, n'obéissait pas. Égarée dans son ailleurs, elle n'écoutait rien d'autre que sa propre peur. Il entreprit alors de lui enlever l'armure meurtrière, ce à quoi il parvint assez facilement. Avec son poignard, il trancha le ruban adhésif qui retenait le détonateur dans la main de la petite, et emporta le tout à bonne distance.

– Je te jure que si j'attrape le salaud qui t'a fait cela, il va passer un mauvais moment.

Revenu auprès de la fillette, il voulut la rassurer.

– Comment t'appelles-tu ?

Le caporal Badji savait que Boko Haram utilisait des enfants kamikazes et les droguait pour les envoyer ensuite sur les marchés ou dans les rues bondées.

– Nous allons détruire cette bombe, annonça-t-il à la petite, avant de viser avec son arme l'engin meurtrier qu'il avait placé à une vingtaine de mètres de là.

Tous deux s'étaient cachés derrière un amas de gravats.

Il dut s'y reprendre à trois fois avant que le gilet n'explose. Le bruit fit sursauter la fillette qui éclata immédiatement en sanglots. Alertés par la détonation, le capitaine Kouémé et le deuxième classe Kouagheu arrivèrent en courant.

La gamine était une survivante. La seule du village. L'unique rescapée du massacre. Balthus Kouémé et Berthold Badji étaient parvenus à la calmer quelque peu avec une barre chocolatée tirée de leurs rations de combat. Elle n'avait visiblement pas mangé depuis plusieurs jours. Elle ne sanglotait plus, mais restait silencieuse, ne répondant pas aux questions que les soldats essayaient de lui poser. La nuit était tombée et les trois hommes hésitaient à reprendre la route. Ils étaient éprouvés. Les moments qu'ils venaient de vivre avaient engendré des émotions rapidement refoulées.

Ce déni constituait une erreur, ils s'en doutaient, cependant un soldat n'est pas formé à gérer ses états d'âme et encore moins à exprimer à voix haute ses sentiments. Dès lors, ils se querellaient. À voix basse, pour ne pas effrayer la fillette.

– On ne va quand même pas rester dans ce cimetière, se plaignait le deuxième classe.

– Je ne dors pas parmi les morts. Ça porte malheur, renchérit le caporal.

– Très bien, très bien, nous allons retourner sur la piste. De là-haut, nous pourrons surveiller le village. Nous nous reposerons à tour de rôle et nous partirons dès les premières lueurs de l'aube… Ça vous va ?

Les deux subalternes acquiescèrent. C'est alors que la fillette sortit de son mutisme.

– Je ne viens pas avec vous, je veux mourir ici, en martyre.

La phrase surprit les trois hommes. Balthus Kouémé s'approcha d'elle.

– Tu ne vas pas mourir, ma petite, nous allons t'emmener et nous trouverons bien tes parents.

La fillette le regarda longuement, d'un air contrarié.

– Mon papa et ma maman sont au village. Ils sont morts. Moi, je veux mourir aussi.

Le caporal Badji sentit monter en lui une bouffée de tristesse, il repensait à sa petite sœur.

– Je comprends que tes parents te manquent, dit-il. Mais tu ne vas pas disparaître pour autant. Tu les rejoindras dans longtemps, quand tu seras une vieille femme et que Dieu t'appellera auprès de Lui. Car Il s'occupe de ton papa et de ta maman en attendant. Mais d'ici là, le bon Dieu souhaite que tu grandisses pour pouvoir honorer la mémoire de tes proches.

La petite s'était remise à pleurer. Entre deux sanglots, elle prononça ces mots que les soldats reçurent en plein cœur :

– Je veux aller au paradis, ici c'est l'enfer. Je n'aime pas l'enfer.

La fillette avait fini par s'endormir sur le siège arrière de la voiture. Les trois soldats, eux, ne parvenaient pas à fermer l'œil. Dans ces contrées, l'obscurité savait se montrer effrayante aux plus déterminés des hommes, qui depuis les temps immémoriaux craignaient les démons, les djinns, les bêtes sauvages, et tous ces êtres qui attendaient le crépuscule pour surgir et s'emparer des innocents. En réalité, il n'y avait rien à redouter, rien d'autre que les fantasmes des êtres perdus dans le noir. Dans ces régions dévastées par la violence, la nuit était paradoxalement considérée comme une malédiction supplémentaire alors qu'elle permettait en vérité de tenir les prédateurs terrés dans leur tanière.

Pour sa part, le capitaine Kouémé sondait son âme en quête de sens à donner à ce qu'il avait vécu. La découverte du charnier l'avait bouleversé ; cependant, au-delà de l'horreur ressentie, il cherchait une explication à la démence de ces hommes devenus des fléaux pour leurs semblables. Qu'est-ce qui les poussait à se transformer en monstres assoiffés de sang ? Pourquoi Dieu avait-Il fait se côtoyer en chacun de nous l'enfer et le paradis ? Voilà les questions qui l'assaillaient. Balthus Kouémé était un soldat, c'est-à-dire un professionnel de la lutte. On lui avait enseigné que le combat pouvait être un art. Sans doute était-ce vrai à certaines époques et sous d'autres latitudes, mais ici et aujourd'hui, le prétendu art de la guerre ressemblait davantage au dévoiement maladif d'un instinct de survie devenu volonté de puissance. Ce qui se jouait dans cette zone grise de la planète, entre le Cameroun et le Nigéria, n'était pas un affrontement mais la capacité ou l'incapacité à endiguer les flots de bestialité qui forment les ressorts des pulsions primitives. En réalité, cette ligne dessinée sur une carte ne distinguait pas deux nations, elle séparait les humains et leurs démons, la civilisation et la barbarie, la vie et la mort. Il avait ressenti de la peur en découvrant le charnier de Galdekore, et il avait aussi éprouvé de la haine et l'irrépressible envie de faire payer chèrement ceux qui avaient tué sans vergogne. La frontière le traversait, réalisa-t-il, comme elle passait en chacun de nous. Il pouvait fort bien la franchir et se retrouver en territoire ennemi. Au passage, il avait compris à quel point cette violence menaçait toute société humaine. Car dès lors que le premier innocent venait à périr sous les coups des bourreaux, ceux-ci chercheraient ensuite à légitimer cette mise à mort par une série d'arguments moraux, raciaux ou religieux. La brutalité engendrait une justification d'une perversité intellectuelle inouïe, et cette justification générait à son tour de l'agressivité. L'homme était prisonnier du cercle vicieux de son cerveau malade. Prométhée renaissait sans cesse de son châtiment, il payait à l'infini son crime. Voilà ce qui occupait les pensées de Balthus Kouémé dans le silence de sa voiture, tandis que derrière lui, une enfant-kamikaze ayant miraculeusement échappé à la mort dormait à poings fermés.

Dehors, le caporal Badji fumait en compagnie du deuxième classe Kouagheu. Dans la nuit, Balthus Kouémé apercevait les lueurs de leurs cigarettes, il devinait l'état d'esprit des deux soldats. Ils voulaient fuir cet enfer et retourner chez eux. Contrairement à lui, ils n'éprouvaient pas le besoin d'analyser les crimes commis par d'autres pour tenter d'y trouver une explication qui de toute façon ne valait pas grand-chose. Côtoyer l'horreur du monde et devoir y participer suffisait à leur donner l'envie de fuir en courant. Et ils n'avaient sans doute pas tort. La seule décision raisonnable était de s'en aller. Mais les hommes comme lui avaient-ils toute leur raison ? Et cette fameuse raison aurait-elle sauvé la fillette ? S'il l'avait écoutée, il ne serait jamais parti dans ce no man's land ravagé à la recherche de Laya, kidnappée par des illuminés intégristes. Balthus Kouémé décida qu'il était temps de parler à ses deux compagnons. Il sortit de la voiture, alla s'asseoir à leurs côtés et alluma une cigarette.

Les trois soldats ne dormirent pas. Ils fumèrent et discutèrent jusqu'à l'aube. Balthus Kouémé leur raconta sa famille, sa maison, son quartier, il évoqua son père et sa mère. Les petits matins doux à boire le café en écoutant les oiseaux chanter. Ses subordonnés avaient fait de même, ouvrant tour à tour leur cœur dans le confessionnal de la nuit. Ils s'étaient trouvé des amis communs et des parents lointains, là-bas, dans la grande ville de Yaoundé. Les soldats se promirent enfin mutuellement d'avertir leurs proches respectifs si jamais l'un d'eux ne revenait pas vivant de cette mission. Aux premières lueurs du jour, Balthus Kouémé en savait suffisamment sur ses deux camarades pour estimer avoir renoué le fil qui le reliait à l'espèce humaine. Durant cette nuit, ils avaient aussi pris une décision importante. Ils retourneraient au village pour retrouver les corps des parents de la fillette, et les enterrer.

Alors que le soleil se levait sur l'horizon, la petite s'extirpa de la voiture pour venir s'asseoir à leurs côtés. La nuit l'avait tirée de sa stupeur. Elle les regardait avec étonnement comme si elle les découvrait pour la première fois. Ils l'accueillirent avec des sourires et des gestes amicaux de grands frères, la poussant à répondre à leurs questions. Elle s'appelait Aminata et elle avait dix ans. Ses parents avaient été tués sous ses yeux le premier jour de l'arrivée des djihadistes à Galdekore, leurs corps reposaient depuis dans la maison familiale. Elle ne savait pas ce qui s'était passé ensuite et ne pouvait fournir aucune explication sur l'immense charnier du village, car elle avait été retenue prisonnière avec son jeune frère, Mahmoud. Des hommes l'avaient forcée à boire un liquide amer avant de l'habiller d'un gilet explosif. Le breuvage lui avait fait tourner la tête, et elle n'était plus parvenue à dominer son esprit. Ils l'avaient prévenue que si elle n'obéissait pas et n'allait pas au marché, son frère serait tué. Ce récit mit Berthold Badji dans un état de fureur qu'il dissipa en allant à quelques mètres de là déchiqueter à coups de pied un plant d'agave.

Une heure plus tard, ils arrivaient à la maison d'Aminata. La petite était restée dehors, à l'ombre d'un mur, en compagnie de Berthold Badji qui lui tenait la main. Balthus Kouémé découvrit rapidement les corps des parents de la petite fille. Ils creusèrent une tombe dans le jardin et ensevelirent les dépouilles. Aucun des trois soldats ne connaissant le Coran, ils récitèrent une prière chrétienne. Aminata sanglotait. Ils quittèrent l'endroit quelques minutes plus tard, emportant en eux un peu du drame qui s'était abattu sur ces lieux. Étrangement, le village était resté désert durant les deux heures qu'ils venaient d'y passer. Balthus Kouémé y vit la preuve que les localités environnantes avaient elles aussi dû subir des attaques. Il ne fallait pas traîner et gagner Bama au plus vite. Les assaillants rôdaient probablement toujours dans les parages.

Après une dizaine de minutes de route, ils croisèrent enfin une présence humaine. Depuis la chaussée, ils virent un homme en train de vider un bidon d'essence sur le seuil d'une maison. Balthus Kouémé attrapa son fusil et demanda à Berthold Badji de garer la voiture. Il allait donner une leçon à ce pillard. Bondissant hors du véhicule, son arme à la main, il courut vers l'individu qui finissait de déverser le contenu de son jerrycan.

– Ne bouge pas ! Pose ton bidon et lève les bras !

Au lieu de lui obéir, l'homme s'approcha d'un pas tranquille dans sa direction. C'était un vieillard. Bien trop âgé pour être un soldat, un pillard ou un djihadiste.

– Qu'est-ce que tu veux ? demanda-t-il. Tu devrais être au front à combattre nos ennemis. Ne viens pas m'emmerder et laisse-moi faire ce que j'ai à faire.

Surpris, le capitaine Kouémé baissa le canon de son arme.

– Et qu'est-ce que tu as de si important à faire, hormis incendier cette maison ?

L'homme le fixa d'un air narquois.

– Ça ne te regarde pas, soldat ! Ce n'est pas ta demeure, c'est la mienne. J'y mets le feu si je le veux.

Le capitaine Kouémé pensait avoir entendu toutes sortes d'incongruités dans la région, mais il n'était manifestement pas arrivé au bout de ses surprises.

– Pourquoi donc veux-tu brûler ton propre foyer ? demanda-t-il, sincèrement étonné.

– Parce que je ne laisserai pas les gens de Boko Haram, ou même les soldats comme toi et tes camarades là-bas détruire ce que j'ai mis une vie à construire. Si quelqu'un doit s'en charger, c'est moi. Et je ne vais pas seulement brûler ma maison, je vais aussi embraser mes arbres et mes récoltes. Ils n'auront rien ! Vous n'aurez rien ! Je ne vous donnerai pas ce plaisir, bande de salauds !

– Mais c'est insensé ! Un homme ne détruit pas ce qu'il a construit de ses mains !

– C'est mon destin. Je suis maître de ma vie, et je ne veux laisser à personne d'autre le soin de décider à ma place. Si tout ce que je possède est voué à être dévasté, il me reste encore la possibilité d'allumer moi-même l'incendie et de conserver ainsi le dernier mot. Est-ce que tu saisis ?

Balthus Kouémé désapprouva d'un signe de tête. Ce raisonnement lui paraissait aberrant.

– Mais enfin, rien ne dit que les fanatiques de Boko Haram vont détruire tes biens.

– Rien ne garantit le contraire.

– Je ne te comprends pas.

– Sais-tu ce que c'est que d'être un homme, soldat ? C'est refuser la terreur que d'autres veulent t'imposer. C'est résister, c'est prouver que l'on peut broyer d'une main ce que l'autre a fabriqué. L'orgueil, voilà ce qui reste à quelqu'un comme moi qui ne peux pas fuir vers d'autres pays ni me battre l'arme à la main comme toi tu en as la possibilité. La seule liberté que Dieu nous donne lorsque l'on vient sur terre, c'est de choisir sa mort. En quoi cela te paraît-il stupide ou insensé ?

Balthus Kouémé préféra ne pas répondre. Il demanda :

– Nous allons vers Bama. Sais-tu si la route est sûre ?

– Les djihadistes rôdent dans le secteur. Tu es prévenu. Tu peux donc désormais toi aussi décider de ton sort…

Balthus remonta en voiture, laissant le vieillard au bord de la route. La dernière image qu'il vit de lui fut son visage sale et ses yeux flambants de colère. Il repensa ensuite longuement à ses paroles. Hormis l'orgueil et la fierté, que reste-t-il à un homme qui a tout perdu ?

9
LES HÉRÉTIQUES SONT DES HOMMES COMME LES AUTRES

Yamoussoukro, Côte d'Ivoire

Le bruit s'était répandu dans toute la région que des pasteurs pentecôtistes étaient en train d'organiser une gigantesque caravane qui devait aller porter la bonne parole en terre d'islam et, si possible, en chasser les djihadistes. Contrairement aux craintes de Wendell, cette caravane dite « de la paix » suscitait un enthousiasme généralisé. Depuis plusieurs jours, Frances et Wendell recevaient des dizaines et des dizaines de visiteurs souhaitant s'inscrire sur la liste des candidats au voyage. Certains arrivaient les mains remplies, déposant de lourdes sacoches de billets sur le bureau de Frances, d'autres sortaient de leurs poches de petites pépites d'or extraites des mines artisanales du nord du pays. Les offrandes prenaient parfois la forme de denrées périssables : sacs de riz importés de Guinée, paquets d'attiéké produit à Bouaké, poisson séché venu du sud et viande de brousse ; tous ces cadeaux s'entassaient dans la cour de l'église « Ici, Jérusalem vous accueille ». En raison de son passé de commerçante, la vieille Mama Djaloh avait été chargée par Jackson d'en dresser l'inventaire et de répartir les provisions en fonction des besoins. Elle gérait aussi les liasses de billets qu'elle rangeait scrupuleusement dans des boîtes de lait en poudre recyclées pour l'occasion. Ceux qui étaient venus les mains vides n'étaient pas moins bien accueillis que les contributeurs, mais Frances et Wendell avaient décrété qu'ils devaient s'acquitter de tâches d'intérêt général au sein de la communauté comme la préparation des repas collectifs et l'édification de dortoirs provisoires. Les pasteurs appliquaient une version néolibérale de la dîme biblique qui n'était plus seulement une marque de respect envers le Seigneur, mais devenait la juste rétribution du travail fourni par l'Église, à savoir l'intercession entre Dieu et les hommes.

En quelques jours, les terrains vagues des faubourgs de Yamoussoukro s'étaient emplis d'une foule grouillante de nouveaux venus dressant des tentes, creusant des latrines et installant des douches sous le regard méfiant de la gendarmerie locale. Difficilement convaincu par le père Christophe, l'archevêque avait donné sa bénédiction à ce rassemblement « œcuménique » qui de toute façon n'était pas appelé à s'éterniser dans la région, comme l'avait fait remarquer le prélat à son supérieur. Pour sa part, le maire de la ville fermait les yeux et ouvrait les paumes. Il prélevait une petite taxe sur chacun des arrivants, taxe que le pasteur Jackson réglait rubis sur l'ongle avec l'argent que Frances avait recueilli auprès de ses amis américains. Jackson, qui faisait déjà figure de vedette locale, était en passe de devenir une célébrité nationale depuis que les radios et les réseaux sociaux diffusaient les chansons qu'il avait enregistrées pour promouvoir la caravane de la paix. Sa voix profonde et son physique avantageux suscitaient des jalousies, au point que les stars du zouglou et du coupé-décalé commençaient à trépigner d'impatience en attendant que les pèlerins et leurs guides spirituels déguerpissent vers d'autres cieux.

Chaque matin, Wendell et Frances consacraient plusieurs heures à arpenter les campements établis pour les pèlerins, afin de mieux connaître celles et ceux qui allaient faire partie du voyage. Ces rencontres donnaient lieu à d'intenses débats sur les objectifs encore mystérieux pour beaucoup de ce périple au Nigéria. S'agissait-il de chasser les djihadistes ? De convertir les musulmans ? Ou plus pacifiquement de porter la parole de Dieu et de professer l'amour du Christ ? Frances restait la plupart du temps évasive, se contentant de rappeler à tous que le Seigneur montrerait la voie et que Ses buts seraient dévoilés en temps et en heure. Une attitude qui rendait Wendell circonspect. Il connaissait ses intentions réelles, elle lui avait parlé en détail de son grand rêve d'évangéliser l'Afrique musulmane, pourquoi donc entretenait-elle le flou avec les pèlerins ? Avait-elle changé d'avis ? Prenait-elle soudainement conscience que son projet soulevait des passions humaines qui pourraient vite devenir incontrôlables ?

Contrairement à Frances, Wendell n'était pas gagné par l'excitation. Il éprouvait plutôt un sentiment qui s'apparentait à celui qu'il ressentait autrefois pendant la guerre quand il était contraint de s'organiser avec sérieux, de se préparer à combattre et sans doute à mourir. Durant ces moments, il repensait à ses parents, tués au début du conflit. Puiser dans les souvenirs avait toujours été pour lui un moyen d'affronter le présent et d'alléger la tension nerveuse. Relire l'histoire pour affronter l'avenir, en somme. Dès lors, son esprit se calmait, il pouvait travailler méthodiquement et avec application. Cependant, hier comme aujourd'hui, il manquait d'enthousiasme. S'il aimait l'idée d'embrasser une cause ou de se battre pour un idéal, il se méfiait des élans collectifs. Il avait trop souvent vu les passions aveugler les hommes pour croire encore à la noblesse des grandes aventures. Dès l'instant où se formait un groupe, apparaissait presque aussitôt en son sein une meute, et les comportements qui en découlaient s'apparentaient alors rapidement à la loi de la jungle. Seule la religion lui évitait d'être englouti par le pessimisme. On lui avait enseigné que la grâce divine changeait la nature humaine. C'est pourquoi il continuait à penser que la caravane de la paix, pour peu que les pénitents soient habités par l'envie de servir le Seigneur, était une entreprise digne d'intérêt.

Tandis que Frances était occupée à expliquer à un groupe de pèlerins nouvellement arrivé les règles à respecter et les tâches à accomplir au sein de la communauté en attendant le jour du grand départ, Wendell aperçut au loin un vieux père blanc assis sur une souche d'arbre, en lisière de la forêt. Vêtu d'une robe de moine et chaussé de sandales de cuir, il tenait un bâton de marche et semblait se reposer d'une longue route. Intrigué par ce personnage incongru dans cette ville, Wendell s'approcha de lui et nota le nombre de rides impressionnantes qui scarifiaient son visage. Cependant, malgré son grand âge, l'homme lui paraissait vigoureux et en bonne santé.

– Bonjour étranger. Est-ce que tu as besoin d'aide ?

– Merci de ta bienveillance, mon fils. J'arrive de la ville de Bouaké où j'habite. En fait, je cherche le révérend Jackson Kwaku. Est-ce que tu as entendu parler de lui ?

– Oui, je le connais bien. Nous travaillons ensemble, je suis même son principal collaborateur. Je m'appelle Wendell Tubney, et je suis pasteur, moi aussi. L'honorable Kwaku prie sans doute au temple à cette heure-ci. Je vais t'y conduire.

– Je suis le père Yvon. Autrefois, j'appartenais à l'Église catholique, mais aujourd'hui, je suis un moine errant. Je voyage à travers le monde pour l'éclairer de la parole de Dieu.

Vu l'âge avancé du personnage religieux, Wendell trouvait éminemment respectable cette profession de foi. Il lui en fit l'éloge, ce qui fit sourire le vieil homme. En chemin, le père Yvon demanda à Wendell pourquoi il se grattait sans cesse la tempe, puis l'interrogea sur son accent. Satisfait des explications du jeune Libérien, tant sur sa cicatrice que sur son accent, il lui parla de ses origines, précisant qu'il vivait en Côte d'Ivoire depuis une dizaine d'années, ayant dû quitter Rome après ce qu'il appelait « une série de malentendus ».

– Pour dire la vérité, j'ai été chassé du Vatican. Le pape m'a même menacé d'excommunication…

– Aurais-tu quelque chose à voir avec toutes ces histoires de prêtres pédophiles et d'enfants violés qu'on lit à longueur de journée sur internet ? demanda Wendell sans mesurer la brutalité de sa question.

– Mon Dieu, non ! Pour qui me prends-tu ? rétorqua le moine offusqué. Je n'ai aucun rapport avec toutes ces horreurs ! Fais attention à ce que tu racontes, gamin, j'ai beau te paraître vieux, je peux encore te mettre mon pied là où je pense !

– Pardonne-moi, père Yvon. Je cherche juste à comprendre.

– J'ai provoqué les évêques et le pape, voilà mon seul crime. Je les ai obligés à regarder la vérité en face, tout simplement. Et cela m'a valu la colère, pour ne pas dire la haine, de la Congrégation pour la doctrine de la foi.

– L'héritière de la Sainte Inquisition ! souligna Wendell, fier de pouvoir exhiber ses connaissances à propos de la curie.

– Exactement, mon fils. Ces gens sont des chiens enragés. Ils aboient dès que l'on s'approche de leur dogme. J'ai commis l'erreur de dénoncer publiquement leur idéologie fallacieuse.

– Vous voulez dire que vous êtes protestant ?

– Non, pas du tout. Je suis gnostique.

– Qu'est-ce que c'est ? demanda Wendell qui entendait ce mot pour la première fois.

– Les gnostiques sont ceux qui ont découvert les secrets de Jésus-Christ. Les paroles de notre Seigneur contenues dans les Évangiles cachés que l'Église catholique tente de dissimuler depuis les premiers temps du christianisme.

– Les Évangiles cachés ?

– Oui, Wendell. Il existe des textes gnostiques qui remettent en question ce que disent les catholiques depuis deux mille ans. Sais-tu par exemple qu'il existe un Évangile selon Judas, un autre selon Marie-Madeleine, un autre encore baptisé l'Évangile de vérité ? Le Vatican les qualifie d'hérésies. Mais en fait les évêques n'en savent rien.

Intrigué, Wendell fixa le père Yvon, avant d'avouer :

– Il est vrai que je me suis toujours demandé pourquoi il n'y avait que quatre Évangiles.

– Il y en a bien plus ! Et les vérités qu'ils contiennent dérangent le pape.

– Quelles vérités, père Yvon ?

– La réalité, c'est que le monde est aux mains d'un démiurge mauvais. Un Dieu inférieur qui ne nous aime pas et maintient les hommes dans le malheur. L'enfer, c'est la terre, c'est ici ! Et ce démiurge empêche les hommes de prendre conscience de leur nature d'êtres divins. Le Christ a été envoyé par le Dieu supérieur pour permettre aux hommes de connaître la vérité et d'échapper ainsi à ce démiurge. Le Christ n'est pas descendu sur terre pour se sacrifier pour notre salut éternel. Il est venu révéler notre état premier, celui d'avant la chute dans ce monde matériel. Voilà ce que disent les gnostiques.

– Nous serions des anges, en quelque sorte…

– C'est un peu ça, mon fils. Mais nous l'ignorons. Notre terre est une souillure sortie du ventre d'un démiurge malfaisant. La chair est une prison dans laquelle l'âme étouffe et oublie ses origines divines. Voilà ce en quoi je crois. Et je suis convaincu que nous devons éclairer nos amis musulmans sur ce point. Ils ont le droit d'apprendre la vérité, eux aussi. C'est pourquoi je veux me joindre à la caravane de la paix.

Les connaissances de Wendell en matière de textes religieux se limitaient à la lecture de la Bible. La théologie qui passionnait son mentor, le pasteur Johnson, le laissait indifférent. Il se considérait comme un homme simple, qui réclamait des réponses au lieu de se poser des questions. Il se contentait de réciter les passages de son livre de chevet dont la beauté éclairait son âme. Les écrits se suffisaient à eux-mêmes, et il n'y avait jamais trouvé matière à interprétation ou a débat. Que la terre puisse être un enfer où les êtres humains seraient prisonniers lui semblait une idée illogique. À ses yeux, c'était plutôt l'inverse. Le monde se révélait sublime, bien qu'il fût perverti par les hommes. De plus, l'idée que ceux-ci puissent être par essence de nature divine heurtait le dogme chrétien, puisque c'était précisément Dieu, par Sa grâce à travers l'Esprit saint, qui les divinisait. Les théories du père Yvon lui paraissaient donc le fruit d'une pensée biscornue dont les valeurs étaient inversées. En outre, Wendell n'était pas de ceux qui prêchaient la révolution. Les années avaient éteint en lui la colère qui embrase le cœur. Il se demandait si ce prêtre défroqué n'allait pas polluer les esprits avec ses histoires d'Évangiles cachés et autres fariboles de démiurges malfaisants. Fallait-il vraiment le conduire à l'église du pasteur Jackson ?

Plus les jours passaient et plus Wendell se rendait compte que la caravane de la paix drainait les hérétiques, les schismatiques, les sectaires et les doux dingues, aussi sûrement qu'une lampe allumée dans la nuit attirait les phalènes. Depuis quelque temps, les faux prophètes et les pseudo-mystiques surgissaient de tous côtés. À croire que la principale occupation des habitants de la région était de créer des sectes ou des Églises, entre deux récoltes de cacao. Alors qu'il venait de quitter le père Yvon devant la paroisse « Ici, Jérusalem vous accueille », Wendell en eut un nouvel aperçu. Il croisa un curieux personnage qui vint vers lui le sourire aux lèvres. L'individu était habillé à la façon des rabbins avec sur la tête un chapeau sombre à larges bords.

– Je m'appelle Benoît-Joshua, annonça-t-il en tendant la main à Wendell. Je suis le guide d'une petite communauté de chrétiens juifs qui a décidé de participer à la caravane de la paix.

Sa figure était aussi noire que le charbon de bois et Wendell le questionna sur l'origine de sa judaïté. Serait-il l'un de ces fameux falachas, membres de la douzième tribu d'Israël perdue en Afrique, avant d'être rapatriée vers Israël ? Et si oui, que faisait-il si loin de la Terre promise ? Mais Benoît-Joshua le rassura aussitôt. Il n'était pas falacha mais ivoirien, et même de souche multiséculaire, comme on disait encore de nos jours. Il s'était proclamé chrétien-juif, en vertu d'une théorie qu'il avait échafaudée et longuement mûrie. Selon cette doctrine, les Hébreux auraient eu tout intérêt à reconnaître Jésus-Christ comme l'un de leurs prophètes, cela aurait permis au judaïsme de triompher via le christianisme, et de devenir une religion véritablement universelle.

– Si les juifs s'étaient montrés plus malins, argumentait Benoît-Joshua, aujourd'hui Jérusalem dominerait Rome, et le judéo-christianisme se serait imposé dans le monde entier.

– C'est un point de vue qui ne manque pas d'attrait, nota avec prudence Wendell, mais qui te dit que les enfants d'Israël ne souhaitent pas simplement conserver leurs rites et leur Thora pour eux, sans les partager avec le reste de la planète ? Car si je ne m'abuse, être juif, c'est à la fois une question de sang et de foi.

Abasourdi par une si rapide et si brillante réfutation de sa théorie, Benoît-Joshua resta bouche bée, ne sachant quoi répliquer. Au loin, on pouvait entendre les cloches de la basilique de Yamoussoukro sonner la messe. Au bout d'un instant, il reprit la parole :

– Tu as peut-être raison, mon frère, mais dans ce cas, Israël s'est trompé. Et il ne me reste plus qu'à convaincre le peuple élu de se rallier à moi. J'insiste sur ce point. Les juifs doivent se convertir et les chrétiens doivent s'ouvrir au Talmud et à la Thora dans leur dogme. C'est la seule solution pour revitaliser notre Église. Vous, les protestants, vous ne voulez pas le comprendre, je vous connais. Vous ne pensez qu'à votre pomme. Vous êtes les pires égoïstes que la terre ait jamais portés !

Wendell commençait à être quelque peu agacé par ce personnage impudent et farfelu.

– Et tu comptes convaincre Israël en restant ici ? En Côte d'Ivoire ?

Benoît-Joshua lui lança un regard furieux.

– Ce ne sont pas tes oignons, de toute façon, hérétique !

Sur ces paroles, l'homme tourna les talons. Wendell, hilare, demeura quelques instants à l'observer s'éloigner.

Considérant la foule nombreuse et bigarrée qui se pressait devant le temple fondé par Jackson, Frances se laissait gagner par l'excitation. Son grand projet prenait forme. Les centaines de personnes qui affluaient à Yamoussoukro, les dons en nature et en argent, les fonds débloqués par les Églises américaines, tout allait au-delà de ses espérances. La facilité avec laquelle les choses se mettaient en place la surprenait. Il y avait encore si peu de temps, lorsqu'elle arpentait les rues de Monrovia à la recherche de Wendell, elle pensait sincèrement ne jamais y arriver. Mais leur rencontre avait engendré un miracle. C'était comme si le simple fait d'avoir réussi à persuader le jeune pasteur libérien de la suivre dans cette aventure avait ouvert les portes du succès. Dieu voulait incontestablement la récompenser de son opiniâtreté. Alors qu'elle s'attendait à devoir galvaniser les foules, elle constatait que les pèlerins n'avaient nul besoin d'elle pour être convaincus du bien-fondé de la mission évangélisatrice en terre impie. Chez tous ces gens, elle observait un sens du sacrifice qu'elle jugeait digne des premiers chrétiens. Frances comprenait aussi qu'à travers les prières collectives et les chants religieux s'exprimait une volonté de revanche sur l'islam que les chrétiens estimaient généralement trop conquérant. La soif d'expansion des wahhabites et des salafistes en particulier les inquiétait. Ils voulaient donc leur donner une leçon, les obliger à revoir leurs ambitions à la baisse, voire à abdiquer leur idée de djihad. Les évangéliques partaient en croisade et Frances se promettait d'en prendre la tête. Pas plus que les centaines de fondamentalistes chrétiens qui affluaient à Yamoussoukro, elle ne mesurait les dangers réels d'une telle entreprise. La foi soulève des montagnes et les montagnes bouchent souvent l'horizon.

Ainsi, elle imaginait Wendell en général de son armée du Seigneur, celui qui porterait l'étendard du Christ en terre d'islam. Elle avait décelé en lui une âme pure, habitée par Dieu, un ange déchu qui tentait de racheter ses péchés en se mettant au service exclusif du Tout-Puissant. Pour elle, l'ancien enfant-soldat personnifiait la rédemption, le courage qu'il fallait aux hommes pour s'agenouiller et avouer au monde entier leurs fautes. Les preuves de sa sincérité et la force de sa foi, qu'elle contemplait chaque jour lors de leurs prières communes, la confortaient dans son choix. En comparaison, Jackson se montrait plus décevant d'un point de vue strictement religieux. Les phrases des Évangiles qu'il citait à tout bout de champ sonnaient faux dans sa bouche. La foi lui servait de costume d'apparat, pensait-elle. Et si elle admettait qu'il portait beau, chacun savait néanmoins que l'habit ne faisait pas le moine. Pourtant, elle l'avait déjà absous, car il est écrit dans les Épîtres que la flamme ne brille pas en chacun de nous avec la même intensité. Et la parabole du fils prodigue, énoncée par le Christ, enseigne que ce sont justement les gens comme Jackson qu'il faut sauver en priorité. Elle lui pardonnait d'autant plus volontiers sa frivolité qu'il consacrait toute son énergie au projet de la caravane de la paix. Frances avait été particulièrement impressionnée de voir Jackson ramener à eux le père Christophe. Les catholiques ne se laissaient pas facilement convaincre par les pasteurs protestants, surtout par ceux des Églises de Réveil.

Le père Christophe, justement, redécouvrait à l'occasion de ce grand rassemblement les joies de sa mission pastorale. Parmi celles-ci, il y avait la nécessité de chasser les brebis galeuses, en vertu du principe biblique selon lequel « le berger est toujours responsable de la santé de son troupeau ». On voyait donc régulièrement la silhouette ronde et le crâne chauve du prêtre catholique arpenter les allées du campement de fortune, épiant d'un œil sévère les postulants, à la recherche « des colporteurs de fausses religions ». Dès qu'il débusquait un potentiel fauteur de troubles, il brandissait le lourd bâton de bois qui lui servait de canne pour en menacer le suspect. Puis il appelait Wendell ou Jackson au secours en leur demandant de l'aider à éradiquer la vermine qui mettait en péril la santé mentale des fidèles. Plusieurs prophètes autoproclamés avaient ainsi été priés de quitter la ville, la gendarmerie assurant l'escorte jusqu'aux limites du district.

Dans la soirée, le père Christophe se présenta tout essoufflé devant Wendell et Jackson, attablés à la terrasse d'un maquis.

– Il faut que vous veniez voir ça ! leur dit-il.

Il emmena ses amis à sa suite au campement des pèlerins. La pluie avait détrempé les sentiers devenus boueux et Jackson pestait contre la glaise qui salissait ses chaussures.

Ils finirent par arriver jusqu'à une tente où deux hommes, torse nu, veillaient un enfant alité. Le garçonnet était pris de convulsions, l'un des deux personnages lui tenait les bras pour le maintenir allongé, tandis que le second l'aspergeait d'un liquide rougeâtre à l'aide d'une branche de rônier. Dans un coin de la pièce, un poulet décapité avait été vidé de son sang.

– Qu'est-ce que vous faites ? Sorciers ! Suppôts de Satan ! hurla le père Christophe.

Bien qu'habitué aux colères du curé, Jackson ne l'avait jamais vu dans un tel état d'énervement. Le pasteur tenta de le calmer tandis que l'un des deux hommes se leva pour l'empêcher d'approcher de l'enfant.

– Nous ne sommes pas des sorciers, mais des prêtres vaudou. Ce garçon est possédé par un esprit malin. Nous voulons seulement l'en libérer.

Ces paroles provoquèrent un nouvel accès de fureur chez le père Christophe, que Jackson eut un mal fou à apaiser. Finalement, il le fit sortir de la tente, lui promettant de s'occuper de ces deux adeptes du culte vaudou.

– Vous n'avez rien à faire avec nous, leur expliqua-t-il, une fois le calme revenu. Nous préparons une caravane de la paix pour aller au Nigéria. Ce sont des affaires de chrétiens, catholiques et protestants. Ça ne vous concerne pas, reprocha-t-il aux deux hommes.

Le plus âgé des deux, celui qui tenait la branche de rônier, se leva à son tour.

– Le Nigéria est la terre natale des orishas, les divinités de nos parents yorubas. Là-bas, tout comme chez nous, au

Bénin, ce sont les orishas qui déterminent le succès d'une entreprise ou son échec. C'est pourquoi nous sommes venus vous prêter main-forte. Le gosse, on l'a trouvé comme ça en arrivant. On voulait juste l'aider.

Jackson regardait les deux hommes avec une certaine crainte. Il n'aimait pas les sorciers vaudou, les jugeant malfaisants et enclins à jeter des sorts à leurs ennemis. Il leur demanda de patienter un instant et s'éloigna de la tente avec Wendell pour discuter en aparté.

– Tu comprends, mon ami, ces gens-là me fichent la trouille. Moi, je pense qu'il faut les expulser, mais je n'ose pas…

Wendell le regarda avec amusement. Il avait beaucoup côtoyé la sorcellerie dans sa vie. Durant la guerre, chaque combattant, jeune ou vieux, possédait des gris-gris pour chasser le mauvais sort et se protéger des balles adverses. Wendell, qui avait vu tomber beaucoup de ses camarades sous les tirs ennemis, ne croyait pas vraiment à la magie, mais il respectait le vaudou, car la religion yoruba était ancienne et très populaire dans certaines régions de l'Afrique de l'Ouest. Elle charriait des siècles de culture et devait donc être traitée avec considération. Cependant, il convenait d'une chose, ces hommes n'avaient rien à faire ici. Frances serait sûrement de son avis, elle qui regardait d'un œil soupçonneux tous ceux qui ne s'en tenaient pas strictement à la Bible. La concurrence du vaudou pouvait faire ombrage à leur entreprise. Il proposa à Jackson d'aller parler aux deux prêtres. Il n'avait pas peur d'eux ni de leur magie. Il n'avait peur que d'une chose : offenser Dieu.

– Vous savez, leur dit-il, une fois retourné dans la tente, je respecte votre religion ancienne. Mais vous faites erreur sur un point important. L'enfant que vous essayez de guérir n'est pas victime d'une divinité malfaisante ou d'un esprit quelconque. Il est simplement possédé par le diable, car il ne connaît pas la Bible. S'il était pentecôtiste et consacré comme moi, il n'aurait aucun problème. Et d'ailleurs, avec le pasteur Jackson, nous pouvons le baptiser sur-le-champ et le libérer du démon.

À ces mots, les deux prêtres vaudou firent une mine horrifiée.

– Mon frère, tu te trompes, répliqua le plus âgé des deux. Ta Bible et ton exorcisme chrétien ne peuvent rien pour lui. Cet enfant est né sur notre terre africaine, si tu l'arraches à nos traditions, alors tu le condamnes.

Wendell souriait avec condescendance.

– Mes pauvres amis, c'est justement vos coutumes le problème. Elles vous enferment. Vous êtes prisonniers de votre communauté, de vos parents et de vos pratiques passéistes, et enfin de tout ce qui empêche l'homme de se réaliser pleinement. Voyez, moi je suis pentecôtiste. Et le pentecôtisme, c'est la modernité. Tout ce que je possède, je le dois à mon travail et à ma foi en Dieu. Et je ne suis pas obligé de rendre compte de mes actes à tout mon village ainsi qu'à tous ces parasites sociaux qui vivent sur la peine des autres. Je suis libre. Libre en Dieu et grâce à Lui. C'est aussi simple que cela. Quand tu rejoins Dieu, Il voit ta sincérité et Il te protège. Cet enfant est puni parce qu'il ne respecte pas les enseignements de notre Seigneur ! Croyez-moi.

Wendell avait asséné son credo avec aplomb, fixant tour à tour ses interlocuteurs. Son sérieux et son calme déroutaient les deux prêtres. Ils se regardèrent un instant, échangèrent quelques mots à voix basse, pour finalement annoncer leur intention de partir. En sortant de la tente, le plus âgé des deux hommes fit un geste de la main au gamin toujours alité. Celui-ci se leva d'un bond, et tous les trois quittèrent les lieux sans demander leur reste. Jackson, qui attendait dehors, fut soulagé de les voir disparaître.

– Franchement Wendell, tu n'as pas terminé de m'épater. Tu n'as peur de rien ni de personne ! Tu es un vrai guerrier, toi !

Le Libérien lui sourit.

– J'ai la foi, Jackson. C'est la différence entre nous.

Le pasteur ivoirien fit mine de ne pas avoir entendu cette dernière réflexion plutôt insultante. Il était soulagé de voir partir les prêtres béninois. Les deux hommes décidèrent d'aller raconter à Frances cet épisode de leur lutte commune contre le paganisme.

10
LES MIRACULÉS

État de Borno, nord du Nigéria

Au milieu de la plaine aride et torturée, l'oasis était inespérée. Plusieurs décennies auparavant, les hommes y avaient exprimé leur optimisme et leur foi en l'avenir en y plantant des acacias, des manguiers, des grenadiers, des anacardiers, ainsi qu'une multitude de plantes médicinales et de buissons odorants. Un cours d'eau alimenté par une source traversait ces quelques hectares verdoyants colonisés par les fleurs. En découvrant le verger miraculeux, Laya se disait qu'Allah lui-même avait guidé les pas de l'Initié vers ce paradis. Après les marches harassantes dans la brousse hostile, ce bivouac représentait une bénédiction. Elle observait les hommes et les femmes autour d'elle, ils retrouvaient soudainement l'entrain, la joie et la simplicité des attitudes. L'ombre et l'eau rafraîchissaient les corps et les cœurs, la vie redevenait un fruit mûr que l'on dévorait à pleines dents. Le soulagement était collectif, et dans la tranquillité du soir, les épouses préparaient le repas tandis que les maris organisaient avec Issa la surveillance nocturne et ramassaient du bois pour allumer les feux.

Laya porta son regard sur l'Initié qui s'était assis à l'écart pour rendre grâce au Seigneur. Elle attendit qu'il terminât sa prière, puis lui apporta des biscuits secs ainsi qu'une mangue choisie avec soin. L'Initié la remercia et l'invita à partager ces vivres avec lui. Ils s'installèrent sous un grand kigelia dont les fruits oblongs pendaient aux branches. Le prédicateur se montrait calme et serein comme à l'accoutumée. Laya se disait que rien ne pouvait ébranler cet homme. Sa foi, son courage et sa détermination sans faille reflétaient la volonté d'Allah.

– As-tu des nouvelles de notre Seigneur, Laya ? lui demanda-t-il.

– Que voulez-vous dire, maître ? Je ne comprends pas.

– Je veux savoir si tu as prié Allah – loué soit Son nom – durant ces longues heures de marche, et s'Il a exaucé tes prières.

– Oui, bien entendu j'ai prié. Je Lui ai demandé de me donner la force d'avancer.

– Et tu es arrivée jusqu'ici… C'est bien. Allah a donc exaucé tes vœux. Qu'Il en soit remercié.

– Oui maître, et je remercie aussi le Prophète, qu'Allah le bénisse et lui accorde le salut.

– Peux-tu faire quelque chose pour moi, petite Laya ?

– Bien entendu.

– Alors, tu vas aller cueillir les feuilles de cet arbre et préparer ensuite une décoction avec l'eau de la source. Tu en donneras à boire une tasse à chacun d'entre nous. Le kigelia est un fortifiant.

– Oui maître.

– Dis-moi aussi une chose. Comment se porte Issa ?

– Je ne sais pas, maître. Il est devenu étrange. Il ne me parle plus.

– Que lui arrive-t-il ? Lui qui est si attentionné au point qu'il me dérange souvent quand je prie ?

– Je ne comprends pas. Il a changé. Je ne le reconnais plus.

– Connaît-on jamais les gens qui nous entourent, Laya ? Nous sommes toujours surpris en bien ou en mal par ce qu'ils sont réellement. Il y a généralement une différence entre l'image que nous en avons et la réalité, car le cœur a tendance à jeter un voile sur notre regard, et lorsque le voile tombe, nous sommes étonnés, à la fois par les autres et par notre propre incapacité à les cerner.

– Vos paroles sont sages, maître.

– Elles sont destinées à t'enseigner une chose.

– Laquelle ?

– Écoute ton cœur. Mais ne lui permets pas d'aveugler ta raison.

– Si j'avais écouté ma raison, je ne vous aurais jamais suivi.

– Peut-être est-il temps d'apprendre désormais.

Les propos de l'Initié firent mouche. Depuis plusieurs jours, Laya sombrait dans des moments de profonde tristesse. Elle s'était lancée dans cette aventure corps et âme, laissant ses désirs de voyages s'emballer au rythme des pas d'Issa. Puis, le jeune homme était devenu subitement froid, ne réclamant plus sa présence à ses côtés lors des longues heures de marche, et semblant au contraire vouloir l'éviter. Ses silences la blessaient. Laya avait d'abord recherché la faute qu'elle aurait commise, le mot qu'elle aurait prononcé et qui aurait justifié la soudaine et brutale indifférence à son égard. Puis elle avait fini par renoncer.

L'isolement dans lequel elle se retrouvait mettait ses choix à l'épreuve. Laya savait ce qu'elle avait fui en quittant sa maison, en revanche elle ne parvenait pas encore à découvrir son but. La terre aride qu'elle foulait chaque jour commençait à réduire en poudre ses rêves de jeune fille. Il lui restait cependant un espoir. L'Initié l'avait cernée dès leur première rencontre. Il n'avait pas cherché à la dissuader de le suivre ni même voulu tester sa foi. Pour quelle raison ? Qu'avait-il deviné en elle qu'elle ne voyait pas ? Laya s'accrochait à ces questions afin de ne pas perdre pied. Il ne lui restait d'autre option désormais que d'avancer en compagnie des hommes et des femmes qui l'entouraient, sous les ordres de ce grand prédicateur charismatique guidé par Allah. Tant qu'ils n'auraient pas atteint la cité du maître, les pèlerins ne vivraient pas en sécurité, et elle ne saurait pas si ses choix étaient les bons.

Heureusement, pas plus que le découragement, la tristesse n'arrivait à camper plus de quelques minutes dans son cœur. En dépit de son âge, ou peut-être grâce à cela, Laya affichait une détermination impressionnante. Sans doute était-ce le propre des filles du nord du Cameroun, celles qui avaient grandi à la dure dans les campagnes arides, celles qui dès le plus jeune âge courbaient le dos dans les champs sous un soleil implacable, marchaient des kilomètres en transportant l'eau et les vivres nécessaires au foyer. Le voyage ne lui faisait soudainement plus peur. Les djihadistes demeuraient irréels tant qu'ils n'apparaissaient pas au détour d'une colline ou d'un chemin. L'éloignement de sa famille n'était finalement pas si insupportable, car il y avait autour d'elle des hommes, des femmes et des enfants qui avaient besoin de son engagement au service de la petite communauté et qui, en retour, lui offraient l'affection et l'attention que les siens lui procuraient autrefois. Laya avait une décoction à préparer, comme le lui avait demandé le maître, elle allait s'y employer. Ce travail prenait soudain tout son sens à ses yeux. L'Initié veillait à la cohésion de son phalanstère.

Elle s'approcha d'Idriss, un homme d'une trentaine d'années, taciturne et solitaire, mais qui faisait toujours preuve de sollicitude envers les plus faibles du groupe. Celui-ci accepta bien volontiers de l'aider à préparer l'infusion.

– L'Initié a raison, expliqua-t-il. Les feuilles de kigelia débarrassent de certaines infections intestinales et soignent l'anémie.

– Comment le sais-tu, Idriss ?

– Mon grand-père était pharmacien, il connaissait toutes les plantes et leurs vertus médicinales. À Maiduguri, d'où je viens, il était réputé être le meilleur apothicaire de la région.

– Et toi, que faisais-tu, là-bas ? Tu étais aussi pharmacien ?

– Moi ? Non, enfin un peu. J'étais surtout une personne très différente. Je vais te raconter mon histoire, si tu veux.

Tout en pilant les feuilles, Idriss révéla alors à Laya la tragédie qu'il avait vécue durant près d'une décennie.

À vingt ans, Idriss était un beau jeune homme, promis à un avenir brillant. Cet orphelin qui avait perdu ses parents dans un accident de voiture dont la cause n'avait jamais pu être établie sur la route entre Maiduguri et Dikoa avait été élevé par son grand-père, Tukur Yusef, avec la vigilance étouffante que les adultes apportent parfois aux enfants uniques et donc précieux. Le vieillard n'évoquait jamais les parents d'Idriss qui, de son côté, n'avait jamais cherché à en savoir davantage sur eux. Ce manque d'intérêt pouvait s'expliquer par la place importante qu'occupait le vieil homme dans l'espace familial et social. Patriarche, médecin et poète, il avait vécu une vie tumultueuse, connu la gloire et la fortune avant de se retirer dans son officine de pharmacien. Idriss ne se lassait pas de cet original, drôle et savant. Le vieillard avait transmis à son petit-fils sa curiosité pour la science et son amour des plantes médicinales. Il l'emmenait chaque jour avec lui dans la brousse à la recherche d'herbes et de baies thérapeutiques. Ensemble, ils passaient des heures merveilleuses dans la nature à observer les oiseaux et les troupeaux de zébus, à chasser les ragondins et cueillir des plantes. Le soir, l'apothicaire élaborait ses poudres, ses onguents, ses décoctions, et le jeune Idriss le regardait faire avec admiration. Peu à peu, l'envie d'imiter son modèle avait grandi en lui, et à quinze ans il en connaissait davantage sur la pharmacopée traditionnelle que bien des médecins établis de longue date. Idriss avait donc opté pour des études de pharmacie à l'université de Kano. Revenu à Maiduguri, il se préparait à reprendre le commerce de son grand-père qui, affaibli par l'âge, ne se rendait plus qu'épisodiquement dans la petite officine située à la sortie de la ville, sur la route qui mène à Damaturu.

La première fois que *la voix* s'immisça dans son esprit, le soir venait de tomber. Il était occupé à piler des graines de prosopis à la lumière d'une veilleuse. Il crut d'abord qu'un gamin s'était faufilé dans l'ombre de la boutique pour lui jouer un mauvais tour, mais *la voix* se fit de nouveau entendre. « Idriss, tu ne penses pas à moi. Tu n'as jamais voulu te souvenir de moi. Si tu ne changes pas ton attitude, je vais finir par disparaître. » Cette fois, Idriss leva la tête avant d'allumer le plafonnier. La pièce était vide. Il prit peur. Les histoires de djinns et de démons que lui racontait autrefois son grand-père lui revenaient en mémoire. Chacun savait que des esprits malins parcouraient la brousse ainsi que les rues des villages et des villes pour s'en prendre aux plus faibles. Idriss observa donc ce qui était recommandé en pareille circonstance : brûler de l'encens et réciter les sourates du saint Coran. Mais *la voix* reprit de plus belle : « De quoi as-tu peur ? Du diable ? Je ne suis pas un diable ni un démon. » Pendant plusieurs instants, Idriss resta sidéré, incapable de formuler une pensée cohérente. La terreur figeait son corps et son esprit, le plongeant dans un état de stupeur qui l'empêchait de réagir. Qui parlait ainsi dans sa tête ? Son cœur battait la chamade, son sang comprimait ses tempes. Il n'osait pas répondre à ses propres questions, ayant le sentiment que s'il cédait, il tomberait alors dans un puits sans possibilité de remonter à la surface. Mais *la voix* insistait. « Je t'en prie, dis-moi quelque chose. Ta mère est là, avec moi, elle aussi veut t'entendre. » Après de longues minutes d'une angoisse indescriptible, Idriss finit par répliquer :

– Qui es-tu ?

Ce fut son erreur, car dès lors une cacophonie de rires, de cris et de mots explosa dans sa tête, pour ne plus s'arrêter. Une voix d'homme à laquelle se mêlait parfois celle d'une femme lui reprochait son silence, son absence, l'avertissait qu'il ne devait pas les ignorer. Des soupirs, des grognements, des insultes émaillaient ce bavardage confus et bruyant. « Mauvais fils ! Égoïste ! Charlatan ! » N'en pouvant plus, Idriss serra ses tempes entre ses mains dans l'espoir de faire cesser le tumulte. La souffrance et la panique l'envahirent. Il s'évanouit.

Lorsqu'il revint à lui, il était allongé sur le sol, le jour commençait à se lever, sa tête bourdonnait et lui faisait mal. Nerveux, il entreprit de préparer une tisane de kinkeliba, parce qu'il fallait bien essayer quelque chose pour chasser le malaise persistant. Tandis qu'il avalait le breuvage tout en réfléchissant à ce qui s'était produit, son grand-père arriva à l'officine. Inquiet de ne pas l'avoir vu rentrer pour la nuit, il lui demanda comment il se portait. Idriss n'osa pas avouer la vérité. Pour la première fois de sa vie, il mentit à cet homme. C'est alors qu'il entendit distinctement cet avertissement dans sa tête. « Ne lui parle pas de moi, sinon il va te chasser de chez lui. Je le connais, Tukur n'a pas de cœur ! » Idriss en renversa sa tasse de tisane. Le grand-père le regardait d'un air préoccupé.

– Tu es sûr que ça va, fils ?

Durant les semaines suivantes, Idriss sombra dans un état quasi permanent de peur panique. Dans sa tête *la voix* se montrait de plus en plus terrifiante. Il n'osait pas répliquer. De toute façon, il ne savait quoi dire à cette parole malveillante qui lui reprochait mille choses. Il ne mangeait plus, ne dormait plus. Sa vie était devenue un cauchemar. La perspective d'un basculement progressif dans la folie l'obsédait. Il dépérissait. Le voyant ainsi, Tukur s'inquiétait et lui posait mille questions sans obtenir une seule réponse. Il lui faisait boire toutes sortes de potions sans que l'état du jeune homme ne s'améliore. Un matin, après avoir écouté durant de longues heures sa litanie intérieure, Idriss abdiqua et reconnut ouvertement que cette voix était bien celle de son père disparu depuis plus de dix-huit ans. À partir de ce jour, il tenta de la dompter, de lui répondre point par point, de crier quand c'était nécessaire. Il argumentait, débattait, philosophait. Parfois, il pensait avoir gagné. *La voix* se taisait. Mais elle revenait de plus belle au moment où il s'y attendait le moins, c'est-à-dire souvent quand il commençait à ressentir un certain soulagement. Accusatrice et jalouse, cette parole lui reprochait d'accorder trop d'importance à son grand-père. Alors, il se battait, parlait plus haut, expliquait, prenait la défense de ce grand-père qui lui avait sauvé la vie lorsqu'il était devenu orphelin. Parfois, *la voix* se révélait perverse, lui racontant des choses malsaines à propos de Tukur, des mensonges qu'Idriss savait inventés de toutes pièces. Ne pouvant se débarrasser de cet intrus en lui, le jeune homme était obligé d'écouter ces horreurs. Il ne s'y habituait pas. Des idées de suicide commençaient à naître dans son esprit. Il se montrait de plus en plus mutique, solitaire, inerte, passant ses journées reclus dans son officine qu'il n'ouvrait plus que par intermittence. Tukur s'inquiétait et entreprit de faire venir auprès de son petit-fils un guérisseur qu'il fournissait en plantes médicinales. La séance d'exorcisme qu'il fit subir à Idriss resta pour les trois hommes comme leur pire souvenir. Le garçon se tordait sur son lit, hurlant les mensonges que lui dictait *la voix*, mais aussi des insanités, tandis que le marabout affolé tentait de repousser la monstrueuse logorrhée en récitant des prières. La cérémonie rituelle dura des heures. Des heures de souffrance. Le grand-père en sortit profondément affecté. Quelque temps plus tard, il tomba malade et fut emporté par une fièvre maligne.

Dans la tête d'Idriss, *la voix* triomphait.

De semaine en semaine, son état empira. Il ne s'occupait plus de sa pharmacie, encore moins de lui-même. Il vivait dans une saleté indescriptible, mangeait ce qu'il trouvait dans les poubelles, ne parlait plus à personne. Il ne se souvenait plus très bien du jour où il se retrouva à la rue, mais ce fut assez rapide. On le vit dans le voisinage, errant, torse nu, les cheveux hirsutes, proclamant à voix haute que Tukur était un monstre qui l'avait volé à ses parents. Ces accusations choquèrent son entourage, car chacun était au fait de son histoire et tous savaient que le grand-père avait été bon et généreux pour Idriss. Il fut donc chassé du quartier à coups de pierres, se retrouvant dans une partie de la cité qu'il ne connaissait pas. Il se mit à vivre seul dans la rue, dormant dans les caniveaux et les arrière-cours, disputant ses repas aux chiens. On l'appelait « le cinglé ». Il ne portait qu'une vieille culotte et une paire de sandales abîmées. Un aliéné parmi tant d'autres, comme il en existait tant dans les villes où personne ne prenait soin de ceux qui étaient frappés par la maladie mentale. Nul ne sait comment il put survivre ainsi, durant des années, dans l'indifférence et l'hostilité.

Un jour qu'il était à demi assoupi au bord d'un égout dans un quartier périphérique de la ville, Idriss entendit quelqu'un l'appeler par son prénom. Il ouvrit les yeux et vit une grande silhouette décharnée se tenant debout dans la lumière. Un homme s'approcha, s'agenouilla devant lui, et posa une main sur son front. C'était la première fois depuis longtemps qu'un humain le touchait. Une sensation de douceur et de fraîcheur apaisante l'envahit. L'inconnu lui ordonna ensuite de se lever et de le suivre.

– Qui es-tu et comment connais-tu mon nom ? demanda Idriss apeuré.

– Je suis l'Initié, je suis ton maître. Le Seigneur m'a envoyé auprès de toi pour te sauver. Viens avec moi pour que Sa volonté s'accomplisse.

Idriss était stupéfait. Il obéit sans réfléchir. Dans sa tête, *la voix* ne disait rien. Cela faisait des années qu'elle ne s'était pas tue ainsi. Il se leva et suivit l'étranger qui était accompagné de deux jeunes talibés. La grande silhouette se détachait dans l'ombre de la rue. Son allure calme et son pas régulier témoignaient d'une force intérieure qui surprenait le jeune aliéné. Au bout de deux kilomètres, Idriss, qui marchait à bonne distance du maître, avait retrouvé un peu de vigueur. Curieusement, dans sa tête régnait toujours le silence. Il n'entendait plus le tumulte des conversations que *la voix* tenait la plupart du temps avec elle-même puisque Idriss était trop fatigué pour lui répondre. Il attendit le soir pour oser approcher l'Initié. Celui-ci l'accueillit avec un sourire chaleureux et l'appela « mon fils ». Il lui proposa de manger avec lui, et lui annonça qu'il se sentirait mieux après un repas et une nuit de sommeil. Idriss comprit alors qu'il était guéri. L'homme l'avait sauvé. Il pria jusqu'à l'aube à ses côtés. Le lendemain, il se lava, récupéra des vêtements propres et ne quitta plus jamais son bienfaiteur. Il faisait partie de ses premiers disciples.

– Crois-tu vraiment qu'il t'ait guéri ? demanda Laya à la fin du récit.

– Je ne le crois pas, je le sais. Il possède des pouvoirs miraculeux. Mais son plus grand talent est de parvenir à ouvrir les yeux des hommes pour qu'ils reçoivent Sa bénédiction.

– Que veux-tu dire par là ?

– Une chose simple, Laya. Je t'observe depuis que tu nous as rejoints. Les raisons qui t'ont amenée parmi nous m'échappent, et de toute façon elles ne me regardent pas, mais il est évident qu'elles n'ont pas grand-chose à voir avec la religion. Et pourtant tu es là. Qu'espères-tu de lui ?

– Que devrais-je espérer ? N'est-ce pas plutôt lui qui attend quelque chose de moi ?

– Tout ce que tu pourras lui donner lui fera plaisir. L'Initié est semblable à un miroir. Il reflète nos sentiments, nos désirs et nos peurs. Il est un catalyseur dans le sens chimique du terme…

– Je ne comprends pas, Idriss. Je sais que je ne suis pas comme toi. J'ai suivi le maître parce que je ne voulais pas d'une vie au village. Je ne voyage pas avec vous pour les bonnes raisons.

– Mais c'est notre cas à tous. Moi, je voulais échapper à la folie ! C'est ensuite que j'ai découvert les causes de ma présence à ses côtés. La foi ne se résume pas à une question de croyance, c'est avant tout une révélation.

– Je n'ai pas eu de révélation.

– Et peut-être n'en auras-tu jamais. Nul ne le sait. Mais si le maître t'a fait venir parmi nous, c'est qu'il a ses raisons. Tu vois cette jeune fille là-bas qui s'occupe des enfants, près de la rivière ? Elle se prénomme Tina, elle a vingt-deux ans. Je vais te raconter qui elle est et pourquoi elle nous accompagne. Tina est la preuve qu'Allah vaincra les intégristes de Boko Haram.

Elle s'appelait en réalité Fatim Chétima. Tina était un surnom, celui que lui donnaient les gamins des rues. Tina était née dans la localité de Zundur, avant de déménager avec ses parents à Maiduguri. Huitième d'une fratrie de douze enfants, elle fut très tôt livrée à elle-même. À onze ans, Tina tuait pour la première fois. Dans son esprit, cet événement n'eut pas le retentissement que l'on aurait pu croire. Ce ne fut qu'un incident parmi d'autres, une violence supplémentaire que lui infligeait la vie au milieu de toutes celles qu'elle lui avait déjà fait subir. Elle n'en conçut ni peine ni joie, mais simplement le sentiment d'avoir évité la déchéance, la faim et la honte. Ainsi, la brutalité rend-elle aveugles et sourdes les âmes qui ont pourtant le plus besoin d'être éveillées, celles des enfants.

Un garçon venait de lui voler le sac dans lequel elle transportait du riz. Il l'avait menacée à l'aide d'un couteau puis l'avait giflée à plusieurs reprises. Tina avait attendu qu'il s'éloigne de quelques mètres et l'avait suivi. Alors qu'il s'engageait dans une ruelle déserte, elle avait à son tour sorti une lame et s'était ruée sur lui pour la lui enfoncer dans le cou. Le garçon s'était vidé de son sang sous ses yeux. Avant qu'il n'expirât, elle lui avait craché trois fois au visage. Ce fut le premier d'une longue série de meurtres. Dans la rue, Tina devint rapidement une combattante, une tempête de haine et de fureur dont la morale personnelle se résumait à protéger la bande de jeunes criminels qui constituaient sa nouvelle famille. Au fond d'un passage insalubre, dans la maison abandonnée où elle vivait, elle régnait sur une vingtaine de filles et de garçons qui respectaient sa force et sa cruauté. Impitoyable guerrière engendrée par une société aveugle, Tina ne formulait ni but ni objectif. Elle prenait ce qui lui faisait envie, volait ce qu'on ne lui cédait pas, frappait ceux qui s'opposaient à elle. Rien ne l'atteignait, ni ses crimes ni la mort de ses compagnons que la police pourchassait avec acharnement, en toute impunité, sans le moindre égard pour leur vie.

Une nuit, alors qu'elle venait de détrousser un automobiliste égaré dans son quartier, elle vit un homme s'approcher d'elle. Il portait une vieille parka noire qui cachait une djellaba sale et usée. L'individu avait l'air misérable, mais Tina savait d'expérience que les riches commerçants se déguisaient souvent pour éviter d'attirer l'attention. Elle sortit son couteau. Au moment où l'individu se trouvait à un mètre d'elle, elle le menaça :

– Ton fric et ton manteau. Tout de suite, sinon j'te plante !

L'homme leva un bras. Tina perçut des bruits de pas dans son dos. Quatre jeunes garçons armés de pistolets venaient de surgir de nulle part.

– Désarmez-la, entendit-elle avant de recevoir un coup entre les omoplates.

Elle l'encaissa comme elle le put, et se releva au bout de quelques instants, le visage crispé, les poings serrés. L'homme s'était approché d'elle.

– N'essaie pas de me frapper. Nous sommes nombreux et tu ne ferais que prendre des gifles.

– Crève, fils de pute ! lança-t-elle. J't'emmerde, toi et la bouche d'égout qui t'a mis au monde !

– Calme-toi, Tina.

– Qui t'a dit mon nom ? Bâtard !

– Il m'avait prévenu que tu étais une sale petite garce, malpolie et dangereuse, soupira l'homme. Mais il m'a ordonné de venir te chercher et de te ramener à lui sans te faire de mal, c'est donc ce que je vais faire. Je suis payé pour ça, et plutôt bien d'ailleurs. Il a l'air de vraiment tenir à toi. J'avoue que je ne comprends pas ce qu'il te trouve. Une petite maigrichonne, moche et dangereuse comme toi…

Pour moi, tu ne mérites même pas la balle qui mettra fin à tes jours. Mais bon... Ce n'est pas moi qui décide.

– Qu'est-ce que tu racontes, chien savant ? Qui est-ce qui me cherche ? Le dernier qui m'a cherché, je lui ai planté un couteau dans le ventre !

– Il le sait bien, ne t'inquiète pas. Et c'est pour ça qu'il veut te parler.

– Qui es-tu ? Sale hyène puante !

L'homme ne répondit pas. Ses compagnons attrapèrent Tina, lui lièrent les mains et la jetèrent à l'arrière d'un pick-up. La voiture prit la direction de la brousse. Ils roulèrent ainsi près de deux heures, empruntant des pistes et des sentiers qui menaient vers les collines. Tina n'était jamais sortie de Maiduguri, elle ne connaissait pas la région. Elle avait d'abord pensé que ces soudards voulaient la violer puis la tuer, mais on ne fait pas deux heures de route pour abuser d'une gamine. Elle s'était donc calmée, tout en se demandant ce qu'ils tramaient. La nuit commençait à blanchir quand ils arrivèrent en lisière d'une vaste forêt. On la descendit de force du pick-up et, sans ménagement, elle fut jetée à l'intérieur d'une baraque couverte d'un toit de tôle. Au bout d'une heure, deux gardes vinrent la tirer de là. L'aube se levait, Tina se trouvait face à un groupe d'hommes en habit militaire. L'un d'eux s'avança vers elle, les biceps saillants. Il portait un tee-shirt noir, un pantalon de treillis, et tenait à la main une kalachnikov. Son front était ceint d'un bandeau où figuraient des sourates du saint Coran. Tina était impressionnée, mais elle ne le montrait pas. Elle avait compris où elle était. Des miliciens armés, un campement de brousse, il ne pouvait s'agir que de l'un des groupes djihadistes qui pullulaient dans la région. Elle choisit donc de jouer les fiers-à-bras, c'était la seule façon de se faire respecter de ces hommes. Et puis, tant qu'à mourir, autant rester digne. Tina s'était imaginé sa mort un nombre incalculable de fois, et dans aucun des scénarios elle ne rampait, ni ne suppliait.

– Toutes ces armes pour une simple fille ! Bande de lopettes ! Toi, le grand, là, dépose ton gun et viens me parler en face. D'homme à homme !

Cette dernière saillie fit glousser les miliciens. Celui qui se tenait à présent à deux mètres d'elle éclata d'un grand rire.

– Voilà le genre de femme que j'aime ! Cultivée, polie et tendre !

– Approche et je te montrerai ma tendresse ! hurla Tina.

Le combattant s'avança et lui tendit la main. Elle recula et cracha par terre.

– Tina, tu es désormais membre de Boko Haram. Je suis le chef de cette section. Mon nom est Moustapha Abba.

Tina voulut ouvrir la bouche, mais le djihadiste se mit à vociférer avant qu'elle n'ait pu prononcer le moindre mot.

– Tais-toi ! Tu parleras quand je te le dirai !

Tina fit un nouveau pas en arrière.

– Écoute-moi attentivement, car je ne me répéterai pas. Je sais parfaitement qui tu es. Il y a deux semaines, tu as poignardé Abdul, l'un de mes lieutenants. À la suite de cela, je suis venu discrètement à Maiduguri pour te chercher et le venger. Je t'ai surveillée pendant plusieurs jours. Mais on m'a raconté les péchés commis par cet homme. Il a mérité son sort. Je ne te blâme pas de l'avoir tué, cependant je ne peux pas laisser quelqu'un égorger mes soldats sans réagir. Comme je t'ai longtemps observée, j'ai compris que tu pourrais te révéler fort utile. Voici donc ce que j'ai décidé. Tu seras mes yeux et ma main à Maiduguri. J'ai besoin d'assassins. Il y a trop d'ennemis de notre mouvement dans cette ville. Il me faut quelqu'un pour les éliminer. Quelqu'un de discret et d'efficace, comme toi.

Voilà comment Tina devint une tueuse de Boko Haram. Ses crimes furent nombreux et restèrent inexpliqués, comme le réclamait Moustapha Abba. Elle recevait un nom, une adresse, et se mettait en quête de sa victime. Il s'agissait principalement de responsables politiques, de commerçants, de pasteurs protestants, de policiers, tous ceux qui pouvaient entraver l'action de la secte djihadiste. Tina était un assassin méticuleux et prudent. Pas de traces, pas de témoins, pas de sentiments. Son esprit lui semblait un labyrinthe où se perdaient ses émotions ; son cœur, un coffre d'où rien ne sortait.

Mais un jour, Tina croisa l'Initié. C'était une fin d'après-midi dans la prison humaine d'un grand marché surpeuplé. Elle était assise devant une échoppe de couture et sirotait un soda ; il surgit de la foule, se planta face à elle et lui dit ces mots :

– Tes mains sont plus tachées de sang que celles du boucher, jeune fille, mais tu peux encore supplier Dieu de te pardonner. Il n'est pas trop tard.

Tina le regarda avec mépris.

– Ce n'est pas moi qui supplie, ce sont les autres.

Le maître tourna les talons, mais avant de se laisser emporter par le flot humain, il lui demanda de venir le voir la nuit suivante à la mosquée du quartier. Elle détourna la tête. Pourtant – et c'est là que s'accomplit le miracle –, Tina passa la fin de la journée à repenser à cette scène. Alors que le soleil commençait à disparaître, elle se mit à pleurer, seule, cachée derrière les tissus de l'échoppe de couture. Personne ne l'avait jamais vue en larmes, et ceux qui connaissaient son caractère violent se demandaient ce qui lui arrivait. Alertés, les filles et les garçons de la bande vinrent assister à cet incroyable phénomène et tentèrent de la consoler. Mais Tina sanglotait toujours. Sa poitrine était secouée de spasmes. Les gosses s'inquiétaient. Que signifiaient ces larmes ? Tina était leur chef, si elle tombait malade, ils seraient tous en danger. Aucun ne pouvait deviner qu'en elle un mur venait de s'effondrer, libérant un flot d'émotions jusqu'alors contenu. La grande Tina, la tueuse de Boko Haram, pleurait comme l'enfant qu'elle n'avait jamais été, comme la jeune femme qu'elle pensait ne jamais devenir. Le soir, elle se rendit à la mosquée sans savoir ce qu'elle allait y trouver, ni comprendre ce qu'il lui arrivait. Mais dans son désarroi, elle était certaine d'une chose, seul cet homme rencontré plus tôt au marché pouvait la sauver.

Comme il le proposait à chaque fois, l'Initié la convia à prier Dieu en sa compagnie. À l'aube, Tina était une personne différente. Elle servait désormais l'Initié, Dieu et le saint Coran.

– Et maintenant, Laya, tu comprends qui nous sommes, nous qui suivons le maître ? demanda Idriss quand il eut achevé son récit. Des fous, des criminels, des rebuts de l'humanité. Des femmes et des hommes avec leurs excès, leurs vices et aussi leurs vertus. Mais nous guérissons petit à petit, et c'est là l'essentiel.

– Mais dans mon cas. De quoi dois-je guérir ? Je ne suis ni folle, ni criminelle !

– Je l'ignore, Laya. Ce que je sais, c'est que notre guide gratifie chacun d'une place et du rôle dont il a besoin. Prends l'exemple d'Issa. Il est motivé par l'envie de servir et de protéger. Alors le maître lui attribue la fonction de sentinelle.

Les paroles d'Idriss laissèrent Laya dubitative. Mais si elle ne comprenait toujours pas ce que le maître attendait d'elle, elle était désormais certaine qu'elle devrait chercher à mieux connaître les personnes qui l'entouraient.

II
LE CHOIX DE BALTHUS

État de Borno, nord du Nigéria

En arrivant à Bama, le caporal Badji et le deuxième classe Kouagheu soupirèrent quasi simultanément de soulagement. Bien que désertée d'une grande partie de ses habitants en raison des attaques récentes de Boko Haram, la ville était animée. Pour les deux soldats, voir des hommes assis sur les seuils des maisons et des femmes vaquer à leurs tâches quotidiennes était une image réconfortante, les prémices d'un retour à la vie normale. Le caporal taquinait la petite Aminata qu'il avait prise sous son aile. Elle retrouvait le sourire et babillait sans cesse avec cet homme devenu son ami. Balthus Kouémé, pour sa part, demeurait silencieux. Il pensait à Laya, se disant que chaque heure qui passait l'éloignait d'elle et de sa délivrance. Cependant, il se réjouissait, car il comptait sur les soldats de la garnison nigériane présente dans cette ville pour recueillir quelques informations utiles. Et puis, il fallait s'occuper d'Aminata, qui leur avait dit avoir des parents à Bama.

À la base militaire, implantée à l'entrée nord de la localité, ils furent accueillis par le colonel Olufemi Ogunmola, petit homme râblé et souriant d'une quarantaine d'années. Balthus Kouémé lui présenta un rapport détaillé de sa mission et de ce qu'il avait découvert en route. L'officier s'intéressa d'abord à Aminata et la questionna sur sa famille. La fillette savait simplement que sa mère avait une sœur, la tante Adjatou, qui vivait en ville. Fort heureusement, Balthus avait emporté avec lui les papiers d'identité de ses parents et le colonel envoya un subalterne rechercher cette tante. Il informa ensuite Balthus Kouémé qu'il avait pris des dispositions pour dépêcher une équipe au village de Galdekore. Puis il s'intéressa de près à la mission première de l'officier.

Le colonel Ogunmola était un homme intelligent. Il avait gagné ses galons en mettant en place un réseau de renseignements dans le nord du Nigéria, qui était devenu en peu de temps essentiel au fonctionnement de l'armée. Ce réseau avait également joué un rôle décisif quand il s'était agi d'écarter des échelons de commandement de nombreux éléments corrompus, ceux qui avaient pillé les caisses et vidé les armureries, revendant en sous-main armes et munitions à divers groupes. Grâce à l'action d'officiers déterminés comme lui, l'État fédéral avait pu reprendre l'avantage et reconquérir des villes et des villages occupés par les djihadistes. Le colonel était aussi un homme fin et psychologue. En écoutant le capitaine Kouémé raconter sa traque des ravisseurs de Laya, il lui vint une réflexion à l'esprit. Le soldat camerounais lui paraissait frappé d'un mal que les médecins militaires désignaient sous le terme de « complexe du messie ».

– Pourquoi désirez-vous tant retrouver cette fille, capitaine ?

– Parce que c'est la mission que l'on m'a confiée.

– Oui, je comprends, mais j'ai l'impression que vous recherchez quelque chose de plus… personnel, disons. Comme si vous vouliez sauver le monde.

– Et si c'était le cas ? Quelles conclusions en tireriez-vous, colonel ? Que le monde ne mérite pas d'être sauvé ?

– Si, si, il le mérite assurément. Mais est-ce votre tâche ? Ce que j'essaie de dire, c'est que cette quête ne doit pas devenir une obsession.

– Merci de vos conseils, colonel. Ils sont appréciés. Mais ce que vous dites m'amène à penser ceci. Il vous est sans doute arrivé de sauver des vies. N'avez-vous jamais eu alors l'impression de vous sauver vous-même ? Et en définitive, protéger les autres ne revient-il pas à se protéger soi-même ?

– C'est possible. Et c'est un débat surprenant que nous avons là, capitaine. J'ignorais que les Camerounais recrutaient des philosophes dans leurs rangs !

Balthus Kouémé eut un sourire.

– Si nous ne donnons pas du sens à notre action, qui le fera ?

Le colonel emmena le jeune Camerounais auprès de son adjoint en charge du renseignement, le sergent Achebe. Celui-ci avait entendu parler de cet « Initié » qui parcourait la région. Un prédicateur soufi, plutôt inoffensif, expliqua-t-il, qui drainait les foules dans les villages qu'il traversait.

Ces derniers jours, plusieurs rapports avaient signalé que des dizaines de paysans miséreux lui emboîtaient le pas et voyageaient avec lui. Il se racontait qu'il voulait partir vers le nord, dans une ville secrète, pour y ériger une vaste mosquée et y prier Dieu.

– On voit souvent apparaître de tels personnages en temps de crise, précisa le colonel.

– Ce n'est donc pas un intégriste ? demanda Balthus Kouémé.

– Non, répondit le sergent Achebe tout en consultant ses fiches. Je crois même que les djihadistes espèrent lui faire la peau. D'après ce que je lis là, il y aurait parmi ceux qui l'accompagnent un fanatique qui veut l'assassiner. Un homme de Boko Haram prénommé Issa. Apparemment le prédicateur n'a pas que des amis.

Si les renseignements militaires étaient exacts, l'Initié et les pèlerins campaient aux environs de Dikoa et projetaient d'aller vers la frontière du Niger. Ils se déplaçaient principalement de nuit, en évitant les villes et les villages de peur de tomber aux mains des djihadistes.

– Ils sont déjà loin, capitaine. Il y a peu de chances que vous puissiez les rattraper.

– C'est pourtant ce que j'ai l'intention de faire. Si vous m'y autorisez, car je suis sur votre territoire.

– Je vous donnerai les sauf-conduits nécessaires, n'ayez crainte. Mais je me demande s'il est prudent de vous obstiner.

– Il faut bien que je ramène la jeune Laya à ses parents.

– Vous avez entendu le sergent. Ce prédicateur n'est pas

un kidnappeur, et si cela se trouve, la fille est partie de son plein gré.

– Je voudrais en avoir le cœur net.

– Si vous avez du temps à perdre, allez-y. Je ne vous en empêcherai pas. Et si au passage vous pouvez me rapporter quelques renseignements utiles, je vous en serai reconnaissant.

– Je n'y manquerai pas, colonel.

Les soldats nigérians avaient retrouvé la tante de la petite Aminata, une femme ombrageuse qui se méfiait des hommes en tenue. Après les explications des militaires sur le drame de Galdekore, elle fondit en larmes avant d'emmener l'enfant avec elle. La fillette eut juste le temps d'envoyer un signe de la main à son ami le caporal en guise d'adieu avant de disparaître à un carrefour. Balthus Kouémé passa le reste de la soirée à la base, en compagnie de ses deux subordonnés. Les trois comparses logeaient sous une grande tente où un repas leur avait été servi. Polycarpe Kouagheu et Berthold Badji souriaient à nouveau et se chamaillaient gaiement à propos des plaisirs qui les attendaient une fois revenus au Cameroun, persuadés qu'après avoir mis la petite en sécurité dans cette région décidément trop dangereuse, leur mission prendrait fin. L'instant était mal choisi pour leur annoncer que l'opération se poursuivait et qu'ils devaient différer leur retour à Kolofata. Mais y avait-il un bon moment pour le leur dire ?

– Soldats, nous ne rentrons pas tout de suite au Cameroun. Notre tâche n'est pas terminée.

Quand il eut prononcé cette phrase, Balthus Kouémé sut immédiatement que les deux hommes allaient se rebeller. Le plus prompt à agir fut le deuxième classe Polycarpe Kouagheu. Perdant son calme, il se rua sur lui en le traitant de salaud. Le capitaine esquiva le soldat qu'il fit chuter d'un simple mouvement coordonné du bras et de la hanche. Puis, il lui ordonna de se ressaisir tandis que le caporal s'interposait pour éviter que la situation ne dégénère. Quand le calme fut revenu et que le deuxième classe eut présenté ses excuses, Balthus Kouémé l'assura que l'affaire en resterait là. Le capitaine ne mentionnerait pas les faits de rébellion et d'insoumission dans son rapport. Une longue discussion s'ensuivit. Le jeune capitaine écouta patiemment les arguments de ses subalternes qui souhaitaient rentrer au Cameroun. Il aurait pu clore le débat et aller dormir, mais il voulait donner une chance supplémentaire à sa mission. Pour cela, il avait besoin de leur coopération. Leurs échanges s'éternisèrent jusqu'au milieu de la nuit. Balthus Kouémé y mit un terme en annonçant qu'ils devaient se lever dans trois heures pour faire route vers le nord. Chacun campait sur ses positions.

Lorsqu'il ouvrit les yeux, peu avant 5 heures, Balthus comprit instantanément qu'il était seul sous la tente. Ses deux subordonnés avaient pris la poudre d'escampette. Étendu sur son lit de camp, il croisa les bras derrière la nuque et réfléchit. Il pourrait rattraper Laya et le groupe de pèlerins en quelques jours s'il parvenait à les localiser précisément. C'était là son plus grand problème. Comment les trouver dans cette brousse aux mille chemins ? Lorsqu'il sortit de sa tente, le colonel l'apostropha immédiatement :

– On dirait que vos hommes vous ont abandonné, capitaine.

– En effet… Ils ont profité de mon sommeil pour partir. Ils souhaitaient rentrer au Cameroun. J'imagine qu'ils ont dû prendre l'un des bus qui voyagent vers la frontière.

– Ils méritent la cour martiale ! On ne désobéit pas aux ordres ! Je peux les faire rechercher si vous voulez, ils n'ont pas dû aller loin à cette heure-ci.

– Non, laissez-les. Je me fiche de tels soldats. Ils m'auraient freiné. Mieux vaut éviter les poids morts lorsque l'on pourchasse la gazelle…

– C'est juste, mais vous ne pouvez pas non plus sillonner la brousse sans personne avec vous. C'est trop dangereux. Et je ne peux malheureusement pas vous confier mes hommes.

– Ne vous en faites pas. Je suis un pisteur, un combattant des forces spéciales, et je peux très bien me débrouiller seul.

– Votre obstination a quelque chose de stupéfiant, capitaine Kouémé. Je ne sais pas si je dois vous plaindre ou vous admirer.

– Sans vouloir vous offenser, colonel, je pense que nous sortons du même moule, conclut Balthus avec un franc sourire.

Balthus Kouémé monta à bord de sa Jeep aux environs de 7 h 30 ce matin-là. L'officier nigérian lui avait fourni trois jerrycans d'essence, de l'eau, de la nourriture, de quoi tenir plusieurs jours en brousse. En admirant le soleil rasant illuminer les arbustes qui bordaient la piste, le jeune capitaine avait l'impression que sa mission commençait véritablement. Un sentiment d'exaltation s'empara de lui. Il s'évadait enfin. Rien ni personne ne pouvait désormais le retenir. Balthus Kouémé ne pensait pas à ses proches ni à ses amis, il ne réfléchissait pas non plus au fait qu'il n'avait donné aucune nouvelle à ses supérieurs depuis plusieurs jours. Seul lui importait de rejoindre le prédicateur qui voyageait vers le nord. Il devait prévenir cet homme qu'il courait un grave danger, et surtout, il lui fallait retrouver Laya. Balthus avait toutes les raisons de poursuivre sa mission, mais il esquivait les questions qui le hantaient, celles que le colonel nigérian avait effleurées du bout des lèvres la veille. Que cherchait-il dans cette quête ? Était-ce son salut ? Était-ce une preuve de son héroïsme ? Ou était-il simplement victime de cette inclination qui taraude les hommes et les conduit à jouer constamment leur vie à pile ou face ?

Alors que l'on croit avoir mûrement réfléchi une décision, on agit en fait souvent en réponse à un besoin instinctif ou émotionnel. Sans qu'il s'en rende compte, cette pente naturelle emmenait Balthus au bord du gouffre. En décidant de partir seul à la recherche de Laya et de l'Initié, il avançait d'un pas vers l'abîme. Son raisonnement était celui-ci : puisqu'il était impossible d'aimer et de sauver l'humanité entière, au moins pouvait-il essayer avec quelques individus, les moins détestables, à savoir les victimes. Laya en faisait partie. Elle symbolisait sa quête. Ne pas chercher à la retrouver aurait signifié renoncer à sa propre personne. Alors peu importaient les dangers, et si la mort était le prix à payer pour se sentir vivant, il était prêt à l'assumer.

En réalité, il cherchait ce qui pouvait justifier sa propre existence.

Sur le champ de bataille, l'isolement s'avère être un inconvénient, mais pour le chasseur, il devient un avantage. Et Balthus se considérait comme un prédateur, un limier, quelqu'un capable de poursuivre inlassablement le but fixé. Son esprit parvenait à faire abstraction de ce qu'endurait son corps, la faim, la soif et la chaleur. Balthus Kouémé était donc différent de ses semblables, en ce sens qu'il ne s'en remettait ni à Dieu ni aux autres hommes. Cet esprit libre avait le courage d'affronter seul les pièges que tend l'univers. Parmi ces pièges, il y avait les djihadistes. Tandis que les soldats nigérians occupaient les garnisons et les villes, ceux-ci étaient les maîtres de la brousse, vivant dans les taillis et les forêts comme des maquisards. À la différence de ces derniers, ils n'attaquaient pas uniquement les casernes, mais aussi les bourgades secondaires. Pillant, tuant, violant et kidnappant.

Balthus roulait depuis déjà deux bonnes heures sur une piste terreuse lorsqu'il perçut un choc à l'arrière de sa voiture. Un pneu venait d'éclater. Le véhicule fit immédiatement une embardée qu'il réussit à contrôler sans trop de mal, car il progressait à faible allure. Un coup d'œil dans le rétroviseur lui permit de mesurer la réalité du danger. Derrière lui, à cent mètres environ, un pick-up sur la plateforme duquel des hommes armés étaient juchés le suivait. Il était pris sous le feu des djihadistes et, malgré le pneu crevé, il appuya sur l'accélérateur tout en bifurquant sur la droite pour se retrouver dans un épais taillis. La voiture s'extirpa tant bien que mal des broussailles pour déboucher sur un petit plateau rocailleux. Balthus n'avait d'autre choix que de tenter de distancer ses poursuivants, même si, avec une roue en sale état, la course-poursuite était perdue d'avance. Par chance, il parvint jusqu'à la lisière d'une forêt dense, où il décida d'abandonner son véhicule. Il eut le temps d'attraper son arme et son équipement avant de s'enfoncer dans les fourrés. Derrière lui, ses ennemis arrivaient au niveau de sa voiture. Leurs cris et leurs invectives résonnaient au loin. Il zigzagua dans la brousse, espérant les semer. Il continua ainsi sa course jusqu'à ce qu'il n'entende plus de bruit, et s'arrêta au pied d'un arbre. Après une heure d'attente, il entreprit de vérifier ses affaires. Il disposait d'un fusil-mitrailleur et de trois chargeurs de munitions, d'un pistolet, d'un couteau de combat, d'une boussole et d'une carte. Quelques vivres, essentiellement des biscuits, un litre d'eau, une pierre à feu et une couverture de survie complétaient son bagage. Tout autre que lui se serait découragé, mais nous savons déjà que Balthus Kouémé ne renonçait jamais.

12
L'OBÉISSANCE DE L'INSOUMIS

Yamoussoukro, Côte d'Ivoire

En sortant de chez elle, Christiane Pokou portait l'indignation en bandoulière et ne se privait pas de l'exhiber. Il fallait que chacun comprenne que cette femme au physique plantureux et au caractère de feu allait provoquer un esclandre qui resterait dans les annales. Elle claqua rageusement la porte métallique de sa maison et le voisinage tourna instantanément la tête dans sa direction. Chacun connaissait le tempérament volcanique de Christiane et nul n'ignorait que l'objet récurrent de ses colères n'était autre que son mari Barthélemy. Leurs disputes étaient devenues proverbiales dans toute la ville qui se divisait à leur propos en deux camps de taille à peu près équivalente. Celui de l'honorable épouse vantait son courage et la plaignait d'avoir un homme aussi dépensier qu'extravagant, et celui de Barthélemy déplorait qu'il ait choisi une mégère si peu reconnaissante. Mais cette fois Christiane rassemblait les suffrages, car, de l'avis général, l'attitude de son mari frôlait la bêtise, et menaçait de plonger toute une famille dans la détresse. Barthélemy Pokou projetait en effet de se joindre à la caravane de la paix qu'étaient en train d'organiser les pentecôtistes de la ville sous la férule de Jackson Kwaku. Christiane voulait bien admettre que son conjoint puisse avoir des envies de voyage, et même qu'il aille risquer sa peau sur les routes du Nigéria. Après tout, libre à lui et bon débarras. Ce qu'elle ne supportait pas, c'était de le voir offrir aux Églises de Réveil une bonne partie des économies du couple. Car Jean, leur deuxième fils, souffrait cruellement des bronches, les soins coûtaient une fortune et l'heure n'était pas aux folles dépenses, fussent-elles destinées à glorifier le Seigneur. Depuis plusieurs jours, Barthélemy ne rentrait plus à la maison. Il dormait dans les campements installés en lisière de Yamoussoukro, redécouvrant en même temps qu'une seconde jeunesse les joies du scoutisme de son enfance. Christiane était bien décidée à faire revenir son mari dans son foyer et les sommes inconsidérément dépensées dans son portefeuille.

Elle se rendait donc d'un pas décidé à la paroisse du pasteur Kwaku. Solidaires, ses voisines avaient voulu se joindre à elle, et c'est un groupe de dix femmes en colère qui arriva devant le portail du temple « Ici, Jérusalem vous accueille ». En voyant Frances qui justement en sortait, Christiane la désigna du doigt à ses amies.

– C'est elle ! C'est elle, l'Américaine qui m'a arraché mon époux et mon argent !

Surprise, Frances se retourna. Au lieu de rebrousser chemin comme la sagesse le lui eût recommandé si elle avait été informée de la réputation de la matrone, elle vint innocemment lui demander des explications sur ses propos.

– Tu n'es qu'une voleuse, toi l'Américaine ! Rentre dans ton pays et rends-moi mon argent, l'interpella Christiane.

– Calmez-vous, lui rétorqua Frances, je ne sais même pas de quoi vous parlez !

– C'est ça, dis-moi que tu ne connais pas Barthélemy Pokou ! Et aussi qu'il ne t'a pas donné ma fortune !

Frances eut besoin de quelques secondes pour se souvenir de Barthélemy Pokou parmi les nombreux pèlerins venus ces derniers temps à la paroisse. Mais il était difficile d'oublier ce dévot. Elle avait rarement rencontré un homme plus débordant d'enthousiasme. Il était arrivé trois jours auparavant les bras chargés de victuailles, chantant à tue-tête et d'une voix de baryton le fameux cantique *Vie et joie*. Il s'était ensuite jeté aux pieds de Frances, lui baisant les orteils en proclamant qu'elle était la « Nouvelle Ève » et qu'il convenait de la suivre en « terre impie » pour « chasser le diable ».

Ce personnage grandiloquent et excessif dirigeait une concession automobile. Il disposait de moyens financiers conséquents, ce qui expliquait les vingt mille dollars et les trois autocars climatisés qu'il avait offerts à la caravane de la paix pour emmener les pèlerins au Nigéria. Outre sa générosité, ce qui avait séduit Frances chez cet homme, c'était sa grande connaissance des Écritures saintes. Il citait les Évangiles à la virgule près, commentant de façon fine et avisée certains passages parmi les plus complexes. En repensant à Barthélemy Pokou et en regardant sa femme hirsute et ventripotente, la jeune Américaine se disait que le Seigneur l'avait bien mal récompensé de sa dévotion. À moins qu'Il n'ait placé cette matrone sur sa route justement pour éprouver sa foi. Drapée dans sa dignité, Frances n'était nullement impressionnée par les vociférations de l'acariâtre épouse.

– Madame, je ne vous permets pas de me parler sur ce ton ! Personne n'a rien dérobé à personne ici.

– Tu as volé mon mari ! Et tu as pris mon argent !

– J'ai reçu des fonds de Barthélemy Pokou. C'est un don octroyé à notre Église pour financer le pèlerinage. Il m'a aussi proposé trois autocars. Je ne lui ai rien demandé, et je ne vois pas en quoi cela vous concerne.

– Cet argent doit servir à guérir mon fils ! Pas à payer tes vacances ! Rends-le-moi.

– Cette richesse ne m'a pas été donnée, elle a été offerte à Dieu. C'est un cadeau. Et si votre époux en a décidé ainsi, c'est son choix. Je ne peux rien y faire.

Offusquée par cette réponse, Christiane laissa échapper un juron, tandis que ses amies, furieuses, insultaient de plus belle Frances, maudissant au passage le président américain. Mais la jeune femme ne se démontait pas.

– Souvenez-vous de l'épître aux Éphésiens : « Femmes, que chacune soit soumise à son mari comme au Seigneur. Car le mari est le chef de la femme, comme le Christ est le chef de l'Église qui est son corps, et dont il est le Sauveur. Or, de même que l'Église est soumise à Christ, les femmes aussi doivent l'être à leurs maris, en toutes choses. »

– Garde pour toi tes Évangiles ! Ce n'est pas toi qui vas nous dicter notre façon de prier ! C'est peut-être valable en

Amérique, mais pas ici ! lui répondit Christiane sous les applaudissements de ses amies.

– Vous êtes impures, rétorqua Frances, car vous ne respectez ni la Bible ni vos conjoints ! Je vous ordonne de vous éloigner de cette église, ou je vous chasserai !

Frances joignit le geste à la parole, elle leva le bras comme si elle était en mesure de faire s'abattre sur les pauvres femmes la colère de Dieu. Ses cris provoquèrent la venue de trois jeunes hommes qui travaillaient au temple. Ils se postèrent aux côtés de l'Américaine et lancèrent des regards menaçants en direction de Christiane et de ses amies. Surpris par l'arrivée de ces renforts, le petit groupe recula de quelques pas.

– Vous êtes possédées par le démon ! hurlait Frances qui perdait toute retenue. Comment osez-vous vous présenter ainsi devant la maison de Dieu et réclamer ce qui ne vous appartient pas ! Agenouillez-vous ! Et demandez pardon !

Christiane sentait son courage faiblir. Voyant la partie mal engagée, elle choisit d'abattre sa dernière carte.

– Mon fils va mourir ! Il est à l'hôpital avec les poumons abîmés. Notre argent doit servir à payer ses soins. Je vous en supplie ! Rendez-le-moi. Au moins un peu. Gardez les bus si vous voulez, et mon mari même. Mais donnez-moi cet argent.

Frances demeura inflexible.

– Si votre fils est malade, alors priez Dieu. Et amenez-le ici. Nous le baptiserons dans l'Esprit saint, et Dieu le sauvera. Ce n'est pas votre fortune qui pourra quelque chose pour lui. Seul Dieu peut le protéger !

Tant de dureté, tant d'intransigeance interloquèrent Christiane Pokou. Bouche bée, les bras ballants, elle se tenait face à Frances, ne sachant quoi répondre à cette intégriste obstinée et insensible. Il valait mieux partir.

Posté derrière une fenêtre, Wendell n'avait rien manqué de la scène. Quand Frances fut rentrée à l'intérieur du temple, il l'accueillit avec un regard lourd de reproches. Elle passa devant lui sans le remarquer. Il la rattrapa par le bras.

– Frances, tu ne peux pas parler comme ça à une pauvre femme dans l'affliction !

– Elle ne souffre pas. Elle est dans l'erreur et dans le péché. C'est différent, répondit-elle sèchement. Si elle voulait entendre la voix de Dieu, son mari se tiendrait à ses côtés et son enfant irait mieux.

– Mais tu ne peux pas claquer la porte au nez d'une personne qui a besoin d'aide !

– « L'Éternel vous a envoyé tous Ses serviteurs, les prophètes, Il les a envoyés dès le matin, et vous n'avez pas écouté, vous n'avez pas prêté l'oreille pour écouter. » Toi-même, tu connais ce passage de la Bible, Wendell ! Je n'y peux rien si elle ne veut pas entendre ce que je lui dis.

– Mais elle fait partie de notre communauté !

– Non, justement. Son mari est des nôtres, oui, mais pas elle. Elle n'a pas été délivrée du démon. Elle est impure.

– Impure ?

– Si elle ne souhaite pas rejoindre notre Église, si elle n'entend pas la parole du Seigneur, alors elle pèche gravement. Je le dis haut et fort. Et je n'ai pas à écouter ses pleurnicheries.

– Tu ne peux pas raisonner comme ça, Frances. Ici, les gens n'aiment pas ça !

– C'est faux, Wendell, et tu le sais bien. Les gens ont besoin de distinguer ceux qui appartiennent à notre communauté et ceux qui sont en dehors. Il est important de délimiter la frontière. Les étrangers qui ne nous considèrent pas ne méritent ni notre aide ni notre pitié. Nous les chasserons comme l'Éternel a dispersé les ennemis d'Israël. « Que notre force soit la norme de la justice, car ce qui est faible s'avère inutile ! » Je ne serai jamais faible, sache-le !

Frances coupa court à la discussion et tourna les talons. Les trois garçons qui l'avaient soutenue dehors passèrent à leur tour devant Wendell, goguenards et méprisants. Qui étaient ces jeunes qui se comportaient comme des petits soldats ? Il ne les avait jamais remarqués auparavant. Du bout du doigt, il toucha sa vieille cicatrice en haut de la tempe et comprit soudainement que bien des choses lui avaient échappé ces derniers jours. Frances avait disparu quelque temps, avant de revenir accompagnée d'une foule de nouveaux pèlerins parmi lesquels de nombreux garçons à l'allure martiale. Il avait bien remarqué qu'ils pratiquaient chaque matin des exercices d'entraînement paramilitaires, mais il pensait innocemment que ces gaillards avaient tout bonnement besoin de se dépenser. Il avait aussi noté l'arrivée d'un stock de godillots, se disant cependant qu'il s'agissait d'un simple don de la part d'un admirateur un peu trop zélé.

Prenant conscience que quelque chose se tramait au sein de la communauté, il se repassa le film des récents événements. Et ce qu'il comprit lui fit froid dans le dos, au point qu'il alla s'en ouvrir à Jackson. Celui-ci lui confirma que Frances avait recruté du personnel en grand nombre afin d'organiser le départ. Secrétaires, intendants, préparateurs physiques, encadreurs, médecins, voilà les fiches d'embauche que Jackson trouvait sur son bureau chaque matin et qu'il devait signer. De nouveaux diacres étaient apparus, et même l'orchestre de la paroisse avait vu ses effectifs doublés. L'argent ne représentait pas un problème. Le compte en banque de l'Église « Ici, Jérusalem vous accueille » n'avait jamais été aussi garni. Jackson avait accepté de donner à Frances une procuration pour toutes les dépenses de fonctionnement et la tenue des livres était désormais gérée par un cabinet comptable américain.

– Et tout ça te paraît normal ? demanda Wendell à Jackson d'une voix effarée.

– Ben… c'est peut-être un peu excessif, mais tant qu'il y a de l'argent… répondit penaud le pasteur ivoirien.

– Tu ne t'es pas interrogé sur ses décisions ?

– Toi non plus, mon ami. On ne t'entend pas beaucoup ces temps-ci… Je pensais que tu étais d'accord avec tout ça.

– Mais je ne sais pas si je suis d'accord ou pas ! Je viens juste de le découvrir ! Et je me demande ce que tout cela signifie. Des secrétaires, des comptables, pourquoi pas, des musiciens passe encore, mais tous ces jeunes gars à l'allure de soldats. Qu'est-ce que ça veut dire ? Qu'est-ce qui se prépare ici ?

– Je ne sais pas trop. Elle ne me dit rien.

– Eh bien en tout cas, il va falloir qu'elle s'explique ! Elle est venue me chercher en me demandant d'être le « général de son armée du Seigneur ». Mais j'ai bien l'impression que les rangs se sont formés sans moi !

Wendell entra dans le bureau où, à cette heure-ci, Frances se recueillait habituellement.

– Je veux savoir ce qui se passe, lui dit-il.

– Je prie, Wendell, je ne souhaite pas être dérangée, répondit-elle sans même tourner la tête dans sa direction.

– Je ne sortirai pas d'ici sans avoir compris ce que tu manigances.

– Qu'est-ce qu'il y a à comprendre ?

– Tout ça ! Les recrutements, les jeunes aux allures de soldats, les godillots neufs, les entraînements du matin. Qu'est-ce que ça signifie ?

– Mais rien. J'organise le départ, puisque toi, tu ne me sembles pas en mesure d'agir en ce sens !

– De quoi parles-tu, Frances ?

– De toi, Wendell. De ce que je te croyais capable d'accomplir et que pourtant tu rechignes à faire. L'intendance, l'administration, la logistique…

– Que prépares-tu avec ta petite armée de caïds en tee-shirt blanc ? Une invasion du Nigéria ?

– Et moi qui m'imaginais que tu avais été un chef de guerre ! Tu me déçois, Wendell. Penses-tu vraiment que l'on va dans certaines régions du Nigéria sans prendre ses précautions ? Je ne vais pas défiler dans les rues de Lagos ou de Kano, je me rends à Maiduguri, au cœur de l'État de Borno que Boko Haram martyrise depuis des années. Je vais aller annoncer haut et fort à ces démons ce que le Seigneur leur réserve. Et pour cela, il me faut des hommes solides sur qui compter pour assurer la protection des pèlerins. Ce n'est pourtant pas difficile à comprendre. Et si tu n'es pas en mesure de…

– … Oui, je suis libre de partir. Je sais ce que tu vas me dire, Frances. Si je ne suis pas avec toi, alors je suis contre toi…

La colère et l'amertume envahissaient Wendell. Ces vieux adversaires qu'il cherchait toujours à éloigner revenaient sournoisement arpenter les marges de son cœur. Il n'aimait pas cela. Il était surtout en colère contre lui-même, contre son aveuglement et sa légèreté. Il était clair que l'Américaine mûrissait un plan qui pouvait se révéler dangereux, pour elle comme pour les pèlerins.

Ne sachant que faire, il se tourna vers Dieu, son ultime recours, sa dernière boussole, le véritable refuge lorsqu'il ne parvenait plus à comprendre les êtres qui l'entouraient. Revenu dans la grande salle du temple, il s'agenouilla devant la croix, joignit les mains, et attendit. La paix survint en quelques instants et sa colère s'apaisa. Il récita le « Notre Père ». Cette prière sublime déclenchait en lui une ferveur particulière. « Notre Père qui es aux cieux ». À chaque fois qu'il prononçait l'exorde, Wendell éprouvait une gratitude immense envers le Créateur. Il ne lui demandait rien, il se soumettait, il lui proposait sa sincérité. À ce Père sacré qui connaissait chacune de ses actions passées, présentes et futures, il montrait sans pudeur les replis de son âme. Et Dieu le récompensait. L'acceptant tel qu'il était. Alourdi d'imperfections, de péchés et de crimes, mais aussi raffermi de bonté et de compassion. C'était d'une simplicité et d'une évidence que la plupart des gens ne voyaient pas. Wendell offrait son cœur à Dieu, puisque Dieu lui avait ouvert les bras. L'âme emplie de cet amour, il se sentait plus fort, plus déterminé pour affronter le monde. La prière demeurait le plus efficace de tous les baumes. Il rêvait de sanctification. Pierre le disait mieux que tous : « Vous serez saints, car je suis saint. »

Et Dieu lui montra le chemin, du moins le crut-il. Un sentiment de réconfort s'empara de son esprit, une pensée qui lui semblait venue d'ailleurs prit une forme inattendue et rassembla ce qu'il y avait de meilleur en lui. Au terme de ses invocations, Wendell sut qu'il devait rester aux côtés de Frances pour prévenir ses erreurs et ses fautes, mais aussi pour l'aider à se relever une fois qu'elle serait à genoux. Car la vanité amène inévitablement à la chute. Frances connaîtrait le sort des anges orgueilleux, celui de Lucifer – « Te voilà tombé du ciel, Astre brillant, fils de l'aurore » –, celui d'Iblis, chassé pour avoir refusé de se prosterner devant Adam. Frances n'était certes pas un ange, Wendell l'avait compris dès le premier jour, mais elle était présomptueuse et par conséquent pécheresse. Il devait la ramener dans le droit chemin, celui du Seigneur. Voilà ce que lui dictait sa foi, et ce que l'Être suprême attendait de lui.

Désormais, il allait donc veiller plus attentivement sur elle, deviner ce qu'elle ne lui disait pas, devancer ses espoirs. Il se tiendrait là, les bras ouverts, pour le jour où elle tomberait, prêt à la rattraper avant qu'elle ne se blesse. Il serait le sauveur, le bon samaritain. Et il aimerait Frances comme lui-même. Wendell et sa miraculeuse capacité à effacer la part sombre des humains ne doutait pas un seul instant qu'il parviendrait à ramener la brebis égarée au bercail. Rien ne lui faisait peur, car il ne craignait rien, hormis la colère de Dieu. Stimulée par sa foi, sa vaillance faisait naître l'optimisme dans son cœur, y déposant la promesse d'une victoire sur les forces du mal et d'une délivrance au nom de Dieu. Réconforté par ces puissants sentiments, il sortit du temple « Ici, Jérusalem vous accueille » et profita des derniers rayons du soleil pour marcher dans les rues animées de la ville. Ce soir, il irait voir Jackson. Ensemble, ils reprendraient le contrôle des événements, et grâce à eux la caravane de la paix resterait ce à quoi elle était destinée depuis l'origine, une démonstration joyeuse et fraternelle au service du Seigneur.

De son côté, Frances éprouvait des remords, non pas à l'égard de Christiane Pokou, mais plutôt pour son attitude à l'égard de son mari Barthélemy. Cet homme charmant, enjoué et bon chrétien vivait un drame secret dont il n'avait pas osé lui parler. Or, elle pouvait lui venir en aide. Elle le découvrit au fin fond d'une allée de tentes de toile blanche dressées sur un champ de maïs abandonné. Barthélemy Pokou s'activait avec un groupe de terrassiers à creuser des latrines pour les pèlerins. Pelle en main, le quinquagénaire transpirait à grosses gouttes tandis qu'il bêchait comme un forçat. Malgré tout ce qu'il endurait dans son foyer, il trouvait encore de l'énergie à consacrer au Seigneur, chantant des psaumes tout en travaillant. Frances l'invita à la rejoindre. Il bondit hors de son trou et se précipita pour l'enlacer. Le tee-shirt imprégné de sueur et les mains couvertes de boue effrayèrent quelque peu Frances, mais dans un élan de compassion pour cet homme si dévoué, elle se laissa faire. Barthélemy s'aperçut trop tard des dégâts qu'il venait de provoquer sur le chemisier de la jeune femme et se confondit en excuses. Frances balaya son embarras d'un éclat de rire et l'emmena par le bras vers la buvette ombragée installée à quelques mètres de là. Ils commandèrent tous les deux une boisson sucrée que Barthélemy ingurgita d'un trait.

– Vous ne ménagez pas votre peine, mon cher ami, lui fit remarquer Frances.

– Mais ce n'est que rendre au Seigneur le peu qu'Il nous accorde, répondit Barthélemy dans un grand sourire.

– Justement, j'aimerais que Dieu vous donne autant que ce que vous Lui offrez.

– Ah ça, Madame Frances, ce n'est pas à vous, mais à Lui d'en décider. Nous proposons et Dieu dispose !

– Vous êtes bien sage et bien reconnaissant pour un homme que le malheur frappe.

– Vous voulez parler de mon fils ?

– Oui, j'ai cru comprendre que sa santé était fragile.

– Il est affecté par une maladie des poumons que les médecins soignent avec beaucoup de difficultés.

– Je l'ai entendu dire, Barthélemy. Et j'espère de tout cœur qu'il guérira rapidement.

– Si Dieu le veut. Tout réside entre Ses mains.

– Êtes-vous certain de ne pas vouloir rester à ses côtés,

plutôt que de nous accompagner jusqu'au Nigéria ? Il doit avoir besoin de son père...

– Mais justement, s'insurgea le concessionnaire. Je participe à la caravane pour montrer au Seigneur que Barthélemy Pokou est un bon chrétien, un homme qui mérite que l'on écoute ses prières ! L'Éternel a toujours été généreux avec ma famille. En retour, Il me demande d'être croyant, et de bien Le servir. Or, aller apporter Sa parole aux peuples qui ne la connaissent pas, c'est justement l'une des missions qu'Il a confiées à Ses enfants. Vous ne pouvez pas dire le contraire.

– C'est même notre raison d'être, Barthélemy, le rassura Frances.

– Alors, l'affaire est réglée. Mon garçon sait très bien ce que son père entreprend pour lui, et cela suffit comme ça.

– Nous prierons ce soir au temple pour votre fils, Barthélemy. Et je suis sûre que le Seigneur sera ému de nous voir tous ensemble réunis autour du sort d'un enfant malade.

– J'en suis moi aussi certain, Madame. Et je vous en remercie. Que Dieu vous protège !

Le grand jour arriva vite. Wendell éprouvait de la tristesse à l'idée de quitter Yamoussoukro. Il ne se sentait pas prêt à partir vers l'inconnu. Il aimait cette vie au sein de la communauté protestante de Jackson. De plus, il avait été décidé que sa vieille amie, Mama Djaloh, ne les accompagnerait pas. Elle ne pouvait décemment pas entreprendre un voyage qui s'annonçait long et périlleux. La perspective de laisser cette dame âgée derrière eux éveillait en lui un sentiment de culpabilité. L'aube venait de se lever. Après sa toilette, Wendell rejoignit Jackson à la cuisine pour le petit-déjeuner. Les deux hommes affichaient des mines moroses. Wendell devinait que Jackson, lui aussi, manquait d'enthousiasme à l'idée de quitter sa maison, son temple et sa ville. Tous deux se taisaient, sachant qu'il n'aurait servi à rien d'exprimer de tels regrets. Ils ne maîtrisaient plus leur destin. Ils appartenaient à la caravane.

Une heure plus tard, ils arrivèrent sur l'immense esplanade de la basilique Notre-Dame de la Paix. Cette vaste étendue pensée comme une allégorie du long chemin menant au paradis était d'ordinaire interdite au public, mais grâce à l'entremise du père Christophe, l'archevêché avait fourni une autorisation exceptionnelle afin que les bus des pèlerins puissent y stationner le temps d'embarquer la troupe. Le bedonnant prélat attendait ses amis de pied ferme, sac à dos calé sur les épaules. Il avait revêtu une culotte courte de boy-scout et de grosses chaussettes de laine qui, par cette chaleur, lui donnaient un air incongru. Il était bien décidé à monter à bord des bus parmi les premiers. Nul ne comprenait exactement ce qui poussait le sexagénaire à participer à une si périlleuse épopée, mais il y mettait le même enthousiasme que s'il s'était agi d'un voyage en Terre sainte.

Son excitation contrastait avec le manque d'entrain de Jackson. Le pasteur n'avait nulle envie de quitter Yamoussoukro et encore moins d'aller braver le danger sur les routes du Nigéria. Mais pouvait-il décemment rester à bon port tandis que son vieux camarade catholique appareillait vers l'inconnu et ses périls ? Leur amitié n'y aurait pas résisté. Il avait donc troqué son habituel costume italien contre un jean et une paire de baskets. Son beau Stetson avait laissé place à une casquette américaine qui lui donnait l'air d'un touriste. Quant à Wendell, il avait tant de fois arpenté la brousse durant son enfance que le voyage en soi n'était nullement une épreuve à ses yeux. Ce qui l'inquiétait davantage, c'était l'état d'esprit de Frances dont l'exaltation ne faisait que croître, au point de se transformer en une ivresse débordante. Celle-ci arriva à la suite des deux pasteurs, en compagnie d'une vingtaine de jeunes filles et de garçons vêtus du même tee-shirt blanc sur lequel on pouvait lire en lettres bleues : « Caravane de la paix, le Seigneur chasse les démons ». Toutes et tous portaient un pantalon en toile militaire et marchaient dans des godillots de cuir noir. Frances, quant à elle, n'avait rien changé à sa tenue habituelle, longue jupe grise couvrant les chevilles et chemisier boutonné jusqu'au col. Seul son visage était différent. Son regard en feu et son sourire éclatant criaient son impatience à prendre le départ.

La caravane disposait de six bus, y compris les trois offerts par Barthélemy Pokou qui ne tarda pas à arriver, suivi de près par son épouse éplorée qui tentait jusqu'à la dernière minute de dissuader son mari de quitter son foyer. Au total, deux cent cinquante pèlerins avaient été soigneusement sélectionnés par Frances. La jeune femme avait écarté les impotents et les personnes trop âgées, ainsi que quelques curieux spécimens de dévots dont on ne parvenait pas à déterminer précisément à quels saints ils se vouaient. À l'exception du père Christophe, tous avaient dû passer un test de connaissance biblique, et accepter le second baptême dans l'Esprit saint. Enfin, Jackson avait fait signer aux pèlerins une décharge exonérant la communauté de toute responsabilité en cas de blessure, de maladie, de disparition et d'enlèvement au cours du voyage. De son côté, Wendell surveillait de près les faits et gestes de la jeune troupe qui entourait Frances et qu'elle appelait « mes anges gardiens ». Il avait mené sa petite enquête à leur propos et avait découvert que les filles et les garçons appartenaient à une ligue créée par une Église pentecôtiste ghanéenne sponsorisée par la puissante Alliance évangélique mondiale. Des fanatiques ayant reçu une formation paramilitaire et prétendant servir le Christ.

Tandis que les pèlerins entamaient l'un des tubes gospel les plus célèbres d'Afrique, *Je chanterai de tout cœur les merveilles de mon papa Yahvé*, Frances suggéra de réciter une prière collective. Puis, elle annonça qu'elle voulait prononcer un sermon. Pour ce faire, elle grimpa sur le rebord de pierre qui délimitait l'esplanade afin de mieux dominer son auditoire. Sa jeune garde formait devant elle un cordon protecteur. Un murmure traversa l'assistance. Un frisson parcourut l'échine de Wendell.

– Mes chers frères et mes chères sœurs. Je tiens d'abord à saluer le père Christophe du diocèse de Yamoussoukro. Vous le connaissez tous, c'est une célébrité dans votre belle ville. Sa présence parmi nous me réconforte, car elle symbolise l'unité de tous les chrétiens face aux dangers qui nous guettent. Ces dangers ont pour nom impiété, mécréance, paganisme. Ils ont pour visage ces hordes barbares qui pourchassent les chrétiens, violent leurs femmes et tuent leurs enfants ! Nous devons nous renforcer et nous unir face à ces menaces. Car il nous faut combattre ceux qui sous la bannière de leur religion essaient d'abolir la nôtre ! Souvenez-vous de ce qui est écrit dans la Bible : « ceux qui abandonnent le Seigneur périront ». Oui, ils périront ! Et nous les regarderons mourir tandis que la colère du Tout-Puissant s'abattra sur eux. Souvenez-vous encore du livre d'Isaïe : « Malheureux, ces gens qui déclarent bien ce qui est mal, et mal ce qui est bien, qui font des ténèbres la lumière et de la lumière les ténèbres, qui rendent amer ce qui est doux et doux ce qui est amer ! Malheureux, ceux qui se prennent pour des sages, ceux qui se croient intelligents ! Malheureux, ceux qui sont champions pour boire du vin, experts en mélange des boissons fortes : ils acquittent le coupable contre un cadeau, ils privent les innocents de leur justice ! Voilà pourquoi, comme la paille est dévorée par le feu, et le foin disparaît dans les flammes, leurs racines ne seront plus que puanteur, et leurs fleurs partiront en poussière : oui, ils ont rejeté la loi du Seigneur de l'univers, méprisé la parole du Saint d'Israël. Voilà pourquoi la colère du Seigneur s'est enflammée contre son peuple : Sa main s'est levée contre lui, et Il l'a frappé, et les montagnes ont tremblé, et ses cadavres sont comme des ordures au milieu des rues. Et avec tout cela, Sa colère ne s'est pas détournée, Sa main reste levée. » L'ire de Dieu, c'est ce que nous apportons à ceux qui ne veulent pas entendre. Notre caravane de la paix n'est pas un agneau que l'on sacrifie pour obtenir les grâces du Tout-Puissant. Ni un geste de soumission aux mensonges et aux crimes des impies. Cette caravane annoncera la victoire de l'Éternel et la preuve de Sa grandeur. Nous partons avec la joie au cœur, car Sa force et Sa bonté triompheront !

Aux premiers rangs, les anges gardiens déclenchèrent un tonnerre d'applaudissements. Des hourras et des bravos fusèrent. Seul Wendell restait de marbre. Les mains dans les poches, il serrait les poings. Frances le fixa un instant puis détourna les yeux. De plus en plus, elle ressentait un malaise en présence du pasteur libérien. Il y avait toujours dans son regard un reproche silencieux dont elle ne comprenait pas la cause. Il aurait dû se réjouir de voir leur projet enfin en bonne voie, pourtant il était devenu taciturne, comme si tout cela ne lui plaisait pas. S'il ne s'était pas agi de Wendell, elle n'y aurait prêté aucune attention. Mais Wendell était pour elle un être à part. Il avait été envoyé par le Seigneur, dans un but précis. Il devait donc y avoir un sens caché derrière son scepticisme. Était-ce le signe que Dieu doutait d'elle, Lui aussi ?

Frances ne savait quoi penser. Elle se confiait au Seigneur, confessant ses erreurs et ses faiblesses, et Dieu l'écoutait, elle en était certaine. Il lui donnait cette incroyable force qui gonflait en elle depuis des semaines. Il la gratifiait de Son inépuisable énergie. Mais il y avait Wendell et ses reproches. Cette tache sur un drap immaculé. Elle n'avait pas su apprivoiser le jeune homme. Cette pensée l'agaçait. Wendell l'irritait. Les seuls moments où elle s'était sentie en harmonie avec lui avaient été lors de leurs recueillements communs. Mais cela n'avait pas duré. Pourtant, Wendell avait la foi, elle ne pouvait le nier ni en douter. Il était béni de Dieu et le Saint-Père lui parlait. Ce personnage incongru et presque ridicule était le fils favori, tandis qu'elle en était réduite à mendier, à supplier qu'Il prenne en compte ses prières. Pourquoi lui, plutôt qu'elle, s'était-elle demandé ?

13
L'IMPERFECTION DE L'HOMME

État de Borno, nord du Nigéria

Balthus Kouémé avançait la tête baissée. Non pas à cause du soleil et de la chaleur, mais afin de surveiller que ses pieds ne heurtent pas un serpent ou tout autre animal dangereux. En cette saison, la brousse se couvrait d'herbes hautes rendant la progression difficile. Il marchait vers le nord avec l'espoir de trouver un indice du passage de Laya et de l'Initié. Il ne doutait pas d'aller dans la bonne direction, mais toute la question était de savoir si la caravane avait emprunté ce chemin et non l'un des milliers de ceux qui traversaient ce territoire. Pourtant, son instinct lui disait qu'il ne se trompait pas, et son intuition apparaissait désormais comme son seul recours, il n'avait d'autre choix que de la suivre.

Le plus important lorsque l'on chasse dans la brousse est de conserver intacte la confiance en soi. C'est un prérequis psychologique fondamental, lui avaient enseigné ses instructeurs. Sinon, survient l'incertitude qui conduit au doute. Or, en situation de danger, le doute n'est pas permis. Balthus Kouémé ne pensait plus depuis longtemps à son véhicule ni à l'attaque des djihadistes, son attention était tout entière fixée sur son objectif, à savoir retrouver Laya. Il s'accommodait de la chaleur et de la soif, possédant l'endurance nécessaire pour ce genre d'épreuves, se contentant des maigres ressources que la nature lui offrait. Dans sa tête, les pas succédaient aux pas et les kilomètres aux kilomètres ; désormais, il ne cherchait plus à comprendre si tout cela avait ou non de l'importance. Son corps s'occupait de gérer l'effort physique, ses pensées se résumaient à guider sa vigilance, il baignait dans un état mental à mi-chemin entre la transe et le somnambulisme. Renoncer, rebrousser chemin, chercher un village où il aurait pu demander de l'aide, rien de tout cela ne constituait pour lui une option. Tant qu'il n'aurait pas achevé sa mission et atteint son but, Balthus Kouémé continuerait à marcher.

Après plusieurs jours sans avoir croisé âme qui vive, il finit par atteindre un plateau dégagé couvert d'anacardiers. La journée touchait à sa fin et les derniers rayons du soleil illuminaient une modeste cabane de paysan qui se dressait entre deux arbres. En contrebas, un homme était en train de ramasser les noix tombées des branches. Il s'occupait de son champ, une culture de brousse comme il en existait de nombreuses dans ces contrées. Sans doute, à quelques kilomètres de là, devait-il y avoir un village. Balthus s'approcha de l'agriculteur avec d'infinies précautions. Arrivé à quelques mètres de lui, il leva les deux bras pour ne pas l'effrayer et l'interpella. L'homme se redressa, poussa un cri et s'enfuit à travers le champ d'anacardier ; Balthus le rattrapa sans trop de peine tout en l'exhortant à ne pas avoir peur. Essoufflé, l'homme, assez âgé, finit par abandonner la course et se tourna vers son poursuivant. Il comprit heureusement aux gestes apaisants de Balthus qu'il ne risquait rien. Dès lors, le capitaine put se présenter. Après une rassurante poignée de main, Balthus lui raconta les péripéties de son entreprise. Quelques instants plus tard, les deux hommes revinrent à la cabane, une simple pièce couverte d'un toit de branchages d'où le paysan sortit une calebasse remplie d'eau ainsi que quelques morceaux de viande séchée. Ils partagèrent ce repas. Le soldat était impatient de repartir, mais le paysan arriva à le convaincre de prendre un peu de repos. La brousse fourmillait de dangers la nuit, surtout avec les bandes armées qui rôdaient, expliqua-t-il.

Le vieil homme se prénommait Kadji, il avait vécu quelque temps au Cameroun. Ce point commun les amena à convoquer le souvenir de la ville de Maroua et de ses avenues ombragées. Alors qu'ils finissaient de manger, Kadji se leva, entra dans la cabane, farfouilla un instant, et revint avec une cruche de bière de sorgho fermée par un grossier bouchon de bois. Ils trinquèrent à leurs souvenirs et à l'amitié camerouno-nigériane. Avant de s'installer sous son toit pour la nuit, Balthus demanda à Kadji s'il avait eu vent d'une mystérieuse troupe de pèlerins en route pour le nord. Le regard de Kadji s'illumina.

– Tu veux parler de l'Initié ? Oui, je l'ai vu passer, il y a deux journées de cela. Avec un groupe d'hommes, de femmes et même d'enfants, ils se dirigeaient vers l'oasis de Bula. C'est à deux heures de marche. Pourquoi le cherches-tu ?

Balthus expliqua qu'il s'intéressait à une jeune compatriote, Laya, qui était partie avec lui, mais il n'évoqua pas la présence parmi les pèlerins d'un possible tueur de Boko Haram.

– Qui est ce prédicateur que toute la région semble admirer ? demanda-t-il à son nouvel ami.

– L'Initié est un personnage fantastique. Une vieille légende affirme qu'un jour, alors que notre contrée sera plongée dans de grands malheurs, arrivera un homme pieux, un véritable croyant, qui traversera le pays pour prier et sauver le monde du chaos. Il projettera de construire une cité merveilleuse où les fidèles pourront se réfugier, protégés de Dieu. Je suis convaincu que cette légende dit vrai, car j'ai vu cet homme, de mes propres yeux, il y a de cela deux jours. Voilà ce que je sais.

Le lendemain matin, Balthus fit ses adieux au vieux Kadji qu'il remercia de son hospitalité en lui offrant sa montre. Il noua un foulard sur sa tête, attrapa son sac et disparut derrière un bosquet. Il marcha quelque temps dans la direction indiquée par Kadji, se perdit, retrouva son chemin, puis finit par arriver à l'oasis. L'endroit était désert, mais Balthus vit tout de suite qu'il avait été récemment occupé. Les traces des pèlerins étaient nombreuses. Foyers éteints, herbe coupée, morceaux d'écorces, restes alimentaires, vieux habits abandonnés. Une cinquantaine d'individus avaient dû bivouaquer sur les berges de la rivière, estimait-il. Une telle troupe ne voyageait pas facilement ni rapidement. La suivre ne présenterait pas de difficultés. Cette pensée le rassura.

Il demeura un instant au bord de l'eau à contempler son image. Son visage autrefois si rond paraissait amaigri et fatigué. Il se déshabilla et regarda longuement son torse et ses bras. Ses muscles, eux, n'avaient rien perdu de leur vigueur. Désormais, il lui fallait opérer une transformation radicale. Son apparence devait se mettre en accord avec l'être qu'il était en train de devenir. Car il n'était plus tout à fait le soldat Balthus Kouémé, capitaine du BIR, élève-officier formé dans les meilleures écoles militaires, il était déjà quelqu'un ou quelque chose d'autre, un corps au service d'une volonté dominée par l'instinct particulier du chasseur. Plus fondamentalement, Balthus appartenait désormais à cette nature qui l'entourait, il s'était en quelque sorte acclimaté à la brousse peuplée d'insectes et de bêtes sauvages. Bientôt, l'homme-caméléon ne ferait plus qu'un avec cet écosystème. Pour l'heure, il lui fallait se débarrasser d'une part de son humanité et acquérir un peu de cette animalité consubstantielle à son environnement. Ce n'était pas une symbiose ou un camouflage, mais un phénomène bien plus profond qui mettait en œuvre à la fois son métabolisme et sa psyché. Balthus Kouémé abandonnait son identité et se dépouillait de ses couches successives d'éducation et de sociabilité, il quittait le monde des hommes pour rejoindre un ailleurs qui garantirait sa survie. Il mutait, au sens premier du terme. Ses priorités et ses besoins différeraient bientôt de ceux de ses semblables. Ses qualités et ses faiblesses aussi. Il ignorait le prix à payer pour cette transformation, il ne savait pas non plus s'il retrouverait un jour le chemin de son humanité, même s'il pressentait que le voyage s'effectuerait à sens unique.

Il jeta son treillis et son tee-shirt dans un fourré, attrapa de vieux vêtements qu'il avait repérés, abandonnés dans les broussailles, un pantalon et une chemise en toile qu'il nettoya rapidement dans la rivière. À l'aide de son poignard, il cisailla le cuir de ses godillots jusqu'à les faire ressembler à de grossières chaussures de paysan. Après avoir enfoui son fusil-mitrailleur, il vida son sac, n'emportant avec lui que le nécessaire : la boussole, la gourde, le couteau, la pierre à feu, une petite lampe et son arme de poing. Puis il s'assoupit à l'ombre d'un arbre. C'était l'heure chaude, celle où les animaux se terrent, celle où les hommes se reposent et où les dieux méditent sur l'imperfection de leur œuvre.

Lorsqu'il rouvrit les yeux, une heure plus tard, un lycaon se tenait à quelques mètres de lui. La bête furetait de droite et de gauche et ne semblait pas avoir remarqué sa présence. Balthus trouvait surprenant qu'un chien sauvage n'ait pas décelé son odeur. D'ordinaire, les lycaons détectent les humains à cent mètres à la ronde et fuient comme la peste ces dangereux prédateurs. Peut-être que celui-ci n'avait pas de flair, songea Balthus. Sortant de son engourdissement, il remua un bras. L'animal tourna la tête dans sa direction et le regarda avec cet air ahuri qui caractérise sa race, les yeux ronds et les oreilles dressées. Balthus siffla brièvement, pensant que le chien allait s'enfuir, mais au lieu de cela il agita la queue et s'approcha de lui avant de s'arrêter et de s'asseoir à quelques pas. Balthus se méfiait. Les lycaons pouvaient se montrer dangereux, surtout quand ils étaient en bande. Mais celui-ci était seul. Il paraissait inoffensif. Le soldat attrapa une petite branche et la jeta dans sa direction sans l'atteindre. Les yeux ronds contemplèrent un instant le morceau de bois tombé à proximité et la gueule émit une sorte de jappement. « Tu as faim ? C'est ça, hein, tu comptes sur moi pour te donner à manger ? » Balthus n'avait pas prononcé ces mots, il les avait simplement pensés. Pourtant l'animal semblait avoir compris et remuait la queue tout en baissant la tête en signe de soumission pacifique. Balthus sortit de sa poche un morceau de viande séchée que lui avait offert le vieux Kadji et le lança à la bête. Celle-ci le renifla quelques instants, avant de l'engloutir prestement. Balthus décida de ne plus prêter attention à ce curieux compagnon. Il se leva, rassembla ses affaires, et se mit en route. Les pas des pèlerins suivaient le cours de la rivière et allaient vers le nord. Il prit la même direction. Au bout d'un moment, le lycaon le rattrapa et ouvrit la marche.

14
DILEMME

État de Borno, nord du Nigéria

La nuit venait de tomber. Au loin le ciel d'ardoise grondait, tissant l'orage qui déjà tourmentait d'autres hommes, là-bas, dans les plaines incertaines du nord. Issa aurait préféré s'arrêter et pouvoir mettre les pèlerins à l'abri le temps que passe la pluie, mais le maître en avait décidé autrement. « Si le Seigneur voulait nous inonder de Ses grâces, nous en serions heureux. S'Il désire nous baigner de Son eau, nous Lui en serons reconnaissants », avait-il dit. Issa n'avait rien répondu, il n'était pas en mesure de contester les choix de son guide spirituel. L'eût-il fait qu'il lui aurait été demandé de partir du groupe. Il avait donc gardé pour lui ses sentiments, mais son cœur s'emplissait d'amertume.

De loin, il observait Laya en compagnie de ses nouveaux amis, Idriss et Tina. Ces trois-là ne se quittaient plus. Issa se sentait exclu, abandonné et seul. Des pensées tristes envahissaient sa tête. En dépit de son visage souriant, malgré sa sollicitude et sa bienveillance, il ne parvenait pas à se faire accepter, ni même à retenir les gens. Il avait l'impression d'être transparent. On l'aimait bien, on plaisantait parfois avec lui, mais on ne le voyait pas. Il aurait pu disparaître qu'on ne s'en serait pas aperçu. Quant à séduire une fille, comme Laya, la chose lui semblait tout simplement inconcevable. La solitude rend souvent l'esprit injuste et Issa se faisait un mauvais procès. Son tribunal intérieur l'avait déclaré inapte à la sociabilité, et voilà qu'à présent il jugeait les pèlerins. Au fond, pensait-il, ces hommes qui se voulaient pieux et charitables n'étaient pas différents de tous les autres, ils ne s'occupaient que d'eux-mêmes, leur foi s'arrêtait au bout de leurs chaussures.

Issa avait toujours été un enfant solitaire. Petit, il souffrait d'anémie et de diarrhées à répétition, au point que son père doutait qu'il puisse vivre au-delà de sa cinquième année. Sa mère le traînait de dispensaire en dispensaire, revenant à chaque fois avec de coûteuses prescriptions médicales qu'elle ne pouvait de toute façon pas régler. Au bout de quelque temps, un accord tacite entre les deux parents voulut que l'on remît à Dieu le destin de ce rejeton malingre. Par chance, Issa survécut, mais il grandit dans la souffrance. Son air maladif lui valait le mépris de ses frères, obligés de le remplacer dans le travail quotidien, que ce fût aux champs ou dans la concession familiale. Car en raison de sa faible condition physique, l'enfant ne pouvait guère s'occuper d'autre chose que du nettoyage de la cour et de la nourriture des poules. Son père caressa un temps l'idée que ce poids mort pourrait au moins apprendre un métier à l'école, et pourquoi pas devenir fonctionnaire ? Cet espoir fut rapidement déçu, Issa s'obstinant à préférer la chasse aux lézards en brousse plutôt que l'étude de l'algèbre et de l'anglais sur les bancs de l'école. Il finit par devenir un simple élément du décor, un serviteur à qui l'on s'adressait pour donner des ordres, et dont on n'attendait rien hormis l'obéissance. « Va faire ceci, apporte-moi cela. » Ses seuls moments de bonheur survenaient dans la rue, à l'extérieur de ce cercle familial empoisonné, lorsqu'il partait avec les garçons du voisinage en compagnie desquels il entreprenait d'aventureuses escapades dans les quartiers d'Anjawa. Ces intenses épopées enfantines le ramenaient chez lui revigoré et la tête étourdie de rires et de plaisanteries.

Il n'avait pas encore dix ans quand son père décida de le confier à une madrasa, une école coranique. Un soir, en rentrant à la maison, il trouva ses parents en compagnie d'un géant, barbu, vêtu d'une belle qamis de facture saoudienne. Son père le présenta à l'imam Abou. Celui-ci espérait qu'Issa devienne un bon musulman et s'engageait à prendre en charge son enseignement, sa nourriture et ses habits. Le garçon vécut son départ avec des sentiments mêlés. S'il se sentait rejeté par sa famille, d'un autre côté, il se réjouissait de partir main dans la main avec ce grand monsieur souriant, à la voix douce et aux manières polies, s'imaginant en route pour un monde nouveau, plein de mystères et de découvertes. Il avançait d'autant plus confiant qu'il avait toujours aimé les imams de son quartier. Même s'ils ne lui donnaient jamais rien lorsque Issa leur rendait service pour les courses ou pour nettoyer la cour de la mosquée après les prières, leur avarice était largement compensée par leur accueil joyeux et complice. Issa passait toujours de bons moments en leur compagnie. Mais l'imam Abou n'était pas cette sorte d'homme. L'aventure qui avait commencé pour le garçonnet sur le seuil de sa maison, tandis qu'il plaçait sa petite main dans la paume du géant, s'arrêta quelques kilomètres plus loin, une fois la porte de la madrasa refermée derrière lui. Le religieux lâcha instantanément la main de son talibé et lui envoya une gifle qui le fit rouler dans la poussière de la cour. Il aboya un ordre et une grappe de gamins en haillons apparut soudainement et se rua sur lui pour le rouer de coups et le couvrir de crachats. Le bizutage dura plusieurs minutes. Lorsqu'il prit fin, Issa pleurait. Il resta prostré pendant des heures, avant qu'un professeur ne l'attrape par l'oreille pour le conduire au dortoir où il se vit attribuer une paillasse humide et sale en guise de lit.

Issa venait d'arriver dans une prison. Parmi les talibés, il y avait des hiérarchies à respecter et les nouveaux venus subissaient durant de longues semaines des traitements humiliants. Mais la violence des plus jeunes n'était que peu de chose en comparaison de celle des adultes. Les coups pleuvaient, la nourriture manquait cruellement, les brimades rythmaient les jours. La plus féroce des punitions, celle qu'affectionnait l'imam Abou, consistait à enchaîner un enfant nu dans la cour pendant des heures, jusqu'à ce que le soleil lui cuise la peau.

Le quotidien des élèves se résumait à apporter de l'argent à la madrasa. Ils devaient mendier ou chaparder en ville, de l'aube à l'aurore. Ceux qui, en rentrant le soir, n'étaient pas parvenus à apporter la somme indiquée d'avance étaient châtiés. Quant à l'enseignement, il se résumait à apprendre par cœur en arabe les sourates du Coran, sans que ni l'imam ni les professeurs ne se donnent la peine d'en expliquer le sens aux talibés. À trois reprises, Issa avait tenté de se sauver. La première fois, l'imam et ses adjoints l'avaient rattrapé au bout de la rue. La deuxième fois, c'est son père qui l'avait reconduit à la madrasa, lui enjoignant de s'endurcir davantage. À la troisième reprise, il s'était évanoui d'inanition avant même d'avoir marché deux kilomètres. Il resta cinq ans dans cet enfer. Cinq années qui le marquèrent à tout jamais et qui annihilèrent en lui toute notion de confiance envers autrui. En outre, l'épreuve l'avait tellement endurci qu'il ne ressentait plus les coups, encaissant sans broncher les accès de colère des éducateurs sadiques. Mais sa bienveillance naturelle n'avait pas disparu, elle lui avait même valu de nombreuses fidélités parmi les plus jeunes. En arrivant à la prison-école, Issa n'était ni rebelle ni violent. Pourtant, après ces cinq années de calvaire, il nourrissait en lui une haine froide et ruminait sa vengeance. Au moment où il se sentit suffisamment prêt, il décida avec un groupe d'une dizaine de garçons de détruire la madrasa et de s'échapper. Avant cela, il allait faire payer cher à Abou ce long cauchemar.

Pour agir, les élèves attendirent que les professeurs se fussent endormis et que l'imam se fût réfugié dans la pièce malsaine et sombre qui lui servait de tanière. D'ordinaire, le soir, les élèves étaient enfermés dans leur dortoir, mais Issa s'était procuré un double de la clé. Ils sortirent à dix, armés de gourdins, d'une bouteille d'essence et d'une corde négociée la veille au marché. L'imam ronflait dans son lit. Issa lui asséna un énorme coup de bâton sur la tête qui, s'il ne le tua pas, le plongea sans doute dans un profond coma, puis ils ligotèrent le terrible maître sur son lit, arrosèrent la toile de drap d'essence et y mirent le feu. Ils partirent en courant chercher les autres talibés et tous s'enfuirent du bâtiment. Les professeurs alertés par la fumée et les flammes qui sortaient de la chambre d'Abou ne purent le sauver. Devant la police, ils n'osèrent incriminer les élèves de peur qu'une enquête soit ouverte et ne révélât les mauvais traitements qu'ils infligeaient aux enfants. On classa donc l'affaire et l'on mit sur le compte du démon l'inexplicable combustion de l'imam.

Lorsque Issa regagna sa maison, l'ambiance dans la ville d'Anjawa avait changé. Des hommes en armes surgissaient régulièrement, faisant régner la terreur et dictant leur idéologie radicale. Beaucoup de jeunes garçons avaient été contraints de les suivre. Ceux qui étaient revenus quelques semaines plus tard n'étaient plus les mêmes. Leurs poches avaient été gonflées d'argent par des émirs saoudiens, murmurait-on. À l'instar des djihadistes, ils se montraient durs et intransigeants. Se proclamant « imam », ils imposaient un islam rigoriste. Pour éviter les ennuis avec ces nouveaux maîtres de la ville, le père d'Issa leur affirma que son fils était devenu un talibé scrupuleux et savant. Le garçon fut donc à son tour emmené dans la brousse en compagnie d'autres élèves où ils reçurent une formation paramilitaire, apprirent à se servir d'une arme et à confectionner des engins explosifs. Puis ils furent renvoyés dans leurs familles, en attendant les instructions.

La région était déchirée. Aux attaques djihadistes contre les garnisons succédaient les représailles tout aussi féroces de l'armée nigériane, bientôt épaulée par les contingents tchadiens et camerounais. Issa ne savait quoi penser. Il imitait ses parents lorsqu'il fallait déguerpir en brousse quand telle ou telle force combattante pointait à l'horizon, puis il revenait à la maison et reprenait sa vie. Il n'y avait rien d'autre à faire. Sa réputation de talibé lui valait un certain respect. Les djihadistes aimaient bien les jeunes capables de réciter le Coran. Un jour, l'un des chefs miliciens vint chez lui et versa une grosse somme d'argent à sa famille, en contrepartie de quoi Issa devait rejoindre un prédicateur nommé l'Initié qui sillonnait la région, se faire admettre dans la communauté et ensuite l'assassiner. Le père d'Issa frissonnait en écoutant le djihadiste exposer ainsi son projet mortifère comme s'il s'était agi d'un travail ordinaire et routinier. Mais il n'osa pas refuser. Ce père, si peu attaché à son huitième garçon, répugnait pourtant à le voir basculer dans le crime. Pour lui, ces djihadistes qui tenaient d'une main le Coran et de l'autre le fusil, n'étaient pas de bons musulmans. Et bien qu'à ses yeux Issa ne vaille pas grand-chose, il le respectait infiniment plus que ces scélérats. Ne sachant que décider, et se trouvant dans l'incapacité d'ordonner à son fils de tuer, il lui proposa de fuir et de se cacher dans une région éloignée. Mais Issa connaissait désormais ces gens, il n'ignorait pas que des représailles s'abattraient immédiatement sur sa famille s'il n'obéissait pas. Pour la première fois de son existence, il éprouvait de la compassion pour son père dont il découvrait tardivement les principes moraux. Il lui expliqua aussi simplement qu'il le put les sordides conséquences qui découleraient de son refus. Puis il se mit en route, laissant derrière lui un homme écrasé par la honte.

La main de Laya se posa délicatement sur son épaule, tirant Issa de ses souvenirs. Il tourna la tête et regarda longuement le visage de la jeune fille. Laya avait le sourire clair des êtres purs, ses yeux brillaient d'innocence. Le cœur d'Issa chavira, son pouls s'accéléra, ses lèvres bafouillèrent un « salut » embarrassé.

– Tu as l'air de rêvasser, Issa. Où était parti ton esprit ?

– Chez moi… à Anjawa…

– Ta famille te manque ?

– Je me demande souvent ce qu'ils deviennent.

– C'est ce qui te rend triste ?

– Je ne suis pas triste.

– Si. La plupart du temps tu es boudeur et de mauvaise humeur. On ne peut pas te parler.

– De quoi veux-tu me parler ?

– Je ne sais pas, moi. De tout. De la route, de l'Initié, de mes nouveaux amis… de plein de trucs ! Tu connais plein de choses, je suis sûre !

– Non, je ne connais rien…

– Mais tu as voyagé, tu as vu du pays.

– Je n'ai pas grand-chose à offrir, Laya. Tu ne devrais pas tant espérer de moi.

– Pourquoi dis-tu ça ? Moi, j'aime bien ta compagnie. Je suis heureuse quand je suis avec toi. Pas toi ?

– Si… moi aussi. Mais je ne suis pas quelqu'un de recommandable.

– Ah ! J'ai un faible pour les mauvais garçons, de toute façon !

Laya éclata de rire en renversant la tête en arrière. Issa ne put s'empêcher de sourire devant un si beau spectacle.

– Ah ! Enfin tu souris !

– Alors, qui sont tes nouveaux amis ? J'ai l'impression que vous vous entendez bien.

– Oui, Tina et Idriss te plairaient. Tu devrais venir parler avec nous, le soir.

– Non, je ne peux pas. L'Initié me demande de protéger les pèlerins. Je dois surveiller les environs à chaque fois que nous nous arrêtons pour la nuit.

– Ne t'inquiète pas autant. Le groupe sait très bien se prémunir lui-même des dangers. Et certains de ses membres pourraient même t'apprendre pas mal de choses.

– Qu'est-ce que tu veux dire ? Que je ne sers à rien ?

– Non, ce n'est pas ce que je pense. Mais un homme comme Idriss pourrait t'aider. Il a une expérience de la vie qui te surprendrait. Et je ne parle pas de Tina. Si tu connaissais son histoire, tu serais vraiment étonné.

– Dis-moi !

– Non, viens avec moi.

– Pourquoi ?

– Parce que ça me ferait plaisir que tu les rencontres.

Issa aurait voulu que Laya reste à ses côtés pour toujours, qu'elle ne s'en aille pas retrouver les autres, qu'elle lui tienne la main comme avant lorsqu'ils marchaient ensemble. Mais son âme n'était pas un terreau fertile pour les émois amoureux. Chétifs, les sentiments y poussaient mal. Et en même temps qu'il réclamait la présence de Laya, il souhaitait qu'elle s'en aille rejoindre ceux qui méritaient son amitié. Lui ne se jugeait pas digne de ses attentions et de sa gentillesse.

De son côté, Laya ignorait les affres qui troublaient le jeune homme, elle s'assit près de lui et posa sa tête contre son épaule. Un geste tendre qui bouleversa Issa. Il n'osait pas bouger alors que son esprit lui commandait de fuir. Ils demeurèrent ainsi quelques instants, puis Issa s'excusa et se leva.

– Je dois aller voir le maître.

– Reste un peu avec moi, je suis bien, là, contre toi.

Issa hésitait. Dans son esprit, une image surgit brusquement, celle du chef djihadiste qui lui avait ordonné d'assassiner l'Initié. Sa voix glaciale et presque inhumaine, ses mots incisifs et menaçants résonnèrent dans ses tympans. Son visage impavide raviva la peur. Issa tremblait pour Laya et pour tous ceux sur qui il veillait.

– Je ne peux pas rester. Mais je viendrai te retrouver à l'aube. Tu me présenteras tes amis.

L'orage n'avait pas éclaté sur les pèlerins. Ils marchèrent durant une grande partie de la nuit, progressant sans bruit, sur un rythme dicté par la prudence et les aléas du terrain. Comme à son habitude, l'Initié ouvrait la route. Issa le suivait de si près qu'il entendait sa poitrine respirer, ses os craquer, ses vieilles sandales racler le sol dur. Arrivé au pied d'une colline boisée, le guide s'arrêta, désignant du doigt le lieu du bivouac. Il donnait toujours l'impression de savoir exactement où il allait. Issa comprenait que cet homme connaissait la brousse comme sa poche. Il avait dû, se disait-il, errer dans ces vallées arides pendant de longs mois, peut-être même y vivre des années.

Désormais l'aube s'annonçait, découvrant un paysage de verre cassé. Les flancs des collines pelées offraient à la vue leurs éboulis de rochers, leurs grottes et leurs abris.

– Pourquoi Dieu n'a-t-Il pas rempli la terre d'oasis ? dit Laya dans un soupir, en posant son baluchon sur la terre jaune.

Idriss et Tina la rejoignirent, bientôt suivis par Issa. Laya fit les présentations. Les quatre plaisantèrent un instant sur le fait que chacun en savait si peu sur les autres alors qu'ils cheminaient ensemble depuis des jours.

– Nous sommes des îles en mouvement, philosopha Idriss.

Tina s'intéressa à Issa, le questionnant sur sa ville d'origine, ses parents, son passé. L'air de rien, elle recueillait des renseignements. Le garçon lui répondit de façon lapidaire et évasive. Il n'aimait pas les interrogatoires, même travestis en conversation. Après le repas, chacun se prépara à se reposer quelques heures. Laya proposa à Issa de rester près d'elle pour bavarder encore un peu, mais le jeune homme devait rejoindre l'Initié et organiser la garde avec les volontaires qui veilleraient sur le sommeil de leurs compagnons. Lorsqu'il fut parti, Laya s'approcha de Tina et s'allongea à ses côtés.

– Alors, comment le trouves-tu, mon Issa ?

– Bizarre.

– Bizarre ? Oui, il est un peu timide…

– Ce n'est pas ça. Les gens de sa région n'ont pas bonne réputation. Et en plus, ils frayent avec les djihadistes depuis longtemps. Moi, je me méfie d'eux.

– Pourquoi penses-tu des choses aussi méchantes, Tina ? Issa est gentil et serviable.

– Je connais les garçons, Laya. Peux-tu en dire autant ? Ceux d'ici n'ont rien d'autre dans la tête que les préjugés que leur ont inculqués leurs parents. Ce sont des paysans obtus. Si je te conseille de te méfier d'Issa, c'est que j'ai de bonnes raisons, il faut m'écouter. J'en ai croisé beaucoup dans ma vie, des gars comme lui.

– Tu exagères, Issa n'est pas comme ça ! s'offusqua Laya en tournant le dos à son amie.

Quelques heures plus tard, à quelques dizaines de mètres de là, à l'endroit où les arbres se densifiaient, protégeant les hommes du soleil, Idriss rejoignit Issa et l'Initié. Accroupi, le prédicateur terminait ses ablutions au bord d'un mince filet d'eau descendu des collines.

– Ah, voilà mon ami Idriss ! Assieds-toi avec nous, je t'en prie. Issa, as-tu fait la connaissance d'Idriss ? C'est un exemple pour nous tous.

– Oui, maître, je l'ai rencontré aujourd'hui même.

– Mais connais-tu les épreuves qu'Idriss a traversées dans sa vie ? Sais-tu qu'Allah, loué soit Son nom, l'a sauvé d'un sort injuste et terrible ?

– Je l'ignorais, répondit Issa.

– Quand je l'ai trouvé, Idriss était fou. Il entendait des voix, et il était persuadé que ses parents, morts depuis très longtemps, vivaient en lui.

– Je vois…

– Mais non mon petit Issa, tu ne vois pas… Que sait-on réellement de la folie ? Qu'est-ce qui nous permet, à nous, de dire qu'un homme est malade ou sain d'esprit ?

– On peut le deviner par ses actes, je suppose… rétorqua prudemment Issa.

– C'est juste. Les actions que nous accomplissons déterminent le jugement que la société portera sur nous. Mais, réponds à ceci, mon cher Issa. S'il te venait l'envie de m'assassiner, par exemple, pourrait-on en déduire que tu es fou ?

En entendant ces mots, Issa se décomposa. Son visage prit un air affolé.

– Ne fais pas cette tête, jeune homme. Je ne formule qu'une hypothèse invraisemblable.

– Je… Je ne sais pas, maître… Les gens tuent pour des raisons très différentes…

– Je te sens troublé, mon ami. Je m'excuse de te plonger ainsi dans l'embarras, répondit l'Initié en souriant. Laisse-moi reprendre l'histoire d'Idriss. Cet homme avait basculé dans la psychose sans que l'on sache pourquoi. Mais en rejoignant Allah, plus précisément en ralliant le serviteur du Seigneur que je suis, sa folie a disparu. C'est fascinant, ne trouves-tu pas ? Dieu possède le pouvoir de guérir qui Il désire, quand Il le désire. Dans Son infinie mansuétude, Il peut insuffler en chacun de nous Sa compassion, Ses grâces et Son amour. Et que réclame-t-Il en échange ? Rien ! Il ne nous demande rien d'autre que d'être de bons musulmans.

– Si je vous comprends bien, maître, c'est Allah, loué soit Son nom, qui peut changer les hommes. Est-ce que cela signifie que ceux-ci ne peuvent pas changer d'eux-mêmes ?

– Ah, voilà que tu poses enfin une question intelligente, Issa ! Nos frères et nos sœurs entendent ce qu'ils veulent bien entendre. C'est là le principal défaut que la nature a introduit en nous. Et le problème se résume souvent à choisir, entre toutes les voix, celle que l'on va écouter. Est-ce la bonne ? Ou la mauvaise ? Idriss a longtemps écouté les mauvaises voix. Il s'en est libéré depuis, grâce à Dieu.

Issa baissait les yeux. En cet instant, il était convaincu que l'Initié avait découvert son terrible secret. Il n'osait plus bouger ni prononcer un mot. Son cœur battait la chamade. Ce fut finalement Idriss qui le tira de cet état en lui proposant d'aller ramasser du bois pour préparer le déjeuner.

– Tu n'as pas peur des fous ? Ou du moins des ex-cinglés ? demanda Idriss en plaisantant.

– Non, je ne crains personne, répondit Issa d'une voix faible.

– Hum… Tu m'as l'air un peu nerveux, mon garçon. Ne t'inquiète pas, je suis inoffensif !

– Je n'ai pas peur de toi, je te l'ai dit. J'ai peur de moi… On devrait toujours se méfier de soi, et de ses propres réactions.

– Qu'est-ce qui t'arrive, gamin ? Te voilà bien grave.

– Allons ramasser ce bois. Il ne faut pas faire attendre le maître.

15
LE CHEMIN

Le voyage entre Yamoussoukro et Lagos s'éternisait. Il durait déjà depuis quatre jours au rythme fastidieux des nombreux arrêts, des travaux sur la chaussée, des postes-frontières, des multiples accidents de la circulation, et surtout des incessants contrôles de policiers à l'affût du moindre prétexte pour extorquer une amende aux chauffeurs.

Le soir, les bus des pèlerins stoppaient dans les gares routières, les anges gardiens recrutés par Frances distribuaient alors les paniers repas et veillaient ensuite toute la nuit, armés de gourdins ; il était de notoriété publique que ces endroits grouillaient de criminels, Frances en savait quelque chose. Pendant ce voyage, aussi long que monotone, la jeune femme n'avait quasiment pas quitté Wendell d'une semelle. Lui-même s'arrangeait pour ne jamais trop s'éloigner d'elle. À bord du car, ils s'étaient d'abord jaugés, avant de finalement s'asseoir côte à côte. Le curieux lien qui existait entre eux se raffermissait à nouveau. Parfois, il arrivait qu'ils s'endorment l'un contre l'autre. La deuxième nuit, Frances s'était même assoupie la tête sur les genoux du jeune Libérien qui, dans un demi-sommeil, avait laissé glisser sa main sur sa chevelure. Ils s'étaient réveillés embarrassés par cette proximité physique qui les avait pourtant bercés quelques heures. Le soir suivant, alors que Frances allait faire sa toilette dans un hôtel non loin du parc de stationnement, Wendell l'avait suivie discrètement afin de s'assurer qu'elle ne risque pas une mauvaise rencontre. En passant devant la fenêtre d'une chambre située au rez-de-chaussée, il avait aperçu de façon fugace Frances dans sa nudité, s'apprêtant à se doucher. Honteux d'avoir tardé à détourner le regard, il avait promptement regagné le parking, et tenté en vain de chasser de ses pensées l'image du corps de la jeune femme.

Au cours du trajet, Frances s'était montrée bien plus détendue qu'à Yamoussoukro durant les jours précédant leur départ, ce qui rassurait Wendell. Elle avait aussi renoué avec leurs discussions religieuses, l'interrogeant sans cesse sur son rapport à Dieu. Sans oser le lui demander directement mais par une série de fines allusions, elle espérait découvrir si son ami entendait la parole de l'Éternel. Cette idée l'obsédait. Wendell jugeait ces questions d'autant plus curieuses qu'il avait la certitude que Dieu avait justement choisi de s'adresser à elle plutôt qu'à lui. Il éludait donc le sujet, répondant par des banalités, n'osant révéler à l'Américaine que les cieux étaient demeurés silencieux depuis cette fameuse vision sur la plage de Monrovia.

La veille de leur arrivée prévue à Lagos, ils décidèrent d'annuler la halte de nuit, afin de gagner du temps et d'arriver plus vite à destination. Les pèlerins étaient épuisés par le voyage. Ce n'était pas leur cas. À l'arrière du car, dans la bulle ouatée de leur intimité, Frances et Wendell abolissaient une à une les barrières physiques et mentales qui les séparaient. L'accoudoir central avait été relevé et leurs mains se touchaient presque en permanence. Et alors que cette proximité inédite était à quelques heures de se dissiper, ils en éprouvaient déjà la nostalgie. Bien évidemment, ils préféraient ne pas partager leurs états d'âme car c'eût été pénétrer dans un domaine où aucun des deux ne se sentait à l'aise. Pour leur dernière nuit ensemble, ils débattaient de ce qu'ils aimeraient entreprendre pour se changer les idées, une fois à Lagos.

Wendell rêvait d'une soirée au Shrine, le club de musique fondé par Fela Kuti et dirigé aujourd'hui par ses fils, Seun et Femi, deux stars internationales. Dans son adolescence, expliqua-t-il à Frances, il vénérait l'afrobeat de Fela. Il lui était même arrivé de partir au combat, un casque audio sur les oreilles, écoutant à plein volume *Shakara* ou *Opposite People*. Frances sourit à l'évocation de ce qu'elle appelait « sa vie profane ». Elle avoua ne rien connaître, ou si peu, en matière de musique. Ses goûts se limitaient à Jean-Sébastien Bach, aux cantiques et à quelques gospels. D'une façon générale, l'art représentait pour elle l'un des nombreux domaines de sa vie où la morale prenait le pas sur les émotions. Seuls l'intéressaient les chants sacrés qui servaient à rendre grâce au Créateur, à louer Ses bienfaits, à soutenir les Écritures. Tout en expliquant sa conception à Wendell, elle réalisa combien celle-ci était étriquée. Mais, conclut-elle, cette manière de penser était constitutive de son être au point qu'elle ne parvenait pas à s'en débarrasser. Elle s'en excusa presque car elle aurait aimé que la musique fût pour elle un divertissement comme elle l'était pour lui. Wendell pourrait-il lui faire découvrir ce plaisir ? Prendrait-il la peine de l'inviter au Shrine ?

Cette façon de s'ouvrir l'un à l'autre était nouvelle dans leur relation. Wendell en était touché. Il finit par s'endormir peu avant 3 heures du matin.

De son côté, Frances ne parvenait pas à trouver le sommeil. Wendell la troublait. Comme elle le faisait à chaque fois que son âme était agitée, elle s'en remit à Dieu. Sa prière commença par un exercice de méditation. Elle ferma les yeux, ralentit le rythme de sa respiration, se concentra sur un point lumineux imaginaire censé symboliser l'Éternel, et tenta de dompter le rythme de sa pensée. Un sentiment d'apaisement se produisit presque aussitôt. Elle récita une première série de textes liturgiques écrits par son père vingt ans auparavant, et qu'elle connaissait par cœur. Frances demandait pardon à Dieu, confessait ses péchés. Puis, elle se fit louangeuse, proclamant la gloire du Seigneur et Sa toute-puissance. Le silence qui suivit ses invocations figea le temps en elle. Et du néant surgit la lumière. Son imagination se déchaîna en un flot d'images qu'elle ne chercha pas à contrôler. Comme assise au cinéma, Frances regardait défiler sa vie. Les visages, les situations, les paysages dansaient dans sa tête. La farandole avait toujours quelque chose d'effrayant, mais avec l'expérience, Frances s'était habituée à ce brutal tsunami d'images. Il était immanquablement suivi d'une émotion intense qui marquait en quelque sorte l'entracte du spectacle. Arrivait alors enfin le moment qu'elle chérissait. Une chaleur montait en elle, une force l'enveloppait, l'inondant d'une eau vive et fraîche. Frances sentait l'étreinte bienfaisante du Seigneur. Elle aurait voulu que cette étreinte dure éternellement, mais ce sentiment disparaissait en quelques secondes. C'était fugace et puissant à la fois. L'étreinte divine l'emplissait d'une confiance et d'une énergie nouvelle. Elle ouvrit les yeux et les posa sur l'homme assis à ses côtés. Wendell dormait. Ses lèvres dessinaient un sourire admirable. Elle pouvait désormais se reposer un peu.

Wendell fut éjecté du sommeil par le vacarme extérieur qui, dans son rêve, avait revêtu l'aspect d'un diable vociférant. Klaxons, rugissements de moteurs, cris. Le jour s'était levé sur l'axe qui menait à Lagos, et avec lui, un immense serpent de ferraille qui encombrait la route. Les accotements débordaient de piétons se disputant le moindre espace entre les échoppes et les véhicules pour se faufiler. Sur l'unique voie de circulation, les voitures, les bus, les motocyclettes et tout ce qui possédait un moteur thermique attendaient plus ou moins impatiemment qu'une bétonneuse, tombée en panne quelques centaines de mètres plus loin, soit poussée sur le bas-côté. Les mains martelaient les avertisseurs et les pieds faisaient hennir les chevaux-vapeur. Il était 6 heures du matin et déjà les faubourgs de Lagos bouillonnaient. Les vendeurs à la sauvette prenaient d'assaut les taxis collectifs, proposant aux passagers tout un éventail de produits allant des chaussettes chinoises aux mouchoirs en papier, en passant par les indispensables berlingots d'eau potable, car la température n'allait pas tarder à bondir au-dessus de trente degrés. Ceux qui n'avaient pas eu le temps d'avaler une collation avant de quitter les immenses bidonvilles jouxtant la route pouvaient trouver sur les plateaux portés par des fillettes en guenilles tout un assortiment de beignets à la viande, des bâtonnés d'igname, diverses pâtes de manioc, du pain, des fruits et des biscuits. La grande ville était encore loin, mais déjà les faubourgs populaires se pressaient pour dénicher de quoi vivre une journée de plus. Wendell, qui avait rarement vu autant de monde massé sur une route, en eut un haut-le-cœur. Lagos et ses banlieues, bas-fonds, cités périphériques, millions d'habitants que plus personne ne songeait à recenser formaient un gigantesque organisme qui se réveillait la faim au ventre. La poussière, les odeurs et les miasmes saturaient l'air environnant. Dans le ciel, de lourds nuages gris dominaient cette misère, hésitant à déverser sur elle une pluie salissante.

Il restait aux voyageurs encore une trentaine de kilomètres à effectuer avant d'arriver au cœur de la ville, et ce parcours chaotique s'annonçait mille fois plus terrible qu'un chemin de croix pour les pèlerins qui se réveillaient les uns après les autres, bouches bées, découvrant l'allégorie dantesque que la fournaise nigériane avait engendrée. Les six superbes autocars – dont les trois flambant neufs offerts par Barthélemy Pokou – détonnaient par leur blancheur immaculée dans cet univers de tôles rouillées, de camions antédiluviens, de charrettes tirées à bout de bras.

Les plus éprouvés étaient les chauffeurs, ils transpiraient à grosses gouttes alors que des policiers, voraces comme des lions au réveil, ne cessaient de les harceler. Ces chasseurs de primes en chemise bleue commençaient par donner un coup de matraque sur les flancs du bus, puis s'agrippaient à la fenêtre, exigeant un billet. La scène se reproduisait à l'identique toutes les cinq minutes, que le convoi ait progressé ou non. Il fallait une longue expérience de la survie en milieu hostile pour aborder avec sérénité le chaos des faubourgs de Lagos. Mais Wendell comprit rapidement que si le magma humain dévalant la route paraissait effrayant, il ne brûlait pas. Le pandémonium observait une règle essentielle, celle de la préservation de l'espèce. Les enfants qui se chamaillaient sur les bas-côtés, les hommes qui s'insultaient et menaçaient d'en venir aux mains, les policiers qui éructaient et les estropiés qui tentaient de grappiller de quoi survivre, toute cette agressivité du désespoir n'allait jamais jusqu'à l'affrontement. Ceux qui vivent dans le désordre sont les derniers à désirer l'anarchie. Il convenait donc de traverser patiemment ce capharnaüm jusqu'à parvenir à destination.

Malgré le bruit, Frances dormait toujours, la tête appuyée contre l'épaule de Wendell et une main posée sur sa cuisse. Il ne voulait pas la réveiller, du moins, pas avant que cela ne soit nécessaire. Il regardait les minibus et les voitures, s'amusant des messages inscrits sur les calandres. « *Good is great* », « *Good will save the merchants* », « *No food for lazy man* ». Pas de nourriture pour le fainéant. La devise de ces faubourgs hantés par la faim résumait la condition humaine.

Ils arrivèrent enfin à un grand carrefour ; à gauche, l'autoroute qui allait vers Ibadan, à droite, l'embranchement qui menait à Lagos Island. Wendell avait entendu parler des gratte-ciel et des villas somptueuses du quartier d'affaires. Il aurait voulu voir la fameuse ligne d'immeubles flottant sur la lagune enjambée de ponts majestueux. Les limousines, les Porsche et les Ferrari qui sillonnaient ces quartiers étaient célébrées dans toute l'Afrique. Quant aux supermarchés du quartier Ikoyi et de Victoria Island, ils n'avaient rien à envier, disait-on, à ceux de Paris, Londres ou New York. L'idée d'un luxe absolu côtoyant la misère la plus basse lui semblait tout bonnement démoniaque. Lagos était une table de jeu où les cartes étaient truquées. « *No food for lazy man* », certes, mais surtout : « *No money for honest man.* »

Frances fut réveillée par la sonnerie de son téléphone. Elle ouvrit les yeux en souriant à Wendell et décrocha. Le révérend Enoch Oyedipo, fondateur de la Christian Church of God, l'informa qu'il avait été contraint au dernier moment de prendre de nouvelles dispositions : il les attendait en définitive au campus d'été de leur Église, à une heure de route de là. Les cars bifurquèrent donc en direction d'Ibadan. Wendell se dit qu'il devrait encore patienter avant de pouvoir découvrir la richesse inouïe de Lagos…

Dans le bus, les pèlerins s'étaient calmés. Certains priaient, d'autres grignotaient les biscuits distribués par les anges gardiens. Frances se blottit contre son ami et poussa un long soupir. Il leur restait environ une heure d'intimité, peut-être deux si les embouteillages persistaient.

– Je n'en peux plus de ce trajet, Wendell. Mais en même temps, je n'ai pas envie d'arriver à destination. Je crois que je suis bien, avec toi, assise sur ce siège. Si la vie pouvait se résumer à ça, j'en serais heureuse.

Wendell émit un petit rire.

– Et que ferais-tu de tes pèlerins ?

– Mes pèlerins ? Ce sont autant les tiens que les miens, plaisanta-t-elle.

– On les renvoie à Yamoussoukro, on garde un bus pour nous, et on va rendre visite à ton père au Kenya ? Qu'en penses-tu ?

– Ce serait tellement bien. Tu verrais, c'est un monsieur charmant. Je suis sûre qu'il t'adorerait.

– On adore Dieu, Frances… pas les hommes !

– Bon, sérieusement, dit-elle en se redressant sur son siège, je dois te donner quelques informations sur le révérend-pasteur qui va nous accueillir. C'est le chef d'une Église qui compte cinq millions de fidèles.

– Cinq millions ?

– Nous sommes au Nigéria, Wendell. Le pays de la démesure…

– J'ai commencé à le réaliser. Nous traversons depuis un bon moment des quartiers surpeuplés.

– Je n'ai rencontré le révérend Enoch Oyedipo qu'une seule fois, mais il m'a fait une très forte impression. Il a grandi dans les beaux quartiers de Lagos, dans un luxe que tu n'imagines pas. Son père, Olusegun Oyedipo, fut longtemps le président de la compagnie pétrolière nigériane avant de devenir ministre de l'Énergie. Sa mère était la troisième épouse de cet homme puissant, et Enoch, l'unique enfant qu'elle lui avait donné, était le fils préféré d'Olusegun. Il ne lui refusait rien. Une gouvernante anglaise et une professeure de français venue de Paris veillaient sur son éducation. Pour les vacances, ils partaient tous en Europe ou aux États-Unis à bord d'un jet privé. Tout allait bien pour cette famille tranquille de la haute bourgeoisie. Olusegun songeait même à envoyer Enoch à New York pour qu'il y suive des études. Mais un soir, Enoch, qui venait d'avoir dix-huit ans, a disparu. Son père a d'abord pensé à un enlèvement, mais aucune revendication, aucune demande de rançon ne lui sont parvenues. Les parents étaient désemparés. Nul ne savait où était le jeune homme. Ils ont remué ciel et terre pendant des semaines, lançant des campagnes à la télévision, offrant des dizaines de milliers de dollars à qui donnerait des renseignements sur leur enfant. Au bout de plusieurs mois, le couple a reçu une lettre. Enoch leur expliquait qu'il allait bien et qu'il avait choisi de disparaître. Ils devaient le laisser en paix et abandonner les recherches. Il leur promettait aussi de revenir un jour chez eux pour leur annoncer une grande nouvelle. Les parents ont alors stoppé leurs investigations et ont attendu.

– Ils ont attendu longtemps ?

– Quatre années interminables. À chaque fête, Pâques ou Noël, Enoch envoyait une carte. Mais c'était tout.

– Et où était-il passé ?

– À quelques kilomètres de chez lui. Dans l'un des quartiers les plus misérables de la capitale, Mosafejo, près du marché d'Oshodi. Il dormait dans la rue, se nourrissant de ce qu'il trouvait dans les poubelles et de la charité des commerçants. En fait, Enoch avait eu une révélation divine. Il avait vu le Seigneur en songe qui lui demandait d'aller aider les démunis, non pas en distribuant sa fortune ou celle de son père, mais en allant laver les pieds des lépreux et des mendiants, à l'image du Christ lavant ceux des apôtres. Enoch est donc parti dans les bidonvilles, tels les saints du Moyen-Âge qui aidaient les gueux. Il y a vécu pauvre comme Job parmi les déshérités, s'occupant des malades abandonnés dans les dispensaires faméliques, enterrant les corps des inconnus décédés dans la rue et dont personne ne se souciait. Le peu qu'il avait, il le redistribuait à plus nécessiteux que lui. Après cinq années, il est rentré au domicile de ses parents. Les gardiens ne l'ont d'abord pas reconnu et l'ont chassé en lui promettant une bastonnade s'il revenait sonner chez eux. Il a dû trouver un téléphone pour appeler sa mère et s'annoncer. Entre-temps, son père, Olusegun, avait changé. Mal récompensé de son amour inconditionnel pour son enfant, il s'était détourné de lui et ne voulait plus en entendre parler. Mais tu sais ce qu'est une mère, Wendell. Celle d'Enoch l'a accueilli en larmes, heureuse de retrouver son fils. Elle l'a caché durant de longs mois à la vue de son mari, le temps de parvenir à le convaincre de la bonté de ce fils devenu apôtre du Seigneur. Après quelque temps, le père a accepté de le revoir. Mais il lui a lancé un défi. Puisque Dieu l'avait appelé à Ses côtés pour aider les indigents, et puisque au bout de cinq années Enoch avait renoncé à son vœu de pauvreté, il devrait désormais démontrer sa valeur et ériger pour Dieu la plus grande et la plus puissante des Églises protestantes du pays. Voilà comment Enoch a bâti la Christian Church of God, considérée aujourd'hui comme la plus éminente et la plus respectée de toutes les congrégations évangéliques du Nigéria.

– Ça sent quand même un peu la légende, tout ça, persifla Wendell, soupçonneux.

– Wendell ! s'insurgea-t-elle. L'incrédulité est l'ennemi de la foi, tu le sais bien, alors ne mets pas mes paroles en doute, s'il te plaît.

Il répondit à sa plaisanterie par un sourire.

Le soleil était déjà haut quand les six bus franchirent le portail du campus de la Christian Church of God. Une longue allée encadrée de bosquets d'hibiscus et de lauriers roses menait à une vaste bâtisse de trois étages de style néoclassique aux colonnes prétentieuses. Sur le perron dallé de marbre se tenait le pasteur Enoch Oyedipo, entouré de ses révérends et de ses diacres. Tous portaient un costume trois-pièces blanc et une chemise de couleur corail assortie à leur pochette. Lorsque les cars se furent garés sur le parking bitumé, une fanfare apparut comme par enchantement, accompagnée d'une trentaine de choristes vêtues de robes bleu ciel et de chapeaux à mantille. Elles entamèrent un gospel de bienvenue. Au moment où Frances sortait du bus, le pasteur descendit le perron et marcha à sa rencontre avant de l'étreindre longuement. Dans le même temps, une centaine d'enfants, filles et garçons, arrivèrent en courant, tenant à la main de petits bouquets de fleurs d'hibiscus pour les offrir aux pèlerins. Sur les pelouses attenantes, d'immenses tables avaient été dressées. Un somptueux buffet garni de plats cuisinés, de viandes et de poissons divers attendait les convives sous les regards méditatifs d'une armée de majordomes en chemise de basin bleu et blanc. Après s'être extirpé non sans mal du bus, le père Christophe siffla d'admiration, tandis que Jackson, qui soutenait par le bras son ami perclus de rhumatismes, observait ébahi cet étalage de richesses au milieu du jardin d'Éden du campus de la Christian Church of God.

Le reste de la journée se passa en agapes et présentations diverses. Enjoué et bavard, le pasteur Enoch tenait à saluer personnellement chacun des pèlerins. Il offrait à tous des mots affectueux et des gestes attentionnés. Volubile et démonstratif, cet homme que les années avaient singulièrement enrobé souriait comme une vedette de cinéma, clignant des paupières à tout instant. Si en matière d'allure et de prestance, il ne pouvait rivaliser avec Jackson, en revanche son visage soigné, ses dents impeccables et ses mains manucurées témoignaient de l'importance qu'il apportait à son aspect physique, le corps étant pour lui un cadeau de Dieu qu'il fallait préserver de l'usure du temps. Puis, tel un lord anglais arpentant son domaine, il organisa une visite des divers bâtiments, dortoirs, terrains de sport, cantines, maisons d'hôtes que comptait le campus, structuré autour d'un immense temple surmonté d'un toit en forme de pagode pouvant accueillir deux mille fidèles. La propriété comprenait aussi un héliport, car le pasteur ne se déplaçait que par les airs pour se rendre à Lagos, à cause, expliqua-t-il, des embouteillages. L'Église était affiliée à la même organisation américaine que celle de Frances et de son père, l'American Redemption Church, et s'était vue dotée par le passé de nombreuses contributions financières. Désormais, Enoch Oyedipo se vantait d'envoyer plus d'argent aux États-Unis qu'il n'en recevait, c'était pour lui le signe incontestable de sa réussite. Il pouvait toiser l'oncle Sam le cigare au bec et les doigts coincés dans les revers de son veston.

– Votre père doit être fier de vous, lui dit Wendell, faussement ingénu.

– Mon père ?

– Oui. Ne vous avait-il pas autrefois mis au défi de construire la plus belle et la plus grande Église de Réveil du Nigéria ?

– Ah ! Oui… Oui, bien sûr. Mon père doit être content de moi ! Et comme l'Éternel l'a rappelé auprès de Lui, il contemple désormais ma réussite depuis le paradis…

Le soir venu, une fois les pèlerins rassasiés et logés, le pasteur Enoch invita Frances, Wendell, Jackson et le père Christophe à prendre une collation dans sa demeure.

– Il ne manque que l'invitation sur papier bristol, fit Wendell, quelque peu agacé par le luxe insolent qui entourait cet homme.

D'un ricanement, le père Christophe indiqua qu'il partageait son opinion, tandis que Jackson et Frances, pour des motifs différents, feignirent de n'avoir rien entendu. Le premier était ébloui par la réussite de ces cousins nigérians, la seconde avait trop besoin de l'aide d'Enoch pour prendre le risque de l'offenser avec des remarques sur l'indécence de cette opulence.

Ils furent tous les quatre accueillis avec force sourires par le révérend et son épouse, Sefi, en tenue de soirée. Le pasteur, qui tenait négligemment une cigarette entre les doigts, avait changé de costume et portait désormais un ensemble traditionnel bleu pervenche, tandis que sa femme, bel échassier sur de hauts talons signés d'un célèbre bottier parisien, tentait de conserver son équilibre et donc sa dignité tout en évitant de froisser le tissu de sa robe dessinée spécialement pour elle par un grand couturier lagosien. Frances, que les détails vestimentaires n'intéressaient pas, était habillée de son habituel chemisier et de sa jupe longue qui ne laissait apparaître que le bout de ses chaussures plates. Riche et tapageuse, la demeure ressemblait à ses propriétaires, avec cependant un raffinement surprenant s'agissant des objets d'art qui décoraient la pièce principale. Le pasteur Enoch nota d'emblée la mine sombre du père Christophe. Il entreprit de désarmer sa visible mauvaise humeur.

– J'imagine ce que vous devez vous dire, père Christophe. « Ces protestants, avec leur goût du luxe, se sont éloignés de Dieu ! » Mais, j'estime pour ma part que devenir riche et généreux est au contraire la meilleure façon de Lui rendre grâce…

– Rassurez-vous révérend, je ne pense rien de tel, répondit le prêtre non sans hypocrisie. Si vous connaissiez comme moi la curie romaine, vous sauriez ce que l'opulence signifie lorsqu'elle s'est accumulée pendant deux mille ans ! En la matière, nous, catholiques, n'avons pas de leçons à donner.

– Voilà qui est bien parlé. Je suis heureux de constater que vous êtes un homme ouvert à la modernité.

– Ma modernité s'arrête en 1521... maugréa le père Christophe.

Pendant que les prélats dissertaient ainsi, Jackson se taisait, buvant les paroles de son hôte tout en sirotant le champagne que lui servait Sefi. Très avenante, l'épouse du pasteur s'était dangereusement rapprochée du clergyman play-boy, véritable récif pour couples au bord du naufrage, qu'elle entourait de ses attentions. Perdue dans ses pensées, Frances souriait de façon automatique, n'écoutant que d'une oreille distraite les conversations. À l'autre bout de la table, Wendell la regardait en se demandant ce qui lui trottait dans la tête.

La soirée s'acheva sur une annonce spectaculaire d'Enoch.

– Demain à 14 heures, je réunirai au temple un millier de fidèles. Et nous prierons ensemble au succès de notre entreprise. Car nous allons montrer à nos frères musulmans que la terreur qu'imposent certains des leurs ne nous impressionne pas !

Après la petite fête, Wendell raccompagna Frances jusqu'à son pavillon. La nuit était douce, ils restèrent une heure à bavarder dans le jardin, assis sur un banc.

– Quelle est la suite ? Qu'allons-nous faire avec les Nigérians ?

– Nous allons les emmener avec nous au nord, à Maiduguri. Le pasteur Enoch viendra avec ses fidèles et ce sera une très belle caravane. Nous allons impressionner le monde entier !

– C'est ton objectif, Frances, faire du bruit ?

– Mon ambition est de montrer aux terroristes djihadistes qu'ils ne pourront pas continuer à martyriser les gens comme ils le font aujourd'hui.

– Et tu penses vraiment qu'ils t'écouteront ?

– Dieu nous écoute, Il nous aidera. Sois confiant, Wendell.

– Je le suis, mais quelque chose m'échappe dans tout cela. Au départ tu aspirais à évangéliser le nord du Nigéria, maintenant tu veux juste te faire entendre des fanatiques…

– Rien ne nous empêche de convertir ceux qui le souhaitent. Notre mission est de christianiser, nous ne devons pas l'oublier. Et pour cela, il faut montrer à nos ennemis que nous ne les craignons pas.

– Je connais ce langage, Frances, c'est celui dont j'usais autrefois.

« *Peace caravan for Nigeria* », proclamait une immense banderole accrochée par les employés de l'Église sur les grilles, à l'entrée du campus. Depuis le matin, les fidèles affluaient pour l'office de 14 heures organisé par le révérend-pasteur Enoch en faveur des évangéliques venus de Côte d'Ivoire. L'objectif était de recueillir des fonds et d'enrôler des volontaires pour suivre les pèlerins jusque dans l'État de Borno, à Maiduguri très précisément. Avec un homme comme Enoch Oyedipo à sa tête, la caravane aurait un retentissement national, voire international, se félicitait Frances. La star des évangéliques allait attirer l'attention des caméras de toute l'Afrique et même, au-delà, de toutes les Églises protestantes du globe. Son statut, son aura et sa puissance donneraient un élan exceptionnel au mouvement que Frances espérait susciter. L'étincelle du grand embrasement religieux, c'était lui. En son for intérieur, la jeune Américaine rêvait d'une glorieuse vague de conversion qui traverserait le Nigéria, puis l'Afrique et enfin le reste de la planète. Elle était persuadée que les esprits étaient mûrs pour une évangélisation de masse, et qu'il suffisait d'un élément spectaculaire pour que s'enclenchât un phénomène qui, si cela plaisait à Dieu, entraînerait le monde vers un avenir différent. Un destin où le Tout-Puissant et les Saintes Écritures auraient toute leur place. Enoch apporterait la lumière qui manquait encore à son action. D'ailleurs, ne disait-on pas dans la tradition biblique qu'Enoch marchait avec Dieu ? Frances était convaincue qu'il y avait là un signe du Seigneur. Tout en demeurant silencieux, Il approuvait son plan, car après tout, « qui ne dit mot, consent ».

L'après-midi fut inoubliable. Le pasteur Enoch apparut devant les fidèles une heure après le début du culte rythmé par de joyeux gospels et de longues citations de l'Ancien Testament. Chauffée à blanc par les diacres, la salle était en ébullition lorsque Enoch se montra, le dos couvert d'une cape immaculée, accessoire qu'il abandonna rapidement pour offrir à la vue de tous son magnifique costume fuchsia taillé sur mesure. Les paroles qu'il prononça touchèrent près de deux millions de spectateurs et d'auditeurs qui suivaient la cérémonie sur la chaîne de télévision et la web radio de l'Église. Enoch Oyedipo parla longuement du diable et des démons qui s'étaient emparés du nord du pays. Il exhortait ses fidèles à mener le combat final contre « ces puissances obscures et ces forces de l'enfer ». Sans nuances, et avec beaucoup de grandiloquence, son discours comportait une dose d'imprécations et d'appels à la lutte contre les djihadistes, surprenante dans la bouche du pasteur, d'ordinaire soucieux de ne pas trop blesser les musulmans. Ce prêche vindicatif, émaillé de citations vengeresses, recueillit un franc succès. Extatique et galvanisée, la foule applaudit à tout rompre le révérend pendant plus d'une heure. Frances et Wendell, ébahis, ne savaient comment qualifier ce qui se déroulait sous leurs yeux, tandis que Jackson était tout simplement parti rejoindre les fidèles au premier rang, chantant et hurlant à s'en décoller la plèvre.

Le soir, après qu'il eut pris sa douche et se fut reposé une demi-heure en compagnie de sa moitié, Enoch retrouva ses amis qui tenaient à le féliciter pour cette merveilleuse journée.

– J'avoue que votre venue m'a incité à donner le meilleur de moi-même, dit-il à Frances et Wendell tout en avalant un verre de whisky.

– Et votre présence à nos côtés nous sera d'une grande aide pour la suite du voyage, révérend.

– La suite ? Quelle suite ? Il n'y en a pas pour moi. Je n'ai pas l'intention de vous accompagner. J'ai, hélas, beaucoup trop à faire ici.

– N'est-ce pas pourtant ce que vous avez annoncé à vos fidèles ?

– Ce que je dis et ce que je fais sont deux choses différentes, Mademoiselle. Je ne vais pas aller risquer ma peau à Maiduguri pour impressionner Boko Haram et tous les fous furieux qui terrorisent ce pays !

– Mais…

– Quoi ? Qu'est-ce que vous vous imaginez, Frances ? Que je veux faire la guerre, les croisades ou je ne sais quelle fantaisie ?

– Je pensais que vous espériez au moins montrer que Dieu marche avec nous et qu'Il combat les criminels !

– Vous êtes bien naïve ! C'est sans doute votre idéalisme d'Américaine…

– Je ne suis pas naïve, révérend ! Je suis une missionnaire évangélique ! Et il me semble que vous en êtes un, vous aussi.

– Je prêche, oui. Mais pour cela, encore faut-il rester en vie.

– Que Dieu nous protège ! s'exclama Frances, horrifiée devant cet homme dont elle découvrait soudainement le vrai visage.

– Chacun pour soi, et Dieu pour tous, voilà la règle que l'Éternel observe depuis que le monde est monde, je suis surpris que vous ne l'ayez toujours pas compris.

– Votre cynisme est écœurant.

– Allons, Frances, réveillez-vous ! Regardez un peu la société dans laquelle nous vivons. Est-ce que vous connaissez une seule personne dans ce pays qui ne soit pas réaliste ?

– J'espère que Dieu punira votre attitude !

– Mais bien au contraire, Frances ! Dieu me récompense !

Je suis l'éclatante preuve de Son infinie bonté ! C'est parce que Dieu m'a béni et qu'Il m'aime que je possède tout ça, tout ce que vous voyez autour de vous. La réussite, voilà la preuve de l'amour de Dieu !

16
MÉTAMORPHOSES

État de Borno, nord du Nigéria

Les hommes ne peuvent jamais rester tranquilles. Ils s'inventent toujours des destins ou des vocations. Les dieux et déesses servent de prétextes pour mettre en mouvement leur ambition. C'est ainsi que naissent les prophètes.

Balthus Kouémé réfléchissait à ces questions tout en suivant son nouveau compagnon qui musardait sur le sentier broussailleux. À plusieurs reprises, Balthus s'était penché sur le sol pour renifler les odeurs et tenter de déceler la trace du passage récent d'autres hommes. Le lycaon lui avait montré la meilleure façon d'utiliser son nez. Les plantes, les racines, les cailloux qui présentaient un intérêt, ceux qui n'en avaient aucun. Quelle avait été sa vocation, à lui ? Quel avait été son moteur ? Pour quelle cause s'était-il mis en branle ? Le chien sauvage lapait une flaque boueuse née d'un petit orage nocturne. Balthus ne s'y risqua pas. L'animal suivait son instinct, l'homme cherchait un destin. La différence résidait dans l'obstination du second. Il semblait pourtant à Balthus que dans les deux cas, ce qui guidait les êtres vivants relevait d'un besoin primitif. Il voulait s'en dépouiller et se délester de ce qui le déterminait, comme on délaisse une vieille chemise. Examiner le passé pour ensuite y renoncer permettrait sans doute une sorte de libération, pensait-il. Il lui restait à comprendre ce qu'il ferait de cette liberté, une fois celle-ci acquise.

La clé se trouvait probablement dans son enfance, ce coffre-fort où il enfermait les secrets de son âme. Balthus avait grandi à Yaoundé dans une famille nombreuse et soudée. Il était le quatrième fils de Basile et d'Antoinette. « Le cadet de mes soucis », avait coutume de dire Basile, en plaisantant à moitié. Cette position de « petit dernier » n'avait pas été des plus enviables. Balthus servait de commis, de domestique, et occasionnellement de défouloir à ses frères, qui toutefois savaient se montrer affectueux et protecteurs. Trop parfois, car Balthus souffrait d'être exclu de certains jeux que l'on jugeait trop violents pour lui, d'aventures nocturnes dans les quartiers de Yaoundé « réservés aux vrais hommes », et d'excitantes expériences d'adolescents où ce qui se buvait et se fumait ne concernait pas les plus jeunes. Il éprouvait une admiration sans bornes pour Landry, son aîné de six ans. Landry était le beau gosse du quartier, le garçon à qui tout réussissait. Son sourire irrésistible lui valait une grande popularité auprès des filles. Toutes se battaient pour lui rendre service. Les cuisinières, les ménagères, les boutiquières l'accueillaient à bras ouverts, parfois jusqu'au petit matin. Lorsqu'il rentrait à la maison aux premières lueurs de l'aube, sa mère Antoinette boudait pendant plusieurs heures avant qu'il ne brise la glace en l'enlaçant affectueusement. Il lui arrivait de s'éclipser deux ou trois jours et de reparaître habillé de neuf sans que personne ne songe à lui en faire reproche. Landry savait s'y prendre pour se mettre les gens dans la poche. Drôle, souriant et généreux, il se faisait pardonner sans peine ses incartades et ses frasques. Il est des êtres qui rayonnent naturellement et Landry était l'un de ces phares dans la grisaille du quartier. Les spéculations allaient bon train quant à son avenir que chacun imaginait merveilleux, car un tel personnage ne pouvait qu'engendrer des légendes. Les filles l'idéalisaient en vedette, chanteur ou acteur, les anciens soupesaient ses chances de devenir député, ses frères le voyaient opter pour une carrière d'homme d'affaires. Le monde semblait s'incliner devant lui et tous lui promettaient un destin hors du commun. Mais les qualités constituent parfois des faiblesses, et l'on sait depuis la nuit des temps que la médaille possède son revers. Landry détestait l'injustice et ne se privait pas de le proclamer. Ce fut le drame de sa courte existence. Balthus n'avait jamais pu oublier le jour où son frère aîné fut assassiné.

Le lycaon feulait devant lui, il avait repéré un ragondin caché sous un tas de feuilles mortes. Il émit un aboiement sec et se rua sur l'animal. D'un claquement de mâchoires, il lui brisa l'échine et se mit à le déchiqueter en grognant. Landry avait été lui aussi pris dans la gueule d'un animal féroce, un gang criminel qui prostituait les filles et écoulait de l'héroïne. L'adolescente s'appelait Solange. Landry l'avait rencontrée dans l'une des extravagantes boîtes de nuit de la ville, là où l'alcool, la danse et les décibels font bouillir les sens. Il était instantanément tombé fou amoureux d'elle. Solange n'était pas en reste, elle chérissait le jeune homme. Mais comment lui avouer que pour faire vivre ses parents, elle vendait ses charmes dans le quartier Bastos ? Redoutant de détruire cette passion naissante, Solange s'était tue. Malheureusement, le hasard est plus maladroit qu'on ne le pense. Et un soir, il guida Landry devant la porte d'un hôtel chic au moment où Solange en sortait au bras d'un député. Le cœur brisé, le jeune amoureux ne voulut plus entendre parler d'elle. Solange le supplia des jours durant de l'écouter une dernière fois. Elle voulait lui expliquer sa situation, espérant si ce n'était son pardon, au moins sa clémence. Ce soir-là, elle obtint bien davantage. Fou d'amour pour la jeune fille, Landry l'écouta évoquer la misère quotidienne dans laquelle elle vivait avec ses frères et sœurs et ses parents malades et sans revenus. Elle n'omit aucun détail concernant le proxénète entre les mains duquel elle était tombée. Le sort qui frappait la belle Solange gonfla de colère le cœur de Landry qui lui promit de la libérer de ce monstre. « Ils auraient dû fuir, s'en aller vers Douala, s'était souvent dit Balthus rétrospectivement. Là-bas, ils se seraient aimés en toute sécurité. » Landry décida de régler l'affaire d'homme à homme. Il se trompait sur un point. Il n'était pas encore un homme et le souteneur de Solange n'en était déjà plus un. Ce chef de gang, surnommé Fou-Malade en raison de ses accès de violence, avait déjà plusieurs assassinats à son actif. Croyant pouvoir négocier la liberté de

Solange, Landry était allé le voir dans son antre, un bar mal famé du quartier Essomba. Il n'en était jamais ressorti vivant. Son corps égorgé fut retrouvé sur une brouette servant à ramasser les ordures. La police n'avait jamais enquêté. La mort d'un anonyme n'intéressait personne.

La brutale disparition de son modèle laissa un trou béant dans la vie de Balthus. Il n'y aurait désormais plus personne vers qui se tourner lorsqu'il désespérait de réussir un devoir de classe, ni pour le pousser à se surpasser sur un terrain de football. Son deuil s'accompagna d'un brusque effondrement psychologique. Balthus resta accablé de longs mois. L'épreuve lui enseigna pourtant une leçon primordiale que l'on apprend souvent à ses dépens, la vie est une vallée de larmes que l'homme est condamné à traverser seul.

Dès lors, il allait grandir avec la douloureuse conscience que les êtres qui l'entouraient pouvaient disparaître à chaque instant. Cette amère certitude fut à l'origine du penchant nihiliste qui hantait son cœur. Il devint morose, obsédé par l'image de la mort. Durant quelque temps, il suivit sa mère Antoinette dans les églises bigarrées des cultes protestants. Mais la parole de Dieu n'apportait pas la réponse qu'il cherchait et qui n'existait sans doute pas. Il lui fallait accepter que l'existence se résumât à l'attente d'un ennemi qui ne venait pas, d'un destin que l'on ne contrôlait pas. Dompter le temps, dominer les coups du sort, tenter de mettre de l'ordre dans le chaos du monde, tout n'était que jeux futiles face aux forces à l'œuvre dans l'univers. Un soir, au cinéma, il vit une scène dans un film de guerre américain qui lui parut symboliser la condition humaine. Un soldat courait dans un champ tandis que les obus pleuvaient autour de lui. Ses compagnons s'effondraient les uns après les autres, mais il poursuivait sa route, espérant échapper à l'inéluctable. Il finissait par disparaître dans un nuage de fumée. À la fin du film, Balthus prit la décision de s'engager.

Devant lui, le lycaon venait de tomber dans un trou. Malgré son instinct, l'animal n'avait pu éviter le piège. La cavité était assez profonde et Balthus dut y descendre pour en extraire le chien sauvage qui se laissa faire. Le capitaine était fatigué de traîner avec lui ses lourds souvenirs. Il aurait aimé les déposer dans ce trou et les ensevelir à tout jamais. Antoinette, sa mère, n'avait jamais réussi à faire le deuil de Landry. Aucun de ses fils, ni Balthus, ni ses frères, ne remplaceraient jamais dans son cœur l'aîné disparu trop vite. Son père parti dans une autre ville, à la fois pour un travail mieux payé et pour oublier le drame familial, Balthus essaya, autant qu'il le pouvait, de soutenir Antoinette. Mais il eut beau l'entourer d'affection et d'attentions, elle dépérissait. La dépression qui frappait cette mère de quatre garçons, femme méthodique, pondérée et courageuse, avait suscité dans le quartier un élan de solidarité qui l'avait émue. Pourtant rien ne parvenait à lui rendre le sourire. Au fil des jours, elle avalait les médicaments que lui prescrivait un spécialiste de l'hôpital, sans que jamais son moral ne s'améliore. Balthus, qui avait à peine quinze ans à l'époque, alla voir les guérisseurs traditionnels, mais leurs conseils et potions n'eurent guère plus d'effet que les pilules du docteur. Une année s'écoula, l'état d'Antoinette ne s'arrangeait toujours pas. Incapable de la moindre activité, elle passait ses journées au lit, tandis que Balthus et ses frères s'employaient à gérer la maison avec Josy, la bonne venue du village. De temps à autre, Basile, leur père, revenait au domicile familial pour de courtes visites et repartait le plus rapidement possible avec à la bouche un prétexte professionnel. L'absence de son époux aggrava l'état de santé d'Antoinette. La dépression engendra une maladie nerveuse qui se révéla fatale. Lorsqu'on l'enterra, elle ne pesait pas plus de quarante kilos. Ses amies évoquèrent un sort jeté par une personne malveillante, le pasteur parla du diable. Personne, hormis ses enfants, n'avait cherché à comprendre le drame qui était le sien. Pendant un an environ, Balthus et ses frères ne voulurent plus revoir leur père qu'ils blâmaient d'avoir délaissé Antoinette. De son côté, le jeune Balthus se reprochait de ne pas avoir su lui redonner le goût de vivre.

Le lycaon s'était arrêté. Il regardait Balthus d'un air idiot, semblant se demander pourquoi l'homme ne bougeait plus, assis au bord de ce trou malodorant. Il émit un couinement comparable à une supplique, comme s'il espérait convaincre Balthus de ne pas rester là. Le chien s'approcha, lécha sa chaussure, mordit la jambe de son pantalon et tira dessus pour lui signifier qu'il fallait se mettre en route. Le soldat était suffisamment intelligent pour comprendre que l'animal avait flairé un danger, il se leva et le suivit jusque dans une ravine couverte de broussailles. À peine étaient-ils tous deux à l'abri que Balthus entendit des voix d'hommes s'exprimant en arabe et en kanouri. Caché par les buissons, il vit passer une colonne armée. Les djihadistes se déplaçaient eux aussi à pied. Il compta une trentaine d'individus se dirigeant vers l'ouest. Ils ne suivaient pas les traces de l'Initié, ce qui rassura Balthus. À ses côtés, le lycaon grognait. Balthus lui caressa l'échine pour le calmer. Son pelage, dense et dru, lui parut familier.

Avait-il une famille, se demanda-t-il ? Avait-il comme lui abandonné les siens pour se réfugier au fin fond de la brousse ? Car Balthus fuyait. Il se cachait, espérant se faire oublier de la fatalité qui pouvait abattre à tout moment son impitoyable glaive sur ses proches. En choisissant le métier des armes, il croyait pouvoir protéger son prochain et infléchir le destin, c'était pour cette raison qu'il s'était lancé à la recherche de Laya. Il n'avait pas le choix. Vivre signifiait agir. Aucun dieu ne viendrait le sauver, aucune rédemption ne l'attendait, aucun paradis n'était à espérer. Il n'y avait que lui, et il fallait avancer. Il siffla le lycaon qui s'était quelque peu éloigné. L'animal se retourna et bondit joyeusement dans sa direction. Il n'était pas tout à fait seul. La nature guidait ses pas.

17
LA TRAHISON

Nigéria, campus d'été de la Christian Church of God

Wendell toqua à la porte du bungalow où logeait Frances. Pas de réponse. Il recommença plus fort. Toujours rien. Il colla l'oreille contre le panneau de bois et entendit des sanglots étouffés. Deux heures plus tôt, Frances avait brusquement quitté, furieuse, la maison du pasteur Enoch Oyedipo. Les propos de ce dernier avaient été reçus par tous comme un coup de poignard et Wendell comprenait l'écœurement de son amie. Sans la présence des Nigérians, la caravane de la paix était compromise, pour ne pas dire fichue. Frances partie, le repas s'était déroulé dans la gêne. Un autre esclandre s'était produit plus tard mais Wendell avait déjà quitté les lieux.

Il toqua à nouveau. Elle ne répondait toujours pas. Il prit donc la liberté d'entrer sans y avoir été convié. La jeune femme était étendue sur son lit, la tête enfouie sous l'oreiller. Il s'approcha, s'allongea à ses côtés, passant le bras autour de ses épaules. Frances remua légèrement, il chuchota quelques mots apaisants. Son cœur battait au rythme d'une émotion qu'il connaissait mal, mais qui ressemblait à celle qui s'emparait de lui autrefois lorsqu'il sentait la présence de Dieu durant ses prières. Ils restèrent dans cette position. La jeune femme ne pleurait plus, ils finirent par s'endormir.

À l'aube, Frances émergea d'un sommeil agité. Elle avait rêvé de la tour de Babel. Dieu punissait les humains de leur orgueil en rendant impossible la communication entre nations. Pas besoin d'être clairvoyant pour comprendre le sens de ce rêve. L'arrogance d'Enoch Oyedipo entraînait une punition divine. Ce poltron incapable de grandeur d'âme menaçait son œuvre. Elle était désemparée, ne sachant que faire pour empêcher l'échec de son projet. À ses côtés, Wendell sommeillait profondément. La douceur de son visage trahissait sa paix intérieure. Cette expression d'innocence émut Frances qui oublia sa colère. Elle avait toujours eu la conviction que Wendell était béni de Dieu, et cette certitude n'avait fait que se renforcer de jour en jour. Il suffisait de voir la candeur de son visage assoupi pour comprendre aussitôt que l'Éternel veillait sur son sommeil. Le Seigneur était là, tout proche. Il ne les avait pas abandonnés. Il lui indiquerait certainement comment pallier la défection d'Enoch Oyedipo. Dieu aimait Wendell, et elle devait L'imiter, et l'aimer à son tour.

Tout en continuant à regarder le pasteur libérien, elle déboutonna lentement son chemisier, dégrafa son soutien-gorge, se débarrassa de sa jupe et de ses sous-vêtements. Puis elle entreprit d'enlever le pantalon du jeune homme sans le réveiller. Quand il fut déshabillé, elle s'assit à califourchon sur lui. Wendell sursauta.

– Chuuuut, mon ami... laisse-toi faire, murmura-t-elle en posant l'index sur ses lèvres avant qu'il n'ait pu bouger.

Ses reins se cambrèrent tandis qu'elle sentait le désir croître en Wendell. Elle l'embrassa longuement, et s'abandonna au plaisir. Durant leur étreinte, Frances obtint ce qu'elle espérait ; au milieu des vagues de jouissance physique apparut une émotion particulière, une lumière aveuglante qui irradia son esprit, l'enveloppant d'allégresse et de douceur.

– Voilà l'amour. L'amour pur et parfait, dit-elle dans un soupir. C'est le signe qu'Il m'envoie.

Une force nouvelle, une énergie intense et une source de joie l'habitaient. Elle s'offrait à cet homme. À travers lui, elle s'abandonnait à Dieu.

Cet acte qu'elle accomplissait hors mariage représentait un péché selon les principes religieux qu'elle avait jusqu'à présent toujours scrupuleusement respectés. Frances en avait conscience. Si quelqu'un venait à l'apprendre, elle perdrait toute autorité dans sa communauté. Mais la fin justifiait les moyens. Elle estimait légitime de transgresser certaines règles dès lors qu'elle agissait au nom de Dieu. Or, son union physique avec Wendell ne servait d'autre objectif que de consolider son alliance avec Lui. Prisonnière de cette curieuse logique, elle ne voyait pas qu'en tordant les principes qu'elle observait depuis son plus jeune âge, elle était en train de saper les fondements de sa personne. Frances perdait pied au moment même où elle croyait retrouver confiance. Son désarroi avait engendré un acte hors du commun, et cet acte ouvrait une porte dans son esprit qui allait l'amener par la suite à des choix discutables.

Mais Frances était obstinée. Elle ne voulait pas renoncer à la caravane de la paix. Avec ou sans Enoch, elle avancerait. Elle n'était pas seule. Il y avait autour d'elle deux cent cinquante pèlerins prêts à défiler sous la bannière du Christ. Les anges gardiens, ces jeunes qu'elle avait sélectionnés en fonction de leurs aptitudes militaires assureraient leur protection. Frances dirigeait son armée, elle avait choisi ses lieutenants et son général, et Dieu marcherait bientôt à ses côtés. Enoch pouvait aller au diable. Rien ne l'arrêterait.

Le pasteur Jackson Kwaku et le père Christophe Kouamé étaient, quant à eux, bien moins convaincus. Après le départ fracassant de Frances, ils avaient écouté les arguments d'Enoch Oyedipo et de son épouse. Le couple affirmait connaître mieux que quiconque la situation dans le nord du pays, en particulier dans la zone infestée par Boko Haram. Selon Enoch, il ne servait à rien d'envoyer là-bas des cars remplis de fidèles, ils risquaient d'être pris en otage.

– Mais vous avez dit exactement le contraire durant le prêche de l'après-midi ! s'était indigné le père Christophe. Vous avez même exhorté vos disciples à rejoindre la caravane pour aller chasser les djihadistes !

– Je le sais bien, père Christophe, s'était expliqué le pasteur. Mes paroles sont destinées à rappeler aux fidèles que nous sommes les gardiens du Seigneur, ceux qui veillons au respect de Sa volonté. Il ne faut pas prendre mes mots au sens littéral, mais plutôt en regarder la valeur symbolique. Un peu comme dans les Saintes Écritures, si vous voulez…

Le ton supérieur du pasteur Enoch ainsi que l'hypocrisie de son discours avaient eu pour effet d'enflammer le père Christophe.

– Quoi ? Mais qu'est-ce que vous racontez !? La Bible ne comporte nul mensonge ! Ne comparez pas votre voix à celle du Livre, espèce de charlatan !

– Calmez-vous, père Christophe, je dis simplement que la parole de Dieu peut suffire en elle-même à faire trembler nos ennemis. Il est inutile d'exposer des vies.

– Il ne s'agit pas de mettre en danger quiconque. Il est ici question d'aller au bout d'une démarche, de montrer que la religion n'est pas le radicalisme mortifère de ces djihadistes, de prouver qu'ils font fausse route, et ce en apportant un message de paix et de tolérance. Voilà de quoi il s'agit !

– « Tu prononceras Mon nom, et tu sauras pourquoi il signifie la mort de Mes ennemis… »

– Arrêtez avec votre boniment de pasteur ! Vous dites une chose à vos fidèles et vous en faites une autre. Vous n'êtes qu'un escroc ! Un vulgaire escroc !

Le père Christophe s'était levé. Renversant sa chaise en signe de défi, il avait quitté la pièce sur cette imprécation :

– Voilà la faiblesse du protestantisme ! C'est un maquis où le premier ivrogne venu peut s'asseoir et débiter ses sornettes. Il n'y a personne pour l'en empêcher !

Jackson Kwaku ne savait plus sur quel pied danser. Enoch et sa femme le fascinaient par leurs talents, leur distinction, leur prospérité. Il avait passé une partie de la soirée à bavarder avec l'exquise Sefi, mesurant à quel point cette compagne raffinée et redoutablement intelligente s'était révélée influente dans la carrière de son conjoint. Jackson s'était demandé s'il n'était pas temps pour lui de trouver semblable épouse, une femme à la hauteur de ses ambitions. Sans la sienne, Enoch serait resté un gosse de riche jouant les mendiants dans les bidonvilles pour expier des fautes imaginaires, avait-il conclu après que Sefi lui eut raconté sa propre version de l'ascension du pasteur nigérian. Il admirait cette femme et il respectait son mari, leur réussite témoignait de leur grandeur. D'un autre côté, le père Christophe était son ami. Et il s'était lié avec lui pour une raison précise. Le père Christophe savait mieux que quiconque sonder les cœurs et les esprits. Il se trompait rarement, son jugement était juste et précieux, Jackson avait appris à en tenir compte. Ce qu'il disait d'Enoch n'était pas à prendre à la légère.

Après une nuit passée à ressasser ce dîner calamiteux, les deux amis s'étaient retrouvés dans la salle du petit-déjeuner et discutaient à voix basse, afin de ne pas être entendus des autres pèlerins.

– Ne compte pas sur moi pour rester ici une minute de plus, fulminait le père Christophe. Enoch ne nous aidera pas. Or, sans lui, je ne vois pas ce que l'on peut faire dans ce pays.

– Tu as raison. Tout ceci est dangereux… un peu trop à mon goût.

– Ce n'est pas une question de danger, imbécile ! Il ne

s'agit pas de risquer sa vie, mais de savoir si nous voulons ou non porter la parole de Dieu. Ne reprends pas comme un perroquet les arguments de ce pasteur. Tu le savais avant de partir que cette expédition comportait des difficultés...

– Oui, mais...

– Il n'y a pas de « mais » qui tienne, Jackson ! La question est de savoir si nous pouvons arriver à nos fins. La réponse est non. Sans l'aide des Nigérians, nous n'y parviendrons pas. C'est tout.

– Alors que faisons-nous ?

– Pour ma part, je rentre à Abidjan.

– Je peux essayer de convaincre la femme du pasteur, Sefi.

– Ne perds pas ton temps, c'est elle qui a tout manigancé.

– Comment le sais-tu ?

– Ça se voit comme le Christ sur la Croix ! C'est elle le cerveau du couple. Elle transpire l'intelligence, contrairement à lui, cet incapable !

Wendell se réveilla et ouvrit les yeux. Agenouillée, Frances priait. La nuit qu'ils venaient de passer lui revint en mémoire dans ses moindres détails. Il s'imagina que Frances devait avoir honte de ses actes et qu'elle demandait pardon au Seigneur. Mais la jeune Américaine n'y pensait déjà plus. Il le comprit rapidement quand elle se leva et s'approcha de lui pour déposer un chaste baiser sur son front. Ensuite, elle l'enlaça et le serra contre sa poitrine pendant de longues secondes, tout en lui chuchotant à l'oreille des mots de remerciements.

– Je ne dirai rien à personne de ce qui s'est passé entre nous cette nuit, se crut obligé de préciser Wendell.

– Je le sais, ne t'inquiète pas. Ce qui nous lie, toi et moi, ne concerne que nous deux et Dieu. Dès l'instant où Dieu approuve mes actions, je me contrefiche du jugement des hommes.

– Que veux-tu dire ? demanda Wendell, surpris par ses propos.

– En venant vers toi, je me rapproche de Dieu. C'est par ton intermédiaire qu'Il guide mes pas. Tu es le médiateur qu'il me faut.

Wendell était ému. Dans son cœur, le sentiment amoureux qui s'était déployé au cours de cette nuit occupait désormais une place dominante. Il n'était pas en état de comprendre ce que disait Frances. Celle-ci le regardait fixement comme si elle attendait quelque chose de lui. Puis, n'y tenant plus, elle lui posa directement la question :

– Wendell, est-ce que tu me suivras jusqu'au bout ?

– Je… Je ne sais pas. Je crois que nous devrions exposer la situation aux pèlerins et leur demander ce qu'ils en pensent. Voilà mon avis.

Ils rassemblèrent les deux cent cinquante pèlerins en début d'après-midi dans le vaste parc qui jouxtait les bâtiments principaux. La rumeur était vite parvenue aux oreilles de tous que les Nigérians ne les suivraient pas à Maiduguri. Beaucoup s'interrogeaient et les mines étaient graves. Frances se faisait attendre et Wendell entreprit de commencer sans elle. Il prit la parole. Le pasteur Enoch était prêt à héberger le temps nécessaire les voyageurs, mais il jugeait l'expédition trop périlleuse pour lui et pour son Église, aussi ne voulait-il pas les accompagner. Cette décision était sans appel. Un murmure parcourut le groupe. Des insultes fusèrent et Wendell, d'un geste de la main, calma les insolents. À ses côtés, Jackson et le père Christophe s'exprimèrent à leur tour. Le pasteur ivoirien souligna les dangers inhérents à cette aventure, ce qui provoqua l'agacement du prélat. Celui-ci, quelque peu exaspéré, rappela à son ami qu'ils travaillaient au service de Dieu et devaient cesser de trembler à tout bout de champ. À ce moment, un homme d'une quarantaine d'années l'interpella :

– Toi, le catholique. On te connaît. Et on ne comprend pas ce que tu manigances ici, avec nous, les protestants. Si tu pouvais nous expliquer pourquoi depuis que tu es là les choses se passent mal, nous serions satisfaits !

Perfide comme une tige de rosier, l'accusation provoqua une bronca que Wendell eut les pires difficultés à calmer. Pendant quelques instants, le père Christophe resta stoïque, tel un phare frappé par la tempête. Puis, il grimpa sur sa chaise et dirigea son index vers l'homme qui l'avait interpellé.

– Tu me reproches quoi au juste ? tonna-t-il d'une voix puissante qui fit sursauter Jackson pourtant habitué aux coups de colère de son ami. D'être une taupe au service du Vatican ? De saboter le projet ? C'est ça ?

Le quadragénaire se leva à son tour et chacun put voir que sa taille dépassait largement le mètre quatre-vingt-dix. S'il avait été boxeur, sa corpulence l'eût classé sans peine dans la catégorie des poids lourds.

– Oui, c'est exactement ça, dit-il d'une voix ferme.

Le père Christophe que les montagnes de muscles n'impressionnaient guère afficha un sourire carnassier.

– De deux choses l'une, gamin, soit tes parents se sont contentés de te nourrir et ont négligé ton éducation, soit l'âne que tu es n'a rien compris aux leçons de ses maîtres. Alors si tu veux que je t'en donne une, je te montrerai comment les catholiques, en particulier les jésuites, enseignent le respect aux idiots dans ton genre !

Venue d'un prêtre, l'insulte était particulièrement vexante. Un silence de plomb tomba sur le parc. Les têtes s'enfoncèrent légèrement dans les épaules, et tous les regards se tournèrent vers le massif quadragénaire dans l'attente de sa réplique. Il tenait dans sa main une casquette froissée qu'il jeta violemment comme pour se débarrasser de ses scrupules, et avança, ou plutôt fonça, vers le prélat. Jackson et Wendell durent s'interposer pour éviter un affrontement. Ils eurent le plus grand mal à contenir le puissant homme, tandis que le père Christophe, immobile, le toisait d'un air d'évêque offensé, nullement intimidé par l'hercule courroucé. L'incident libéra la colère des deux cent cinquante pèlerins qui se mirent tous ensemble à hurler au scandale et à réclamer un remboursement de frais que pourtant personne n'avait eu à payer, l'Église de Jackson ayant pris en charge toutes les dépenses. Les anges gardiens voulurent ramener l'ordre. Cinq d'entre eux attrapèrent le gaillard qu'ils plaquèrent au sol, tandis que les autres tentaient de calmer la foule.

Mais les cris et les insultes continuaient à fuser, et la sérénité ne revenait pas. Au milieu de ce chaos, Wendell poussa un long soupir. Où était Frances ? Que faisait-elle ? Il courut jusqu'à son bungalow. Elle n'y était pas. Il finit par la trouver en grande discussion avec Sefi. Un débat plutôt houleux ; Frances reprochait à l'épouse du pasteur Enoch le fait que ce dernier ne tienne pas ses promesses. Entre les deux femmes, il était aussi question de l'argent que l'American Redemption Church aurait versé à sa filiale nigériane et que Frances estimait devoir lui revenir. Wendell interrompit leur conversation.

– Nous avons besoin de toi, les pèlerins sont… agités.

Quelques instants plus tard, elle arrivait devant la pelouse où l'effervescence ne se calmait pas.

Dans les yeux de Frances luisait le regard des mauvais jours. Elle n'avait pas desserré les dents. Wendell la connaissait suffisamment pour savoir que la colère emplissait son âme, ne laissant place à aucun autre sentiment. Le visage crispé, la jeune femme leva la main pour tenter d'apaiser la foule. Elle resta le bras à la verticale pendant deux bonnes minutes avant que le silence ne revienne. Les anges gardiens, tout de blanc vêtus, vinrent se positionner devant elle pour désamorcer toute velléité de s'en prendre à leur patronne.

– Quel spectacle ! Bravo ! commença-t-elle sur un ton ironique. Dieu est sans doute très fier de vous ! Une bande d'agités incapables de débattre calmement ! C'est ainsi que vous comptez démontrer aux djihadistes la supériorité de notre religion ? En vous comportant comme des aliénés ?

Cette dernière phrase avait été criée plus que prononcée. Frances commençait à perdre toute retenue. Inquiet, Wendell posa la main sur son épaule. Elle se dégagea d'un geste brusque.

– Ce n'est pas parce que les Nigérians ne nous accompagnent pas que je vais renoncer à la caravane de la paix ! Dieu m'a demandé de la conduire ! Sa volonté est un devoir ! Alors, rentrez dans vos bungalows, ramassez vos affaires, car nous partons demain à l'aube ! hurla-t-elle.

Jamais Frances ne s'était exprimée publiquement avec une telle violence, et dans la foule les visages étaient effarés. L'ardeur des pèlerins avait d'abord été douchée par la défection nigériane, puis refroidie par les propos de Jackson Kwaku, et voilà que désormais l'Américaine leur hurlait des ordres comme une maîtresse d'école excédée.

Ce fut Kounkou, une Guinéenne d'une trentaine d'années, qui formula à voix haute ce que tous pensaient silencieusement :

– Madame Frances. Nous vous demandons pardon d'avance... mais nous avons peur. Nous ne voulons pas aller plus loin, du moins tant que la protection des autorités militaires et religieuses nigérianes n'est pas garantie...

Kounkou fut solidement applaudie. Wendell souhaita prendre la parole, il espérait apaiser la crainte des fidèles. Mais à peine eut-il commencé sa phrase que Frances l'interrompit :

– Ne te fatigue pas, Wendell. Nos sœurs et nos frères ont oublié ce que disait le Christ : « Tout est possible à celui qui croit. » Ils ont perdu la foi.

Un murmure de désapprobation parcourut les rangs. Enhardie par le soutien des pèlerins, Kounkou ne voulut pas laisser le dernier mot à l'Américaine. C'est à partir de ce moment-là que tout dégénérera.

– Madame, puisque nous en sommes à citer la Bible, vous connaissez sans doute cette maxime : « Quand vient l'orgueil, vient aussi le mépris. » C'est tiré des Proverbes...

Surprise, Frances la toisa un instant. Son corps se raidit, puis se détendit. Elle fendit la foule qui s'écarta sur son passage, avança d'un pas décidé jusqu'à Kounkou, la fixa droit dans les yeux et, pour finir, la gifla de façon magistrale.

Cet acte insensé siffla le début d'une deuxième foire d'empoigne qui dura de longues minutes. Des pèlerins se précipitèrent sur Frances qui eut le plus grand mal à parer leurs coups, tandis que les anges gardiens révélèrent leur nature profonde en sortant leurs chicottes pour repousser avec un plaisir sadique la horde devenue démente. Wendell et Jackson se regardèrent, effarés, avant de voler au secours de leur amie toujours encerclée par un groupe de femmes furieuses. La dénommée Kounkou n'entendait pas laisser l'affront impuni, elle s'était ruée sur Frances qui ne parvenait pas à la maîtriser. Soudain, on vit accourir dans leur direction le service de sécurité du campus, ce qui ajouta une quinzaine d'hommes armés de bâtons à la cohue qui régnait sur la pelouse.

Alertés par le bruit, Enoch et sa femme sortirent sur le perron de leur maison et contemplèrent la scène de loin.

– Ces gens ne sont pas sérieux, commenta le méprisant pasteur.

– Fiche-les dehors au plus vite, ordonna son épouse.

Quand les choses se furent apaisées, Wendell, Jackson et le père Christophe passèrent une heure à arpenter le parc pour soigner les contusions et les blessures des uns et des autres. Tout le monde était sous le choc et personne ne comprenait comment une telle folie collective avait pu se produire. C'était assurément l'œuvre du diable, et les Ivoiriens ne voulaient pas rester une minute de plus sur cette terre maudite, habitée par les forces du mal. Jackson et le père Christophe décidèrent de faire embarquer les pèlerins le soir même. Ils eurent une longue discussion avec Wendell. Celui-ci n'envisageait pas de partir sans Frances, qui demeurait invisible. Après avoir demandé aux anges gardiens de raccompagner les fidèles chez eux, elle s'était barricadée dans son bungalow.

Le père Christophe et le révérend Jackson ne voulaient pas quitter Ibadan sans dire un dernier mot à Frances. Ils partageaient les mêmes scrupules, se jugeant en partie responsables des graves événements qui s'étaient déroulés sur la pelouse de l'université d'été de l'Église nigériane. Barthélemy Pokou s'était joint à eux. Le pieux homme d'affaires vivait comme un drame personnel l'échec de la caravane de la paix. D'après lui, cet échec signifiait que Dieu l'abandonnait et que par translation, Il abandonnerait son fils malade à son triste sort. Jackson sut trouver les mots pour le réconforter. Selon lui, le Seigneur s'arrangeait toujours pour indiquer aux hommes qu'ils faisaient fausse route. Et la folie qui s'était emparée des pèlerins durant l'après-midi était le signe qu'Il désapprouvait leur projet. Dieu ne voulait manifestement pas que les croyants se lancent dans cette aventure. Il n'y avait aucune autre conclusion à en tirer. Il fallait lui obéir et rentrer. La place de Barthélemy

Pokou était auprès des siens, assurait Jackson, c'était du moins ainsi qu'il fallait interpréter les signes.

Les trois hommes s'inquiétaient pour Frances. Ils n'osaient imaginer l'état d'esprit dans lequel devait se trouver leur amie, l'âme de leur communauté. Ils se rendirent donc en délégation devant son bungalow, mais Frances refusa de leur ouvrir. Derrière la porte, le père Christophe s'excusa d'avoir pris la décision de repartir et supplia la jeune femme de ne pas abandonner les pèlerins et de rentrer avec eux.

– C'est vous qui m'abandonnez ! Ce n'est pas moi ! fut la seule phrase qu'ils obtinrent d'elle.

Au bout d'un quart d'heure à faire le pied de grue devant la porte, ils se retirèrent dépités, promettant à Frances de prier pour elle durant tout le voyage de retour. L'armée du Seigneur n'existait plus, la caravane de la paix était défaite. Les esprits étaient maussades et désemparés.

Aux environs de minuit, les six bus s'apprêtaient à démarrer. Wendell s'était rendu sur le parking pour saluer les pèlerins. Tous étaient sonnés. Leur projet commun, leur grand rêve, s'était effondré sous leurs yeux. Ils emportaient avec eux un bagage de frustration, de honte et de remords. Avant d'embarquer, chacun avait salué Wendell, et plusieurs avaient demandé des nouvelles de Frances. C'était une procession silencieuse et triste qui avait fini par grimper à bord des bus. Wendell regarda le cortège s'éloigner dans la nuit. Il poussa un long soupir. L'air était humide et lourd. Une pluie tropicale se mit à tomber.

Le jeune Libérien s'apprêtait à aller dormir quand le pasteur Enoch se présenta devant lui.

– Je suis désolé pour tout ce qui s'est produit ici. Il semblerait que le Malin se soit invité dans votre caravane de la paix. Vous comprendrez que nous ne pouvons tolérer de tels débordements dans un lieu réservé à la prière et à l'amour de Dieu…

– Épargnez-moi vos phrases, pasteur. Vous êtes tout aussi responsable que nous de ce qui est arrivé. Si le diable réside quelque part, commencez par le chercher en vous, répondit Wendell d'une voix froide.

Ses yeux en disaient long sur l'exaspération qu'il éprouvait en cet instant envers Enoch Oyedipo. Il ne tentait même pas de réfréner ses pensées mauvaises, pourtant si déplaisantes à Dieu.

– J'espère ne plus vous voir ici avant l'aube, conclut Enoch d'un air hautain.

– À une époque, je vous aurais égorgé de mes propres mains sans le moindre remords, et même avec un certain plaisir. Mais vous avez de la chance, je respecte désormais le don sacré de la vie.

– Je ne vous aime pas, pasteur…

– Mieux vaut être haï pour ce que l'on est qu'être aimé pour ce que l'on n'est pas, révérend.

Wendell laissa courir son index sur la cicatrice qui ornait sa tempe, geste qui en cet instant paraissait particulièrement inquiétant. Enoch Oyedipo eut du mal à garder sa contenance et partit prestement sans oser se retourner.

Une fois le pasteur hors de sa vue, le Libérien se rendit chez Frances. La jeune femme était en train de ranger son sac. Elle n'avait pas décoléré depuis l'après-midi. Wendell la prit dans ses bras, elle se laissa faire.

– Ne m'abandonne pas, Wendell, j'ai besoin de toi.

– Je n'en ai pas l'intention. Mais nous devons partir d'ici. Ils ne veulent plus de nous.

– Oui, je sais. De toute façon, je ne resterai pas une minute de plus dans cet endroit. J'ai des amis à Ibadan. Nous irons chez eux, en attendant.

– En attendant quoi ?

– D'aller à Maiduguri. Tu ne penses quand même pas que je vais renoncer ? C'est mal me connaître. Dieu nous a donné une mission, nous devons l'accomplir. Et je sais, Wendell, que tu viendras avec moi. Car toi, tu conserves la foi. Tu n'es pas comme ces pantins !

– Pourquoi as-tu demandé à tes jeunes soldats de partir ? Ils auraient pu être utiles à Maiduguri.

– Non. J'ai compris quelque chose ce soir. Dieu a changé Ses plans. Il ne veut pas d'une démonstration de force menée par des imbéciles, des profiteurs et de faux croyants. Il réclame des cœurs purs, des personnes de foi. Je devais me débarrasser des anges gardiens. Ils n'ont rien à faire avec nous. Ils ne sont pas comme nous.

Wendell la fixa d'un air inquiet, mais n'osa pas la contredire. Manifestement, son âme traversait toujours l'orage. Il valait mieux attendre qu'elle atteigne une zone plus tempérée. Ensuite, ils pourraient parler. Il espérait secrètement la ramener à la raison. Comme souvent avec les êtres qui l'entouraient, Wendell se trompait.

18
LES MINOTAURES DÉSEMPARÉS

État de Borno, nord du Nigéria

Issa marchait juste derrière le grand prédicateur. Il serrait dans ses mains son fusil AK-47. La nuit venait de tomber et la chaleur du jour retenue par la terre ne s'était pas encore dissipée. Tout en avançant, il songeait qu'il aurait été facile, en cet instant, d'accomplir sa mission. Il lui suffisait de lever le canon de son arme, de sortir de sa poche le chargeur à munitions, de l'enclencher dans la culasse, d'ôter la sécurité et de viser le dos de l'Initié. Une simple rafale, et il aurait sauvé la vie de ses parents. Pourquoi n'osait-il pas ? Pourquoi était-ce si difficile ? Il avait pourtant déjà assassiné un homme. Certes, cet homme était un monstre, un tortionnaire déguisé en maître coranique, tout le contraire de l'Initié qui était bon, pieux et charitable. Un saint. Comment tuer un saint ? Et surtout, pour quelle raison ?

Issa avait toujours considéré qu'il finirait en enfer. Il n'avait jamais donné cher de sa peau et encore moins de son âme. Dieu ne l'aimait pas, d'ailleurs personne ne l'appréciait, pensait-il. Dès lors ses actes importaient peu puisque l'issue était écrite. Malgré tout, enfer ou pas, prendre la vie d'un homme tel que son maître n'était pas chose facile. Rien qu'à l'idée, son cœur s'emplissait de remords. Pourtant, s'il renonçait, il porterait le poids des représailles qui s'abattraient inéluctablement sur sa famille. Le dilemme provoquait en lui une angoisse qui s'amplifiait de jour en jour. Le jeune garçon arrivait de moins en moins bien à la supporter. Il vivait la peur au ventre, ne parvenant plus à dormir.

Dans son combat intérieur, il empilait les arguments sur chacun des plateaux de la balance dans l'espoir de faire pencher le fléau. Parmi les bonnes raisons de tuer l'Initié, il y avait celle-ci : cet élu était un hérétique qui tendait la main aux chrétiens avec sa conception « libérale » de l'islam. Or, cette conception s'avérait être une grave erreur. Les maîtres d'Issa lui avaient enseigné que l'islam était constitué par la somme de ce qui était écrit dans le saint Coran. Rien de plus, rien de moins. L'islam n'avait pas à être tolérant ou quoi que ce soit d'autre. Lire les sourates suffisait et nul n'avait le droit d'en interpréter le sens à sa guise. L'Initié était donc un mauvais musulman. Mais en même temps, l'homme qu'Issa côtoyait chaque jour, et sur le sommeil duquel il veillait, avait toujours un mot de remerciement à l'adresse de son Créateur. À chaque fois que son bâton se posait sur le sol, il rendait grâce à Allah. Cet homme était la piété en marche et il eût fallu être sourd et aveugle pour ne pas être touché par sa sincérité. Tout ceci compliquait la réalisation du terrible plan d'Issa. Il avait beau puiser dans ses pires souvenirs pour en extraire la violence et la colère nécessaires à l'exécution de son crime, il n'arrivait pas à détester suffisamment son guide spirituel. Il avait escompté mille fois qu'une morsure de scorpion, un éboulement ou une chute vienne résoudre cette terrible équation, mais il semblait que Dieu n'avait pas pour objectif de rappeler à Lui un si bon serviteur. Issa marchait derrière l'Initié, ruminant ses projets de meurtre, prisonnier du labyrinthe de ses indécisions tel un Minotaure désemparé.

Laya s'approcha de lui. Elle avait le cœur léger, ce qui se laissait deviner à son pas sautillant, ses gestes espiègles et la spontanéité qu'elle mettait dans sa façon de s'agripper à son bras. La jeune fille lui demanda si elle pouvait marcher à ses côtés, ce à quoi Issa répondit par un hochement de la tête.

– Il y a une tristesse en toi que je ne comprends pas, Issa. Quand je t'ai vu pour la première fois, chez moi à Mokolo, tu me paraissais être le garçon le plus joyeux de la terre. Mais aujourd'hui, on dirait que tu portes le poids du monde dans ton gros sac.

– J'ai des responsabilités. Je dois me montrer sérieux.

– On peut être sérieux et gai à la fois, non ?

– Toi, peut-être, mais moi je ne suis pas comme toi…

– Arrête de faire la tête, raconte-moi plutôt ce que tu feras, une fois dans la cité du maître.

– Si nous y arrivons un jour…

– Pourquoi dis-tu cela ?

– Dieu sait ce que l'avenir nous réserve.

– Je n'aime pas quand tu parles comme ça. Y aurait-il des dangers que tu me caches ?

– Non… Mais j'ai constaté que depuis hier nous n'allons plus vers le nord, mais vers l'ouest. Nous dérivons.

– Tu en es sûr ?

– Oui.

– Mais pourquoi ? Pour quelle raison avons-nous dévié ? En as-tu parlé avec le maître ?

– Il sait mieux que nous où il veut nous mener. Nous devons lui faire confiance.

– Si tu le dis…

Contrairement à Issa, Laya ne trouvait pas ce changement de cap anodin. Il la désorientait, au sens propre du terme, ravivant en elle une peur qu'elle s'ingéniait à étouffer. Au milieu de cette brousse effrayante, loin des siens, la jeune Camerounaise perdait parfois courage et seule la présence de ses nouveaux amis, Idriss, Tina et Issa, lui permettait de surmonter ses appréhensions. Ils n'avaient peur de rien, et leur exemple était un réconfort. Cependant, sa détermination demeurait fragile et risquait de se fissurer au moindre doute. Or, l'Initié introduisait le doute. Que signifiait son attitude ?

Laya choisit d'en parler à Tina et Idriss. Profitant de la halte, elle alla les rejoindre et les informa de ce que lui avait dit Issa. De façon surprenante, Idriss ne montra aucune crainte. Peut-être l'Initié connaissait-il un chemin plus simple, argumenta-t-il, peut-être voulait-il contourner un obstacle naturel ou éviter une zone peu sûre. À l'écouter, il n'y avait pas de quoi s'inquiéter. Tina était moins rassurée. La seule certitude que portaient en leur cœur les pèlerins, opposa-t-elle à Idriss, était celle d'une cité ancrée sur les berges du lac Tchad. Un abri, une terre promise. Si ce but venait à disparaître, c'est la survie même du groupe qui était menacée. La question de leur orientation s'avérait donc primordiale.

– L'Initié est mon maître, insista Tina. Il m'a sauvée d'une vie de péchés et de crimes. Je le vénère et je le respecte. Je n'ai jamais douté qu'Allah guide ses pas. Mais je sais également que le démon habite la terre. Il est possible que Shaitan l'ait troublé…

– Aussi vrai que je m'appelle Idriss, notre berger n'est sous l'emprise d'aucun djinn. Le diable et ses serviteurs reculent devant lui. L'Initié est protégé de Dieu et aucune force maléfique ne peut l'aveugler, Tina.

– En es-tu si sûr ? Qu'est-ce qui te permet d'affirmer que notre maître n'est pas victime d'un sort, ou d'un esprit malin ? Serais-tu devin ?

– Au nom de Dieu, que Sa sainte lumière nous éclaire, il suffit de lui demander les raisons de ce changement de direction. Et nous verrons bien.

À chaque bivouac, l'Initié rassemblait le groupe pour une prière, puis il adressait à tous des mots d'encouragement. Quand il jugeait que les pèlerins n'étaient pas trop épuisés, il entreprenait de professer et de disserter sur l'islam, la religion et le monde. Ses connaissances étaient vastes. Il pouvait parler de science, d'astronomie, de philosophie, de politique, son domaine de prédilection restant bien entendu la théologie, en particulier le soufisme. Cette nuit-là, alors que le groupe n'avait progressé que de quelques kilomètres, l'Initié sentit une inquiétude envahir les esprits des femmes et des hommes qui l'accompagnaient. Ce n'était ni de la prémonition, ni une quelconque magie spirituelle de sa part, mais simplement le fruit d'une sensibilité hors du commun qui lui permettait de percevoir l'état émotionnel et psychologique des gens qui l'entouraient.

Il décida donc de stopper la caravane. S'il n'exigeait rien d'autre que le respect de la part de ceux qui le suivaient, il s'était néanmoins habitué à ce que sa parole, sa foi et son charisme suscitent une adhésion sans réserve. Aussi, ce trouble qui naissait chez les pèlerins, et qu'il ressentait de façon presque douloureuse, l'embarrassait.

Les difficultés de leur périple, la faim, la soif, la violence et l'insécurité constituaient autant d'épreuves qu'affrontaient les prophètes des temps anciens et auxquelles les hommes d'aujourd'hui n'étaient pas préparés. Il lui fallait en tenir compte. L'Initié ne voulait pas voir les siens souffrir. À ses yeux, la douleur n'était en rien nécessaire à l'expérience mystique. Au cours de l'histoire, le supplice avait toujours servi à châtier ceux qui observaient des croyances différentes, et peu à peu, les victimes commencèrent à faire de la persécution un étalon de la foi. La souffrance étant dès lors censée mener au paradis, la sainteté et le martyre se mirent en ménage, et les hommes finirent par inventer les guerres de religion.

Ces notions heurtaient la philosophie de l'Initié, et le projet qu'il avait conçu visait justement à démontrer la fausseté de ces préjugés. Il rêvait d'une cité merveilleuse où les individus seraient seuls comptables de leur spiritualité, où les dogmes seraient pris pour ce qu'ils étaient en réalité, des tentatives d'ordonner le chaos, et non des armes de contrôle politique et des carcans qui blessaient la foi des croyants. Mais ces idées simples lui valaient des adversaires par milliers. À Maiduguri, ville où il était né, plusieurs imams avaient lancé des fatwas contre lui, et lorsque la secte Boko Haram avait déversé ses hordes maléfiques dans la région, il avait rapidement été désigné comme l'une des cibles à abattre. L'Initié avait toujours réussi à échapper aux intolérants. Il n'avait jamais cherché à se cacher, mais il disparaissait opportunément en brousse à chaque fois que ses ennemis envoyaient des assassins à ses trousses. Ses périples incessants constituaient sa seule assurance-vie. Insaisissable, constamment en mouvement, il déjouait les pièges. Sa faculté à tromper la mort promise par les djihadistes avait renforcé les légendes qui couraient à son propos.

Tout en arpentant la campagne, il avait mûri son projet, ralliant des hommes et des femmes à sa cause. Contrairement à la plupart des prophètes, le prédicateur ne recherchait pas une armée de convaincus ni des cohortes de fidèles. Il proclamait sa vérité, ouvrait son cœur, offrait ses pensées, partageait son savoir et surtout sa foi. Pourtant, les faits étaient là. Peu à peu, les gens avaient commencé à le suivre, espérant son aide, ses lumières ou sa grâce. L'Initié voulait enseigner, il avait donc accepté ce rôle de guide spirituel, n'en tirant ni avantage ni vanité personnelle. Mais conscient que sa parole possédait le pouvoir de façonner le monde, il s'était mis à échafauder son plan de cité de Dieu. Voilà comment tout avait commencé.

La ville existait dans sa tête, vivait dans son cœur,

grandissait dans ses rêves. Elle se tenait à portée de main. Il lui restait à trouver la porte de son royaume intérieur pour espérer faire naître la cité idéale. Pour cela, il marchait, sachant que la route tracée par Allah le conduirait chez lui. Le temps ne formait plus une ligne, mais un cercle où se confondaient le passé, le présent et le futur. Ce chemin, cet abandon de la linéarité, permettrait de dépouiller l'âme de ce qui entravait l'expérience mystique, et en définitive de la guérir. L'univers physique conduirait au monde spirituel. Sa quête avait aussi pour objectif de calmer la tempête qui faisait rage en lui comme en chacun d'entre nous. À ses yeux, l'homme était un navire dirigé par le gouvernail de ses désirs. Impuissant à dompter l'orage de ses passions, il risquait de s'échouer sur les récifs de la douleur. De là naissait le drame humain. Se libérer de la servitude des passions et des sentiments était l'œuvre d'une vie, celle de sa vie.

Laya le tira de ses réflexions.

– Maître, puis-je vous poser une question ?

– Je sais que tu t'inquiètes comme beaucoup d'autres ici, l'interrompit-il avant même qu'elle n'eût commencé. Pourquoi donc laissez-vous tous le doute vous envahir ? demanda-t-il, englobant d'un mouvement de la main le groupe de pèlerins.

– C'est que… j'ai l'impression que nous n'allons plus vers le nord.

L'Initié lui lança un regard surpris. Il ne s'attendait manifestement pas à ce qu'une fille comme Laya remarquât le changement de direction. Il baissa la tête, semblant chercher ses mots.

– Vous ne me faites pas confiance, finit-il par dire, un accent offensé dans la voix. Et si vous doutez de moi, alors vous vous défiez aussi de Dieu…

Laya hésitait à répliquer. Impressionnée par cet homme, elle ne voulait pas prononcer des paroles qui eussent pu le blesser. Mais d'un autre côté, les questions restées sans réponses engendraient immanquablement de la méfiance. L'Initié avait raison, le soupçon écartait de la foi.

– Je ne doute pas de vous, maître, mais je dois comprendre.

– Tu dois apprendre la loyauté et la patience, ma fille. Le chemin de la religion est tortueux. Parfois, il requiert des détours. Sa logique t'échappe probablement, et c'est pourquoi tu as besoin d'un guide comme moi. Alors cesse de t'interroger inutilement et fais plutôt confiance à Dieu. Il s'exprime à travers moi.

Pour Laya, cette réponse ne suffisait pas. En s'éloignant de l'Initié, elle sut qu'elle abandonnait quelque chose. Comme une maille qui s'accroche à une aspérité et menace l'intégrité du tissu, ses convictions venaient de s'effilocher. Plus elle avancerait et plus la trame se déviderait. Elle aurait voulu le prévenir, lui dire que les pèlerins avaient besoin d'être rassurés, que la confiance qu'ils plaçaient en lui serait renforcée si leur guide entreprenait de leur parler. Elle n'avait pas osé. Une jeune fille ne peut s'adresser ainsi à un adulte, si bon et si indulgent soit-il. Elle peut encore moins questionner ses choix et mettre en doute son jugement. Pourtant, Laya regrettait son silence, car elle pressentait qu'un drame était sur le point de se nouer.

Les pèlerins avaient dressé leur campement, se regroupant par famille, par village ou par affinités. Des ténèbres montait le chant des discussions murmurées. D'ordinaire, dans l'obscurité, ils demeuraient silencieux, et cette dérogation à l'habitude commune trahissait l'inquiétude qui s'était emparée des esprits. Après avoir déballé ses affaires pour la nuit, Laya eut du mal, dans le noir, à localiser Tina et Idriss qu'elle finit par trouver au pied d'un arbre à la ramure dense qui lui donnait l'impression de pénétrer sous les voûtes d'une vaste mosquée.

– La rumeur a envahi le campement, lui dit Tina. Chacun se demande pourquoi nous cheminons vers l'ouest. Les pèlerins veulent savoir. J'ai compris qu'ils formaient une délégation pour aller parler à l'Initié.

– Il ne dira rien, répondit Laya. J'ai discuté avec lui tout à l'heure. Il demande simplement qu'on lui fasse confiance.

– Il a raison ! s'exclama Idriss. Nous avons toujours cru en lui, et nous l'avons écouté jusqu'à présent. Pourquoi ne pas continuer ?

– Parce que quelque chose a changé, répliqua Tina. Il suffirait qu'il explique son choix, et nous serions tous rassurés. Mais il préfère se taire. Voilà le problème. Nous sommes les victimes de son silence. Désormais, rien ne pourra dissiper le soupçon qui s'est insinué dans les esprits.

C'est alors qu'ils aperçurent Issa qui arrivait en courant, visiblement bouleversé.

– Le maître a disparu ! déclara-t-il d'une voix plaintive.

– Quoi ? Qu'est-ce que tu racontes ? demanda Idriss.

– Il a disparu ! Nous étions là-bas. Il était en train de

prier et je m'étais éloigné pour le laisser tranquille. Au bout d'une vingtaine de minutes, je suis revenu pour voir s'il avait besoin de quelque chose, mais il n'était plus là. Je l'ai cherché, je l'ai appelé en vain. Je ne l'ai pas retrouvé. Tout est de ma faute, ajouta Issa dans un sanglot.

Laya s'approcha et lui prit la main.

– Calme-toi, Issa. Tu n'as rien fait de mal.

– J'ai négligé ma surveillance ! Voilà mon erreur, Laya !

– La nuit est noire, peut-être as-tu cherché dans la mauvaise direction, avança Idriss. Nous devrions aller avec toi et voir s'il y a des traces de pas.

Pendant ce temps, les pèlerins s'étaient approchés. Ils avaient entendu les exclamations d'Issa et se demandaient ce qui se passait. En quelques minutes, tous furent mis au courant de la situation.

L'émoi grandissait. Un petit groupe d'hommes proposa de partir à la recherche de l'Initié. Ils revinrent une demi-heure plus tard sans l'avoir retrouvé.

– Ce qui se passe cette nuit est très étrange. Nous sommes les jouets de forces qui nous dépassent, commenta Idriss, dépité.

Ses paroles furent accueillies par des murmures inquiets.

L'atmosphère était silencieuse, les pèlerins s'étaient blottis les uns contre les autres, personne ne pouvait fermer l'œil. Deux heures plus tard, l'aube se leva. Idriss, qui avait pris le commandement moral du groupe, ordonna à chacun de se préparer pour la prière. Puis, ils se mirent à nouveau à la recherche de l'Initié. Ils revinrent à l'endroit où Issa l'avait laissé et examinèrent minutieusement les traces de pas. La terre était couverte d'une croûte de végétation aride qui brouillait les pistes, il était impossible de déterminer dans quelle direction était parti leur prophète, ni même s'il avait été emmené par d'autres hommes. Un kidnapping, voilà l'hypothèse que chacun redoutait, car personne n'ignorait que les djihadistes avaient juré la perte du prédicateur. Idriss interrogea un à un les pèlerins sans recueillir la moindre information utile. Il s'adressa en dernier à Issa. Celui-ci portait sur le visage le masque de la honte. Il gardait la tête baissée et se morfondait. Idriss ne savait trop quoi penser. Que l'Initié eût abandonné les siens apparaissait, à ses yeux, inconcevable. Pour lui, cette hypothèse relevait tout bonnement du sacrilège. Tandis qu'il regardait Issa, les paroles que Tina avait tenues à son propos quelques jours plus tôt lui revinrent en mémoire. Selon la jeune fille, il fallait se méfier comme de la peste des hommes d'Anjawa, ils n'étaient pas fiables et souvent sous l'influence des discours radicaux. Issa portait-il une responsabilité dans la disparition du guide ? Si tel était le cas, Idriss le lui ferait payer de ses propres mains. Mais il ne pouvait étayer ses soupçons, aussi devait-il essayer d'arracher au garçon quelques bribes d'informations. Il lui demanda de lui raconter à nouveau tout ce qui s'était produit la nuit dernière, de l'instant où il s'était éloigné de l'Initié jusqu'au moment où il avait découvert son absence. Avec minutie, ils tentèrent de retracer chaque minute. Issa avait-il entendu des bruits incongrus ? Avait-il entraperçu des ombres ? Avait-il senti quelque chose, comme une présence étrangère ? À chaque question, le jeune homme se concentrait pour fouiller dans sa mémoire, puis il se prenait la tête entre les mains, s'accusant pour la millième fois de négligence. De temps à autre, il laissait échapper un sanglot et d'une voix brisée se promettait de mourir si l'on ne retrouvait pas leur guide. Sa douleur n'était pas feinte et tout autre qu'Idriss aurait été touché de voir le garçon ainsi bouleversé. Mais Idriss avait arpenté les enfers de la folie, il savait d'expérience qu'une partie de l'être humain est capable de ressentir une émotion tandis que l'autre agit en sens opposé. Pour avoir traversé des épisodes schizophréniques, il n'ignorait pas que l'on pouvait à la fois tuer quelqu'un et pleurer sa mort l'instant d'après. Les questions qu'il posait à Issa devenaient de plus en plus inquisitrices. Il ne cachait plus son agacement face aux réponses imprécises du jeune garçon. Au bout de quelques minutes, celui-ci se rebiffa :

– Qu'est-ce que tu as, Idriss ? On dirait que tu penses que je suis responsable de la disparition de notre guide !

– Tu es la dernière personne à l'avoir aperçu ! Il est normal que je te demande des renseignements…

– Tu me soupçonnes, je le vois bien.

– Aurais-tu quelque chose à te reprocher, Issa ?

La question déconcerta le jeune homme. Son regard se troubla et Idriss le remarqua aussitôt. Il se leva et s'éloigna, le visage fermé. Resté seul, Issa se laissa aller à sa tristesse et des larmes se mirent à couler sur ses joues. Il n'avait pas pleuré ainsi depuis son entrée à la madrasa, bien des années auparavant.

19
L'ARCHE DE BALTHUS

État de Borno, nord du Nigéria

Balthus Kouémé n'était pas un intellectuel au sens classique du terme, mais il était curieux. L'école lui avait plu et il avait gardé un souvenir heureux de sa seule année d'études à l'université avant qu'il ne rejoigne l'académie militaire. Sur les bancs de la faculté de sciences sociales de Yaoundé, il avait découvert un philosophe allemand du nom de Friedrich Nietzsche. Au début, il n'avait rien compris, ni à ses aphorismes, ni à sa poésie, ni à sa pensée. Par chance, l'homme qui avait mis Nietzsche sur son chemin avait eu la bonne idée de lui décrypter son langage si particulier. Cet homme s'appelait Marcus Bodeng, professeur de philosophie, féru de culture germanique, nostalgique de son année passée à enseigner en Allemagne, quinze ans plus tôt, sous l'autorité de l'énigmatique Jürgen Heisenberg, qui s'était rendu célèbre en son temps par ses théories sur la communication entre espèces. Bodeng ayant perçu l'intérêt du jeune étudiant pour son enseignement, il l'avait pris sous son aile. Balthus, qui s'était détourné de la religion après les drames familiaux que l'on sait, cherchait alors un sens à donner à son existence. Nietzsche arrivait à point nommé. Il en avait retenu plusieurs choses. Primo, Dieu était mort. Secundo, c'était une bonne nouvelle, car l'homme pouvait enfin s'inventer. Tertio, il disposait pour cela de sa volonté de puissance qui pouvait se définir comme l'affirmation de la vie. La morale de l'individu libéré de Dieu était celle de la création, de la spontanéité, de l'élan vital. Elle se reflétait dans la nature. Autant dire, dans une société où la religion pesait considérablement, que la philosophie enseignée par Marcus Bodeng ne recueillait au mieux qu'une indifférence polie. Seuls quelques esprits originaux comme Balthus échappaient à la norme.

Tandis que le soleil aplatissait les ombres et grillait à feu lent la végétation assoiffée, Balthus faisait éclore en lui cette philosophie foisonnante, symbolisée par Dionysos, dieu grec, soudard et orgiaque, paillard et lubrique. Un dieu du vin et de l'ivresse, des excès, de la démence et de la subversion, qui incarnait le lien profond entre l'homme et la nature, avait-il compris en écoutant Marcus Bodeng. Or Balthus était justement en train d'expérimenter dans sa chair cette relation. Il percevait la force vitale du monde qui l'entourait de son énergie démesurée, enthousiaste et créatrice. Au fond des taillis, sous le ciel incandescent et sur les sentiers poussiéreux qu'il parcourait depuis des jours, il s'était senti renaître. Tout comme Dionysos, Balthus était donc né deux fois. Et son baptême avait des allures de célébration, d'hymne à cette liberté qu'il avait toujours recherchée.

Le lycaon incarnait pour lui la furieuse vitalité de cette nature généreuse. Balthus avait beaucoup appris de l'animal. Il sifflait le chien et celui-ci se mettait en chasse, revenant quelques instants plus tard déposer à ses pieds une proie, oiseau, ragondin, pangolin, porc-épic. Tout ce que la brousse offrait à leur appétit. Commençait alors le travail de Balthus. Tandis que le lycaon s'asseyait devant lui, il dépeçait le gibier, en arrachait les entrailles et faisait rôtir la chair au feu de bois. L'homme et l'animal partageaient ensuite le repas. Le lycaon avait pris goût à la viande cuite, ainsi qu'à la compagnie de Balthus.

Ils s'étaient remis en chemin. Les signes laissés par l'Initié et ses compagnons étaient désormais d'une facilité déconcertante à suivre. Le soldat regardait à peine les preuves de leur passage tandis que le lycaon flânait, lui aussi dédaigneux d'un jeu si simple. Un détail finit par retenir l'attention du jeune capitaine. Les traces des pèlerins partaient vers l'ouest. Or, jusqu'à présent, elles allaient vers le nord. Ce changement signifiait quelque chose que Balthus ne parvenait pas à comprendre. Pourquoi le guide spirituel et sa troupe avaient-ils ainsi bifurqué ? Avaient-ils rencontré un péril ? Le soldat se perdait en conjectures. Il interrogea du regard son compagnon, mais celui-ci semblait tout aussi perplexe que lui. Balthus décida d'accélérer la cadence et de rattraper au plus vite les pèlerins. Laya courait peut-être un danger. Mais le lycaon était d'un autre avis. Tandis que l'homme filait d'un pas rapide, le chien avait stoppé sa marche et jappait de toutes ses forces. Le soldat eut une pensée agacée à l'endroit de l'animal qu'il suspectait de lambiner sciemment alors que le soleil rendait l'air brûlant. Mais il avait appris à entendre, il revint donc sur ses pas pour découvrir le lycaon posté devant un buffle solitaire. Le chien sauvage aboyait et sautillait dans tous les sens face au bovin immobile qui le regardait d'un œil morne.

– Qu'est-ce que tu fiches ? Laisse-le tranquille, nous n'avons pas de temps à perdre, marmonna Balthus.

Le lycaon n'écoutait pas et continuait sa danse devant l'animal pataud. Soudain, le buffle émit un beuglement et se mit lentement en marche dans la direction de Balthus, tandis que le chien sauvage filait vers le soldat en jappant joyeusement.

– Tu t'es fait un nouvel ami, on dirait !

Balthus ne croyait pas si bien dire, car alors qu'il empruntait la piste, le buffle l'imita de son pas lourd. Le lycaon gambadait devant, manifestement satisfait du travail accompli.

– Tu veux que ce gros tas vienne avec nous ? Tu es complètement fou ! lança Balthus à son compagnon. Qu'est-ce qu'on va faire de lui ?

Tout en marchant, il jetait de temps à autre des regards en arrière. Le buffle les suivait sans effort.

– Au moins, nous ne manquerons pas de viande, ajouta-t-il pour lui-même.

Après une heure de marche, Balthus ressentit une immense fatigue. La chaleur se montrait excessive. Il avait surestimé ses forces. Un bouquet de baobabs offrait une ombre bienvenue et il décida de s'y reposer quelque temps. Avant de s'asseoir au pied des arbres, il voulut vérifier si le buffle les accompagnait toujours. Il se retourna et, de surprise, lâcha un juron. Un couple de babouins se tenait sur le dos du bovidé et le regardait en grimaçant. Balthus crut que la chaleur et la déshydratation lui jouaient des tours. Mais il vit le lycaon arriver en courant et sautiller devant les singes qui lui rendirent la politesse en poussant des cris aigus. Interloqué, l'homme demeura un instant silencieux. Puis, il sortit sa gourde et en avala le contenu. Le chien, le buffle et les deux babouins étaient toujours là. Balthus n'avait pas rêvé. Dans le ciel, le vent déchiquetait de petits nuages. Balthus contempla ce spectacle, leva la main dans l'espoir enfantin de pouvoir les toucher, puis s'assoupit.

Il se réveilla alors que le soleil rougeoyait à l'horizon. Le lycaon était assis devant lui. Le museau relevé, il contemplait quelque chose au loin. Machinalement Balthus suivit son regard qui tomba sur un petit groupe de cinq antilopes occupées à brouter des herbes malingres. Balthus dressa l'inventaire de ce curieux bestiaire. Cinq antilopes, deux singes, un buffle et un chien... Le soir approchait, et avec lui s'élevait dans l'air les dernières clameurs diurnes et les premiers appels nocturnes. Cette cacophonie de chants d'oiseaux, de stridulations d'insectes et de grognements de mammifères étonna Balthus par sa force. C'était la première fois qu'il prêtait une telle attention à la grande et belle chorale de la nature. Il ressentit une émotion vive, presque douloureuse. Il hésitait à repartir, accusant toujours une intense fatigue. Son instinct lui commandait de prendre du repos. L'épreuve qui l'attendait au bout de cette longue traque nécessitait la pleine possession de ses moyens physiques. La fraîcheur de la nuit lui ferait du bien.

Il siffla son chien, lui indiquant ainsi qu'était venue l'heure de débusquer le repas du soir. Le lycaon revint quelques instants plus tard en compagnie de deux de ses congénères plus jeunes et plus vigoureux. Les deux nouveaux venus se mirent à grogner en le voyant. Balthus se leva d'un bond et, par prudence, attrapa son pistolet. Mais son compagnon se positionna devant lui et, fixant les deux autres lycaons, commença à montrer les crocs en émettant un grondement effrayant. Ils finirent par baisser la tête en signe de soumission. Rasséréné par leur attitude, Balthus rangea son arme et caressa l'échine de son complice. Les rôles venaient d'être attribués. Balthus était intouchable.

Après le repas, partagé avec les chiens sauvages, il s'endormit en pensant à la curieuse ménagerie qui se constituait autour de lui et se laissa rapidement emporter dans le monde des songes. Dans son rêve, Balthus ne parvenait jamais à rattraper Laya. Il y avait toujours un obstacle, un imprévu qui l'empêchait de l'atteindre. Cent fois il avait été sur le point de rejoindre les pèlerins, mais il découvrait sans cesse un campement vide, ne pouvant déterminer dans quelle direction étaient partis Laya et l'Initié. Il se réveilla le ventre noué par l'angoisse tandis que la lune éclairait la savane. À ses pieds, les trois lycaons ne dormaient que d'un œil. Adossé à un arbre, Balthus entama quelques exercices de respiration pour retrouver son calme. Se fondre dans son environnement, ne faire qu'un avec la nature, était une épreuve tant physique que morale qui requérait une énergie difficile à trouver. Malgré son endurance, son corps réclamait une autre alimentation, plus riche et plus variée. Balthus commençait à mieux comprendre ses besoins métaboliques. Tandis qu'il se promettait de surveiller son régime, il vit à quelques mètres de lui, au milieu des herbes hautes, deux points brillants reflétant la lueur de la lune. Balthus crut un instant qu'il s'agissait d'insectes lumineux comme il en existe dans les forêts luxuriantes du sud, mais les deux petites taches restaient immobiles et semblaient le fixer. Parfois, elles disparaissaient un quart de seconde pour réapparaître aussitôt. Juste le temps d'un clignement. Un battement de paupières ! Il venait de comprendre. Les deux points jaunâtres qui le fixaient formaient une paire d'yeux. Il eut soudain peur. Son émotion, ou peut-être fut-ce simplement le mouvement de son corps, réveilla les chiens. Ce fut alors un échange de feulements et de grognements, ponctué de brefs aboiements. Dans la clarté de la lune, Balthus vit ensuite s'approcher d'un pas lent un énorme léopard. Les lycaons remuèrent la queue en signe de bienvenue, ce qui surprit Balthus. Le jeune soldat n'avait jamais vu de fauve ailleurs que dans les livres, il était impressionné, mais ne ressentait plus aucune appréhension. Comme s'il voulait éviter de déranger l'homme et ses chiens, le puissant félin resta à quelques mètres de distance, il s'allongea paisiblement tandis que les trois lycaons jappèrent de satisfaction.

Balthus était stupéfait. Il se demandait ce que signifiait tout cela. L'apparition des animaux les uns après les autres lui semblait irréelle. Pourtant il fallait se rendre à l'évidence, la savane lui envoyait des compagnons bienveillants. Ces animaux qu'autrefois il aurait qualifié de bêtes sauvages mues par de dangereux instincts se comportaient avec lui comme avec un semblable.

Il ne parvenait pas à s'expliquer ce phénomène et n'avait jamais entendu dire qu'une telle chose fut possible. Balthus avait néanmoins compris que la communication passait par les traces olfactives. Il était assailli de mille exhalaisons diverses. La plus familière était celle de son lycaon dont il pouvait désormais déceler les nuances en fonction des humeurs de la bête. Les antilopes dégageaient les odeurs les plus curieuses. Musquées, lourdes et pénétrantes, elles s'accrochaient aux herbes et aux arbres de la savane, servant de repères et de signaux. Quant au léopard, Balthus devina rapidement que ce chasseur né chérissait la discrétion. Tant qu'il ne bondissait pas ou ne courait pas, ses effluves restaient indétectables. Une arme furtive, façonnée par des millénaires d'évolution. L'odeur fournissait le moyen de communication le plus efficace entre espèces, supposa-t-il tout en se demandant ce que ses propres exhalaisons disaient de lui. Il marchait une partie de la journée et de la nuit, transportant au milieu de la nature un flot d'informations. Son corps n'avait pas été lavé ni savonné depuis longtemps. Il réalisa alors qu'il lui faudrait retrouver une apparence humaine avant d'aborder Laya et l'Initié. En l'état actuel, il devait vraisemblablement ressembler à un animal. Cette idée ne lui déplaisait pas. Balthus était revenu à une forme d'essentialité. La racine de son être était là, quelque part, dans ce rapport sans ambiguïté avec son corps, avec son environnement. C'était ainsi qu'il parviendrait à se comprendre et donc à se maîtriser. Le chemin était sans doute semé d'embûches, mais il déboucherait sur la vérité.

20

LE PARADIS PERDU

État de Borno, nord du Nigéria

Assis à l'arrière du véhicule, Wendell contemplait la nuque de Frances. Cela faisait des heures qu'il détaillait le grain de la peau, les courbes gracieuses, le petit creux qui se formait là où les trapèzes rejoignaient les vertèbres. Il regardait ce cou avec une curiosité avide, le cœur débordant de cette émotion découverte cette première nuit où ils avaient fait l'amour, plus précisément où elle lui avait fait l'amour. Quand il n'admirait pas la nuque de la jeune femme, il se perdait dans sa chevelure soyeuse et légère que la brise, se glissant par la vitre entrouverte, faisait voltiger avec une facilité de prestidigitateur. Il se laissait alors aller au rêve d'une vie normale : une épouse, une église, un jardin et des enfants. Ces images le ravissaient. Surtout, elles l'empêchaient de penser au voyage et à ses dangers.

Barnabé, le chauffeur recruté à Ibadan, taiseux et morose, se concentrait sur son travail, tenant le volant d'une main ferme et surveillant le bitume avec une vigilance de braconnier. De temps à autre, il jetait un œil sur le rétroviseur intérieur, se demandant pourquoi le Libérien affichait en permanence un sourire aussi niais. Ils roulaient ainsi depuis quatre jours, s'arrêtant dans des villes moyennes, choisissant à chaque fois des hôtels discrets et bon marché. Le soir venu, Wendell et Frances donnaient quartier libre à Barnabé qui finissait la nuit dans les bars routiers, le temps d'une bière vite ingurgitée et d'une rencontre monnayée avec une jolie fille. Eux filaient dans leur chambre et s'abandonnaient à leur joie d'être ensemble. Ils faisaient l'amour avec ardeur et maladresse, comme les néophytes qu'ils étaient. Frances découvrait son corps et sa sexualité. L'orgasme était un continent nouveau pour elle, qu'elle explorait en s'étonnant de chaque sensation, des frissons de sa peau, des soubresauts de son bas-ventre, et de toutes ces émotions physiques jusqu'alors inconnues. Pour sa part, Wendell plongeait dans l'océan de la passion absolue. La femme qu'il tenait dans ses bras était tout à la fois Ève, Vénus et Marie. Naufragé volontaire sur les récifs de la vénération, il capitulait, abdiquant sa liberté, soumettant sa personne. L'Église, la Bible et le Seigneur disparaissaient de ses pensées où ne régnait plus désormais que cette incroyable déesse venue d'un autre monde, et dont les caprices l'avaient arraché à sa terre natale pour le propulser dans un maelström de projets fantasmagoriques qu'il ne cherchait plus ni à comprendre ni à maîtriser. Il s'égarait dans le maquis féminin comme autrefois il se perdait dans la forêt dense du Libéria.

Mais tandis que Wendell ne songeait plus à Dieu, Frances ne faisait qu'en appeler à Lui à travers cet homme en qui elle voyait l'intercesseur, celui à travers qui la parole divine s'exprimait. Cependant, elle admettait que Wendell était pour elle bien davantage qu'un lointain cousin de l'archange Gabriel. L'attirance qu'elle éprouvait à son égard pouvait se résumer à ce terme qu'elle n'avait auparavant jamais employé que pour Dieu et ses parents, le mot « amour ». En choisissant l'amour d'un homme, elle délaissait le chemin tracé par les mystiques chrétiens, ce renoncement à soi exigé par le Christ afin de renaître en Dieu, car dans son cœur, Wendell concurrençait désormais Dieu. Paradoxalement, pensant s'approcher du Seigneur grâce à cet homme, Frances s'en écartait irrémédiablement.

Le matin, ils se réveillaient de bonne heure pour reprendre la route. Frances s'asseyait à côté de Barnabé et Wendell se mettait à l'arrière, les yeux rivés sur l'objet de son désir. Ils voyageaient ainsi avec pour destination finale la ville de Maiduguri, au nord du Nigéria, dans cet État de Borno dont la triste réputation était à tout jamais associée au terrorisme de Boko Haram. Frances considérait la capitale de l'État de Borno comme une citadelle assiégée qu'il fallait sauver du péril. Les campagnes environnantes pullulaient de djihadistes prêts à fondre à chaque instant sur le joyau convoité où quelques rares églises chrétiennes survivaient péniblement. À défaut de caravane de la paix, la jeune Américaine apporterait un appui moral aux derniers pasteurs esseulés en terre musulmane. Qu'une évangélique, américaine de surcroît, puisse faire irruption dans cette ville était, selon elle, un exploit qui redonnerait vigueur et courage aux croyants. Son exemple inspirerait à coup sûr d'autres chrétiens à travers l'Afrique. C'est ainsi qu'elle comptait lancer la reconquête spirituelle de ces terres du nord. Sans qu'elle en formulât précisément la pensée, elle espérait aussi effacer la tache qui souillait son âme depuis des années, depuis cette fameuse nuit.

Wendell avait bien tenté de réfréner ses ardeurs. La caravane de la paix avait été un désastre complet. Une telle déroute ne pouvait se transformer du jour au lendemain en victoire, savait d'expérience l'ancien enfant soldat. Poursuivre l'aventure vers Maiduguri avait donc tout d'une fuite en avant désespérée. Pourtant, il n'avait pas eu la force de s'opposer à Frances. Il était vrai qu'elle était animée d'une volonté proprement ahurissante, et Wendell demeurait stupéfait par sa capacité à renverser les situations les plus compromises. Aucun de ses arguments ne pouvait la faire plier, car elle n'habitait plus depuis longtemps les terres de la raison. Le messianisme de son entreprise n'avait que faire de la logique, des dangers et de la réalité. Dès lors que tout reposait entre les mains de Dieu, rien de mal ne pouvait lui arriver. Bien évidemment, cette posture comportait une part de bluff. Jamais Frances ne serait partie sans son complice à Maiduguri, connaissant les aléas d'un tel voyage. Dieu lui avait envoyé ce compagnon, elle ne l'oubliait pas. Certes, il n'était pas le général qu'elle aurait souhaité qu'il fût, mais peu importait. Pour Frances, Wendell était devenu bien davantage qu'un soldat. Il était son talisman, son lien avec le Seigneur, et depuis peu, son bien-aimé.

Pas plus qu'ils n'évoquaient leurs états d'âme, les deux amants ne formulaient de projets d'avenir. Accaparés par ce qu'ils étaient en train de vivre, ils ne pensaient guère au-delà. L'horizon de Frances prenait la forme d'une croix plantée au nord d'un pays qui ne l'avait jamais totalement adoptée ; celui de Wendell, l'apparence d'une femme qui symbolisait tout ce que la vie ne lui avait jamais offert. Ils roulaient ensemble vers l'inconnu, portés par une mission qui se révélait de plus en plus fuyante et irréelle, à l'instar de ces mirages nés de la chaleur du désert. Il leur fallait aboutir, atteindre leur but, et, peu importait ce qu'ils trouveraient au bout du compte, ils n'étaient de toute façon déjà plus les mêmes personnes. Le chemin les avait transformés.

Ils savaient qu'ils approchaient de Maiduguri. Le paysage le proclamait. La végétation s'était clairsemée, les arbres se faisaient rares et les champs plus secs. Le jaune du nord prenait le pas sur le vert du sud. L'air devenait sensiblement plus léger, plus chaud aussi, en raison des vents brûlants provenant des collines arides. Lorsque la voiture grimpait sur un plateau, la visibilité paraissait incroyable. Ils découvraient un paysage s'étalant sur des dizaines de kilomètres aux alentours. Ces perspectives les enchantaient. Ils descendaient ensuite vers les plaines alanguies avec le sentiment que devant eux les attendait une autre vie. La traversée des grands espaces s'accompagne souvent d'une allégresse que les navigateurs connaissent bien. Frances et Wendell baignaient dans cette douce euphorie tandis que le moteur ronronnait, obéissant aux gestes experts du silencieux Barnabé. Le temps s'étirait et le périple aurait pu durer éternellement.

Ce que les deux passagers ne voyaient pas, c'était qu'à mesure qu'ils approchaient de Maiduguri, Barnabé devenait nerveux. Il était parti en voyage avec un mauvais pressentiment. Et au fur et à mesure qu'ils approchaient de leur destination, son intuition se transformait en conviction. Celle qu'un drame allait survenir dont il serait la première victime. Cette pensée l'obsédait au point que ses yeux ne lâchaient plus le compteur kilométrique devenu roue du destin l'entraînant immuablement vers sa perte. Sa nervosité était telle que le moindre incident pouvait faire fondre d'un seul coup la cire de son visage impavide. Et cet incident se produisit exactement à cinquante-six kilomètres de Maiduguri, alors que la route traversait une zone boisée que l'administration nigériane qualifiait de « forêt classée », mais qui pour un homme du sud comme lui, habitué à la luxuriance, faisait plutôt figure de savane chétive et aride. En sortant d'un virage, Barnabé aperçut d'abord une colonne de fumée noire, comme celle que dégage un pneu enflammé. Puis il crut distinguer, autour d'un véhicule immobilisé en travers de la chaussée, un groupe d'hommes armés. Son cœur se mit à bondir dans sa poitrine tandis que dans son cerveau les pires scénarios s'écrivaient à une vitesse hollywoodienne. Les djihadistes allaient le kidnapper et l'envoyer *ad patres* d'une balle dans la tête. Un rictus de frayeur défigurait ses traits. C'est alors qu'il entraperçut sur le bas-côté une trouée dans les buissons, indiquant le début d'un sentier de brousse. Sans plus réfléchir, il braqua d'un coup sec. La voiture fit un écart, réveillant du même coup Frances qui somnolait.

– Il y a des djihadistes devant nous ! lança Barnabé pour justifier l'embardée. J'ai dû prendre la piste !

– Quoi ? Qu'est-ce que tu racontes ? Je n'ai rien vu, rétorqua Frances.

– Mais vous dormiez, Madame. Moi, je les ai vus !

– Je ne dormais pas vraiment… et la route me semblait bien dégagée…

Wendell intervint :

– Et on va où comme ça, Barnabé ?

– Je ne sais pas, répondit-il, on essaie de leur échapper !

Sa voix suraiguë et son visage bouleversé trahissaient son angoisse.

– Calme-toi, lui conseilla le jeune Libérien. Je ne vois personne derrière nous, et devant nous c'est la brousse. Arrête la voiture, et réfléchissons.

– Non, pas question, c'est trop dangereux ! Ce pays est infesté de tueurs fanatiques ! Ils cherchent des chrétiens comme vous et moi ! Ils vont nous faire la peau. Moi je ne reste pas là !

Barnabé était en pleine crise de panique et refusait d'écouter. Frances commençait elle aussi à avoir peur. Heureusement, il en fallait bien davantage pour impressionner Wendell. Il se rua vers le siège avant et arracha la clé de contact du véhicule qui stoppa net. Le chauffeur poussa un cri, se retourna et voulut la lui reprendre, mais Wendell était agile et rapide. Il était déjà à l'extérieur et courait devant lui dans l'espoir d'obliger Barnabé à le suivre. Une fois dehors, pensait-il, il se calmerait. Mais à sa grande surprise, Barnabé ne chercha pas à le rejoindre. Au contraire, il bifurqua et disparut derrière un taillis. Wendell et Frances en restèrent pantois pendant une bonne minute, sans comprendre ce qui était passé par la tête de leur chauffeur.

Parti à sa recherche, Wendell retrouva Barnabé derrière un buisson, en train de prier. Il s'approcha doucement, s'agenouilla à ses côtés et posa sa main sur son épaule.

– Un jour, à Monrovia, Dieu m'a envoyé un ange, et je sais désormais qu'Il écoute et exauce mes prières. Je vais prier pour toi, expliqua-t-il au conducteur.

Celui-ci sembla se calmer. Les deux hommes rejoignaient Frances quand ils entendirent au loin des tirs d'armes automatiques. Barnabé ne s'était pas trompé, il y avait bel et bien des hommes armés sur l'axe principal.

– Nous ne devons pas rester ici, conseilla Wendell.

– Moi, je ne vais pas plus loin, affirma Barnabé. Partez si vous voulez, je me débrouillerai sans vous, mais je n'avancerai pas d'un pas.

– Nous ne pouvons pas te laisser ici. C'est dangereux, expliqua Wendell.

– Nous avons traversé un village, tantôt. Il est à quelques kilomètres au sud. Je vais y aller à pied, et je trouverai bien un moyen de repartir de cette région.

– Tu es certain ?

– Oui, je ne veux plus venir avec vous. C'est trop risqué.

Wendell questionna Frances des yeux. Elle détourna la tête. Indécise et perdue, elle ne savait quoi conseiller et laissa docilement Wendell prendre les choses en main. Après tout, c'était lui l'homme des situations dangereuses, il savait ce qu'il faisait.

Le Libérien émit un soupir. Puis, il fouilla dans sa poche et en sortit une poignée de billets qu'il tendit à Barnabé.

– Tiens, prends cet argent. C'est ton salaire. Et que Dieu te garde.

– Que Dieu vous garde aussi, Monsieur Wendell.

Barnabé attrapa son sac et tourna les talons. Frances et Wendell le regardèrent quelques secondes s'éloigner d'un air navré. Puis ils remontèrent à bord du véhicule.

– Poursuivons sur cette piste, dit Wendell.

– À ton avis, où mène-t-elle, demanda Frances ?

– Je l'ignore. Vers l'est. C'est tout ce que je peux dire. Je ne connais pas du tout cette région.

– Mais si nous tombons sur les miliciens armés ? Des djihadistes, des tueurs de Boko Haram, que sais-je encore, que ferons-nous ?

Wendell faillit lui faire remarquer qu'elle pourrait alors leur démontrer la toute-puissance de la Bible sur le Coran, mais il n'avait pas le cœur à l'ironie, et encore moins l'envie de blesser Frances. La jeune femme était désemparée. Ce n'était pas le moment de se quereller.

– Nous verrons bien. Ayons confiance. Dieu nous protège, non ? Tu me l'as dit mille fois. Nous avons de l'eau, du carburant et des vivres pour plusieurs jours. Nous finirons bien par trouver une route sûre pour Maiduguri. Et puis, la savane n'est jamais vide. Il y aura certainement quelqu'un pour nous aider.

Paradoxalement, Wendell qui jugeait insensée l'idée d'aller à Maiduguri ne redoutait pas de s'enfoncer dans la brousse. La brousse était un refuge. Contrairement à la ville où pullulaient les indicateurs, les criminels, les voleurs et les assassins, la forêt était un havre de paix offrant mille possibilités de se cacher et d'échapper aux dangers. Ce n'était pas un hasard si de tout temps et sous toutes les latitudes les réprouvés, les bannis, les bandits s'y abritaient. À écouter Wendell, il suffisait de savoir trouver sa place sans trop déranger les bêtes sauvages et l'on finissait par être accepté par la nature. Pour mieux convaincre Frances, le jeune Libérien évoqua les longues semaines qu'il avait passées à voyager pieds nus dans la jungle, pleine de marigots humides couverts de moustiques et peuplés de serpents. Il parlait sans s'arrêter, persuadé que son flot de paroles rassurantes et d'anecdotes innocentes calmerait son amie. Ils cheminaient vers l'est. Dans leur dos le vent se levait, affolant les arbres.

Frances se taisait et son silence aurait dû alerter Wendell. Elle ne l'écoutait pas car elle était plongée dans un état de confusion mentale qui ne devait rien à la brousse et ses dangers, mais tout à son rapport intime avec Dieu. Elle ne comprenait pas pourquoi le Seigneur dressait tant d'obstacles sur son chemin. Jusqu'à présent, elle mettait ses déboires sur le compte des autres. La pusillanimité de ses compagnons de voyage ainsi que leur manque de foi expliquaient l'échec de la caravane de la paix, jugeait-elle. Mais ce nouveau contretemps la déstabilisait bien plus fortement. Frances commençait à comprendre qu'elle allait d'échec en échec et n'arrivait pas à en trouver la cause. Pourquoi Dieu ne lui accordait-Il pas la chance et la réussite ? se demandait-elle. Dans sa tête, un incendie s'allumait. Il allait embraser les terres où sa piété s'était épanouie depuis qu'elle était en âge de converser avec l'Éternel. Frances avait beau repenser au Christ dans le désert et à toutes les tentations dressées devant lui par Satan, elle avait beau se dire que le Seigneur la mettait à l'épreuve, elle ne parvenait pas à chasser de son esprit des questions iconoclastes. Sa foi vacillait et cet ébranlement ouvrait des failles dans un mur qu'elle imaginait jusqu'alors indestructible. Si Dieu existait, pouvait-Il vraiment la laisser dans un tel état d'accablement ? S'Il la récompensait si mal de sa foi, alors méritait-Il les efforts qu'elle fournissait ? Frances n'en pouvait plus de toutes ces questions, ni de ce doute permanent qui la rongeait. Elle se sentait trahie.

Repensant à ces derniers jours passés en compagnie de Wendell, elle se dit que sa vie avait pris une tournure qu'elle n'attendait pas. Dieu l'abandonnait, une nouvelle fois, une fois de trop. Mais aujourd'hui, elle n'était plus seule. Wendell veillait sur elle.

– J'ai besoin de toi, murmura-t-elle à l'adresse de son compagnon en posant sa main sur son genou. Il n'y a que toi qui puisses me sauver, désormais.

21

Anathème

Issa était à l'écart. Comme un homme frappé d'une maladie contagieuse, un enfant turbulent ou un accusé en attente de jugement, il avait été exclu du groupe. Et tandis que les pèlerins, ces moutons sans berger, se serraient les uns contre les autres, Issa se morfondait, solitaire, à l'ombre d'un arbre. Idriss avait décrété que le jeune homme en savait plus que ce qu'il voulait bien dire à propos de la disparition de l'Initié. Il cachait forcément quelque chose et le bannissement finirait par lui délier la langue. Tina approuvait son attitude, convaincue depuis toujours qu'il fallait se méfier des garçons d'Anjawa. Les voyageurs se rangeaient à leur opinion, faute de mieux. Alors que la cohésion du groupe était gravement menacée, Issa faisait figure de bouc émissaire. Si l'Initié, qui s'était évaporé depuis maintenant deux jours, ne réapparaissait pas, son sort serait scellé, il serait désigné coupable, non pas au nom de la justice, mais afin que la communauté puisse surmonter l'épreuve.

Seule Laya pensait différemment. La jeune fille demeurait silencieuse. Depuis deux heures, elle jouait avec une brindille à dessiner des mots dans la poussière. Elle les effaçait, puis recommençait. À intervalles réguliers, elle écrivait le nom d'Issa. Ses réflexions formaient un lot de questions sans réponses. De nouveau, elle avait peur. Peur que l'Initié les ait abandonnés, peur que la colère du groupe ne finisse par retomber sur Issa, peur de rester indéfiniment dans ce no man's land inhospitalier que même les animaux sauvages semblaient fuir. Elle se refusait à douter des paroles prononcées par son ami et était convaincue qu'il ne savait rien de ce qu'avait tramé le prédicateur musulman. Leur guide avait trompé la vigilance de son talibé pour des raisons connues de lui seul, Issa n'avait rien à se reprocher. Pour elle, il suffisait de regarder son visage, d'écouter ses sanglots pour comprendre immédiatement qu'il était étranger à cette disparition. D'ailleurs, il ne fallait plus le laisser seul, réalisa-t-elle soudainement. Le désarroi commun ne justifiait pas cet ostracisme. Elle se leva et alla le rejoindre à cinquante pas de là. L'écrasante chaleur rendait pénible le simple fait de quitter l'ombre des arbres pour affronter le soleil. Accablée par la température, mais aussi par le poids de la situation, elle se laissa choir à ses côtés, tirant Issa de sa somnolence.

– Tu ne devrais pas venir ici, marmonna-t-il d'une voix emplie d'amertume.

– Pourquoi ?

– Parce que tout le monde, moi y compris, me juge responsable de la disparition du maître.

– Les autres te jugent coupable. Toi, tu t'estimes fautif. Et moi, je pense que tu n'y es pour rien. Personne n'aurait pu retenir le maître. Nous n'avons pas la capacité de nous opposer à sa volonté. Et tu le sais bien.

– Qui te dit qu'il n'a pas été enlevé ? Et que par ma faute…

– Non mais arrête, Issa ! Tu racontes n'importe quoi ! Tu crois réellement que si quelqu'un s'était approché et avait kidnappé le maître, tu n'aurais rien entendu ? Et que nous, qui campions à vingt mètres à peine, nous n'aurions rien remarqué, non plus ?

– Ils ont peut-être été discrets ? On a déjà vu ça.

– Même si c'était le cas, imagines-tu vraiment qu'ils seraient arrivés à pied ? Nous aurions entendu un bruit de moteur de voiture, ou de sabot de cheval, ou de moto !

– Je ne sais pas.

– Eh bien, moi, je sais. Comme les autres, tu imagines que l'Initié a été enlevé. Moi je suis convaincue qu'il a tout simplement décidé de partir. Mais cette pensée vous bouleverse trop pour que vous puissiez l'accepter. Il nous a abandonnés ! L'homme que nous chérissions et que nous écoutions tels des enfants devant le maître d'école nous a quittés, c'est tout. Je ne sais pas pour quelle raison, je ne le juge pas, je dis seulement qu'il est parti de son plein gré.

– C'est absurde, Laya !

– Et pourquoi ? Parce que toi et les autres êtes tous convaincus que cet homme est un saint et qu'un saint n'abandonne pas ses fidèles, c'est ça ? Le guide, le maître, l'Initié, appelle-le comme tu veux, a pris trop d'ascendant sur vos esprits, vous êtes persuadés qu'il n'est pas capable de choses aussi ordinaires que de vous tourner le dos. À force de le vénérer, vous ne voyez plus la personne, mais seulement le symbole. Voilà le problème. Cet homme a pourtant hérité d'un nom, il s'appelle Amadou Diallo. Et il suffit de prononcer ce nom pour se souvenir qu'il est comme toi et moi. Avec ses peurs, ses lubies, ses envies, ses caprices… que sais-je encore !

– Même si ce que tu dis est vrai, j'aurais dû l'en empêcher…

– Ah bon ? Et pour quelle raison ? Qu'est-ce qui te donne ce droit ? Au nom de quoi empêcherais-tu quelqu'un de choisir son destin ? N'est-ce pas toi qui m'as dit que personne ne pouvait décider de mon avenir à ma place ? Allons, Issa, réfléchis un peu. Tu n'es en rien responsable de ce qui s'est produit. Et tu n'es en rien comptable de ses décisions. Le plus important, maintenant, est de parvenir à en convaincre les autres, sinon ils vont te le faire payer.

– Si tu savais qui je suis, tu ne parlerais pas comme cela.

– Qu'est-ce que tu veux dire ? Ce n'est pas la première fois que tu me sors des paroles comme ça. Alors, explique-toi, parce que je ne comprends pas.

– Je ne suis pas ici par hasard, Laya, j'avais une mission à accomplir…

– Une mission ? Quelle mission ?

– Je devais assassiner le maître.

Laya le regardait, incrédule. Issa baissait la tête et se taisait. D'une voix ferme, elle le somma de s'expliquer. Il hésitait, cherchant son courage. Cependant, il en avait trop dit pour se défiler, alors il se mit à parler, à raconter la venue des djihadistes dans son village, la violence physique et morale imposée à tous, l'attitude rebelle et intransigeante de son père. Issa lui livra tous les détails de sa vie et de son enfance, l'école coranique, les brimades, le meurtre de l'imam. Pour la première fois, il s'ouvrit, sans pudeur ni retenue. Sa voix se brisa et son cœur s'emballa, mais il poursuivit jusqu'au bout. Jamais le jeune homme ne s'était confessé ainsi. Même l'Initié, avec ses prières et sa bienveillance, n'avait pu déclencher en lui une telle catharsis. Issa parla durant près d'une heure avant de se taire. Laya s'était rapprochée de lui. Son épaule touchait la sienne. Elle avait envie de le prendre dans ses bras et de le réconforter. Mais elle n'osait pas. En revanche, elle continuerait à le défendre. Ce garçon à peine sorti de l'enfance avait plus que jamais besoin d'être écouté et entouré, et non pas ostracisé comme le pensait Idriss, Tina et tous les autres. Elle allait leur expliquer, elle irait tout leur dire, et ils comprendraient enfin qu'Issa était une victime et non un bourreau, qu'il fallait dès lors l'aider au lieu de le rejeter. Laya serait l'avocate d'Issa. Et une fois qu'elle aurait plaidé sa cause avec succès, ils pourraient tous ensemble se poser la seule question importante : où était parti l'Initié ?

Orphisme

Les pensées de Balthus le rafraîchissaient comme l'eau des rivières et l'ombre des arbres. Pour la première fois depuis de longs mois, il se sentait en paix avec lui-même, en harmonie avec cette vie qui l'entourait de son énergie positive.

Le carcan de la chaleur n'obscurcissait plus sa vision. La soif et la faim n'affaiblissaient plus son corps. Quant à la compagnie des hommes, elle devenait un souvenir lointain, un rêve désagréable que l'on abandonne avec soulagement à l'aube. Balthus échappait enfin au déterminisme de l'être confronté à ses choix. Il acceptait ce qui advenait et ce que la vie sauvage lui proposait, sans chercher une explication à tout prix. Ce qu'il avait trouvé était bien plus important que la mission qui lui avait été assignée et faisait naître en lui une sorte de béatitude. En cela au moins, il ressemblait désormais à ses compagnons de voyage qui vivaient depuis toujours innocemment dans la main douce et accueillante de la nature. Paradoxalement, c'était pourtant avec d'autres hommes que Balthus aurait aimé partager le bonheur qu'il ressentait, le secret qu'il avait découvert.

À peine formulé, son vœu fut exaucé. Au détour d'un bosquet, là où la piste s'élargissait pour devenir un petit terre-plein, il aperçut une silhouette assise sur une pierre au pied d'un baobab, la tête reposant contre le tronc de l'arbre poreux où parfois, disait-on, on pouvait entendre l'eau couler. « Voici un homme qui cherche à boire », pensa Balthus qui s'avança sans se dissimuler. Tout en approchant, il détailla la physionomie du voyageur solitaire. Même assis, il paraissait très grand. Ses jambes et ses bras, d'une maigreur extrême, flottaient dans un boubou trop large pour lui. Ses yeux, enfin, reflétaient une couleur peu ordinaire. Il ressemblait trait pour trait à la description que les soldats nigérians lui avaient dressée de l'Initié. Balthus eut une pensée pour Laya. Où était-elle ? Pourquoi était-il seul ?

Le capitaine se posta devant l'homme et le salua en joignant les mains.

– Bonjour. Je crois deviner que tu es celui qui arpente la région en compagnie de pèlerins.

– Oui, je suis celui que l'on appelle l'Initié. Il semble que certains hommes m'aient choisi pour guide, mais comme tu le vois, je ne conduis personne. On me surnomme aussi le maître, mais je n'ai pas le sentiment de maîtriser quoi que ce soit.

Balthus fronça les sourcils devant cette surprenante profession de foi.

– Et où sont passés tes compagnons ? demanda-t-il.

– Je les ai laissés. Ils doutent de moi et de mes paroles. Or, je les avais prévenus que si leur loyauté s'estompait, je me séparerais d'eux. C'est ce que j'ai fait. Je suis parti sans un mot. De toute façon, ils ne m'écoutaient plus. C'est mieux ainsi.

– Tu les as abandonnés ?

– C'est une façon de voir les choses. Je pense plutôt leur avoir rendu leur liberté. Ils peuvent désormais décider du chemin qu'ils suivront, puisque celui que je leur proposais ne leur convenait pas...

– Je ne comprends pas ce que tu dis.

– Eux non plus ne comprenaient plus mes paroles. On dirait que je ne suis plus audible... Pourtant, ce que j'exprime, jeune homme, n'est pas si difficile à saisir. La foi n'a pas besoin de longs discours. On l'accepte ou on la refuse, il n'y a pas d'autre alternative... Dès l'instant où les fidèles ne veulent plus accorder leur confiance à leur guide, ils choisissent de porter eux-mêmes le poids du destin qui attend chacun de nous ici-bas. Se détourner de moi revient à s'éloigner de Dieu et repousser l'aide qu'Il nous propose. Et pour cela, il faut avoir le courage d'affronter ses peurs.

– Ses peurs ?

– Celles qui percent notre âme. Le gouffre que tu sens en toi et qui t'amènera inéluctablement à la mort.

– Tes fidèles ne croient plus en Dieu ?

– Si, à leur façon ils croient toujours en Dieu. Mais l'émail de leur foi est ébréché. Et nous savons tous qu'il est impossible de réparer certaines choses. Une fois abîmées, elles sont condamnées à la destruction. Je ne voulais pas assister à cette destruction, dit l'Initié avec amertume.

Balthus était perplexe. Comme tous les autres, comme ces millions de personnes qui ne jurent que par Dieu, cet homme lui paraissait incapable de voir le monde qui l'entourait. Il vivait pour un Dieu invisible et muet, pour des paroles prononcées des centaines d'années auparavant, chérissant une foi intérieure en oubliant d'embrasser la vie. Pour sa part, il préférait regarder le soleil, enlacer les arbres et palper les fruits. Ce qu'il cherchait était concret, tangible, réel. Les spéculations théologiques ne l'intéressaient guère. Cependant, ils étaient semblables sur un point, tous deux cherchaient des réponses. Leurs quêtes respectives les rapprochaient. Ils s'étaient éloignés des hommes et finiraient sans doute leur existence comme ces moines anachorètes qui hantaient autrefois les lieux isolés du monde chrétien. Mais en attendant, Balthus ne perdait pas de vue le dernier lien qui l'unissait encore à son espèce, à savoir la jeune

Camerounaise appelée Laya, dont il conservait toujours la photo dans sa poche.

– Est-ce que tu connais une fille du nom de Laya ? demanda-t-il à l'Initié.

– Oui, elle est restée avec les autres. C'est une gentille personne, fine et intelligente, avec un cœur en or. Mais Dieu ne l'intéresse pas beaucoup.

– Est-elle en bonne santé ?

– Oui. Elle va aussi bien que l'on puisse aller après une si longue marche dans la brousse…

– Et où l'emmenais-tu ?

– Je te le dirai quand tu auras eu l'obligeance de te présenter, mon ami.

Au moment où l'Initié prononçait ces mots, il vit s'approcher la colonie d'animaux dirigée par le trio de lycaons jappant avec entrain. Le grand sage se leva. Inquiet et surpris, il se rapprocha de Balthus.

– Ne crains rien. Ce sont mes compagnons de route. Ils ne te veulent aucun mal.

Le prédicateur regardait alternativement Balthus et le groupe de bêtes sauvages qui avançait vers eux. Tandis que le buffle, suivi du léopard et des antilopes entouraient les deux hommes, les singes et les lycaons lançaient des cris et des aboiements joyeux. D'autres animaux ne tardèrent pas à apparaître, parmi lesquels on pouvait reconnaître quelques majestueux élands de derby. Une girafe passa même le cou au-dessus des taillis, signalant ainsi sa présence. Tout un troupeau bariolé finit par se rassembler sur la petite plaine herbeuse. L'Initié ouvrait de grands yeux incrédules. Lui qui arborait d'ordinaire une mine pénétrée, semblant constamment occupé à des réflexions théologiques, avait désormais l'air d'un enfant ébahi par la ménagerie d'un cirque ambulant. Il se tourna vers Balthus, paraissant le voir pour la première fois. Le capitaine, sale et hirsute, vêtu de hardes, ressemblait à un misérable paysan perdu dans la brousse.

– Qui es-tu exactement ? demanda l'Initié d'une voix non dénuée de crainte.

– Je suis un soldat camerounais, et je recherche une jeune fille dénommée Laya. Ses parents sont persuadés que tu l'as enlevée…

– Je ne l'ai pas kidnappée, elle m'a rejoint après mon passage dans son village, Mokolo.

– Oui, je le sais, je l'ai compris depuis.

– Mais quel est ce miracle de Dieu qui s'accomplit devant moi ? Quel est le don que tu possèdes pour que ces animaux te suivent ainsi, sans t'attaquer ?

– Je l'ignore. Ils sont avec moi depuis deux jours. Et je ne sais pas pourquoi.

– Tu es béni d'Allah, mon fils ! Et l'attitude de ces bêtes à ton égard prouve qu'Il te tient sous Sa sainte protection ! Dieu est grand ! Viens te recueillir avec moi, nous devons Le remercier !

– Je ne suis pas pieux. Du moins, je ne crois pas aux mêmes choses que toi. Prie sans moi, s'il te plaît.

L'Initié était bouleversé. La scène à laquelle il assistait relevait du prodige. Il ne doutait pas que Balthus eût été envoyé pour le guider et le sauver du désespoir. Il passa l'heure suivante à remercier son Créateur.

Le soir commençait à tomber. Balthus avait entaillé le tronc du baobab afin d'en recueillir un peu d'eau. L'Initié priait à quelques pas de lui, tandis que les animaux s'étaient éloignés, chacun cherchant son repas aux alentours. C'est alors qu'un bruit incongru se fit entendre parmi tous ceux que la faune et la flore produisaient et qui étaient devenus pour Balthus l'hymne quotidien de ses fins de journée. Il reconnut ce bruit immédiatement et en conçut une légère contrariété. Qui venait ainsi les troubler à bord d'un véhicule motorisé ? À ses côtés, l'Initié finissait ses prières, il n'avait encore rien remarqué. Le lycaon dressait l'oreille et les singes grimpèrent dans les arbres.

– Quelqu'un approche, nous devrions nous cacher, conseilla Balthus au prédicateur.

– Je ne me dissimule pas de Dieu, pourquoi me cacherais-je des hommes ? rétorqua celui-ci. Dieu me protège.

Balthus lui répondit par un sourire, satisfait que l'Initié restât aussi serein que lui.

– Nous verrons bien qui sont ces voyageurs, ajouta-t-il.

Le véhicule déboula par la piste, les dépassa, puis stoppa brusquement sa course. Les antilopes effrayées déguerpirent en toute hâte, et le buffle s'enfonça dans les bosquets. Trois hommes sortirent du pick-up, armes à la main. Le front ceint d'un bandeau noir, ils portaient des tenues militaires. Balthus reconnut aussitôt les djihadistes de Boko Haram. Le plus massif des trois s'approcha d'un pas nerveux, fixant des yeux l'Initié.

– Par la grâce du Prophète, c'est mon jour de chance ! Voilà que je tombe directement sur cet hérétique d'Amadou

Diallo ! Celui qui se prend pour un prédicateur et un saint !

Balthus se leva sans brusquerie. Trois fusils-mitrailleurs se dirigèrent vers lui.

– Et toi ? Qui es-tu ? Son talibé ? demanda l'homme.

– Non. Je suis un soldat camerounais, et je recherche une compatriote perdue dans la région.

– Mais je suis vraiment béni ! Allah m'offre sur un plateau deux ennemis pour le prix d'un !

– À toi de te présenter, étranger, répliqua Balthus.

Sa voix ne trahissait nulle crainte, nulle tension.

– Moi ? Mais je suis celui qui est envoyé pour nettoyer la brousse de charognes dans ton genre ! Tu vois ce faux prédicateur ? Je le pourchasse depuis des mois ! Je ne pensais plus réussir à lui mettre la main dessus. Heureusement, des paysans ont signalé sa présence dans le coin.

– Et pourquoi le cherches-tu ?

– Tu crois vraiment que je vais satisfaire ta curiosité, fils de chien ?

– J'ai le droit de savoir pour quelle raison tu comptes mettre fin à mes jours et à ceux de cet homme, répondit Balthus avec un sourire franc sur le visage.

À côté de lui, l'Initié récitait silencieusement ses prières. Il acceptait son sort et se préparait à mourir dignement. Pour lui, la mort ne signifiait pas la fin, mais le début d'une vie de félicité aux côtés du Créateur. Il savait que le destin de tout un chacun sur terre était transitoire et que le meilleur restait à venir auprès d'Allah. Il connaissait cette vérité depuis toujours et avait dirigé son existence en fonction de cette perspective. La mort méritait donc d'être accueillie avec respect. Certes, il regrettait de ne pas avoir pu découvrir la porte menant à cette belle cité où il promettait à ses fidèles le bonheur et la joie, mais tout cela n'avait désormais plus d'importance. La cité où il serait d'ici quelques minutes valait toutes celles que les hommes avaient érigées au cours des siècles et celles qu'ils érigeraient dans les temps futurs. La foi annihilait sa peur de mourir, et, en son for intérieur, il s'en étonnait.

– Tu as raison, soldat, déclara l'homme armé après un silence. Tu as le droit de savoir pourquoi et par qui tu vas mourir. Comme ça, quand tu iras en enfer, tu informeras les démons qu'il existe sur terre un homme du nom de Moustapha Abba. Et qu'Allah l'a chargé d'éliminer Ses ennemis. Je suis le combattant de Dieu !

Le chef djihadiste venait d'enclencher son arme et s'apprêtait à mettre en joue ses victimes. Il tourna la tête pour donner l'ordre à ses deux compagnons, positionnés derrière lui, de ne pas tirer. Lui, et lui seul, exécuterait l'hérétique et l'infidèle. Son mouvement l'empêcha de voir bondir le léopard surgissant d'un buisson et qui d'un coup de griffe lui trancha la gorge. Au même moment, une pluie de pierres tombée de l'arbre où s'étaient réfugiés les singes s'abattit sur les crânes des deux autres djihadistes tandis que les trois lycaons se ruaient sur eux. L'un des hommes eut le temps de lâcher une rafale de mitraillette avant de succomber. Balthus avait eu le réflexe de plonger au sol, entraînant avec lui l'Initié. La scène n'avait pas duré plus d'une demi-minute. Quand ils se relevèrent, Balthus et le guide se retrouvèrent face à trois cadavres. Et l'instant suivant, Balthus comprit qu'il venait aussi de perdre le lien précieux et unique qu'il avait construit avec la nature. Son fidèle lycaon gisait à terre, atteint par la folie meurtrière d'un démon sanguinaire. Ce fut pour lui un choc. La beauté de la nature, sa pureté, s'évanouissait sous ses yeux.

Depuis qu'il s'était enfoncé au cœur de la brousse, Balthus vivait un rêve éveillé dans lequel il pensait avoir échappé à cet incessant questionnement sur le sens de la vie qui l'obsédait depuis la mort de Landry. Il n'était plus cet homme errant et perpétuellement insatisfait, porteur d'un fardeau qui le conduisait à sa perte. Son expérience dans la nature avait mis fin à ses affres, lui permettant de comprendre où était sa place. La simplicité des décisions et des choix qu'elle imposait l'avait soulagé. Seuls existaient l'instant présent et la nécessité de satisfaire les besoins primaires de boire et de manger. L'ordre des choses était immuable, et les passions humaines étaient absentes de cet univers clos. Mais la mort du lycaon effaçait ce qui n'était qu'une illusion, lui rappelant le tragique de sa condition. En proie à un désespoir infini, le capitaine tomba à genoux devant l'animal, le souleva et le serra contre lui. Son sang coulait sur ses mains et sur ses bras.

L'Initié le regardait sans comprendre ce que ressentait Balthus. Il eut envie de le consoler, mais s'en abstint. Ses paroles eussent été vaines face à la douleur du garçon. En homme pieux, il eut aussi une pensée pour les trois vies qui venaient de disparaître. Il récita les prières aux morts et entreprit de leur préparer une tombe. On ne laisse personne, pas même ses ennemis, sans sépulture. Il fit enfin un trou plus petit pour le chien sauvage.

Œcuménisme

Frances et Wendell avaient passé la nuit à bord de la voiture, en contrebas de la piste, cachés par la végétation. La rosée de l'aube avait revigoré leur détermination et rafraîchi le teint de Frances qui paraissait chaque jour plus belle aux yeux de Wendell. Ils s'étaient promis d'atteindre Maiduguri avant le coucher du soleil. La jeune Américaine avait voulu prendre le volant, désireuse d'éprouver la sensation de conduire à travers la brousse. Ils parlaient peu. Après de longues heures de piste, ils débouchèrent au creux d'un vallon colonisé par des buissons. L'air s'adoucissait. Wendell fut le premier à voir le campement. Ils crurent être arrivés aux abords d'un village et le jeune homme demanda à Frances d'arrêter la voiture. Bien qu'aucune maison ne fût visible, il y avait là des dizaines de personnes occupées à diverses tâches. Il descendit de l'habitacle, suivi par Frances. Des cris menaçants les assaillirent aussitôt. Rapidement, un petit groupe d'hommes et de garçons armés de bâtons les encercla. Wendell leva les mains et conseilla à Frances de se rapprocher de lui. Il regrettait d'être sorti du véhicule de façon aussi imprudente. Un homme d'une trentaine d'années se détacha et avança vers eux, la mine intriguée. Il fut bientôt rejoint par une fille aux cheveux hirsutes. Ils n'avaient pas l'air hostiles, mais simplement méfiants, ce qui rassura quelque peu Wendell. Frances déclina son identité et expliqua la raison de leur présence en ces lieux. Elle était émue, et voyant que l'homme et la jeune fille semblaient intéressés par son récit, elle résuma l'épopée qui les avait amenés du Libéria, à travers l'Afrique de l'Ouest, jusque dans l'État de Borno. Puis elle présenta le pasteur Wendell à ses côtés. Elle s'était prudemment abstenue d'évoquer sa mission évangélisatrice et son projet de convertir les musulmans.

– En somme, vous êtes des pèlerins ? demanda le garçon aux yeux méfiants.

– Oui, nous sommes des pénitents, plus précisément, mentit Frances.

– C'est aussi notre cas. La jeune fille qui est à côté de moi s'appelle Tina. Moi, je me prénomme Idriss. Nous allons vers le nord. Enfin, nous voulions nous y rendre… mais nous aussi nous sommes perdus. Notre guide spirituel a disparu.

– Nous sommes donc tous perdus et nous pourrions peut-être nous aider mutuellement, proposa Wendell qui intervenait pour la première fois.

– Cela dépend, releva Tina, sur ses gardes. Beaucoup de gens sont intolérants dans ce pays. Certains chrétiens n'aiment pas les musulmans.

– L'inverse est tout aussi vrai, fit remarquer Frances.

– Alors de quel bois êtes-vous faits ? demanda Idriss. De celui dont on construit des croix pour sacrifier les païens ou du bois qui sert à chauffer le repas que l'on partage avec les voyageurs ?

– Et vous ? répliqua Wendell. Êtes-vous de ces fondamentalistes qui tuent par plaisir les chrétiens, ou au contraire de pieuses personnes qui chérissent la vie que le Créateur a généreusement octroyée ?

Idriss se détendit. Il appela ses camarades et certains vinrent saluer les deux visiteurs. Frances et Wendell furent mis au courant des détails de leur pèlerinage et des circonstances étranges de la disparition de l'Initié. Ils firent aussi la connaissance de Laya, qui plut immédiatement à Frances, ainsi que d'Issa, écrasé sous le poids de la culpabilité. Ils passèrent un long moment ainsi. Idriss et Tina se disaient que leur maître aurait été satisfait de les voir accueillir des infidèles et se montrer hospitaliers et compréhensifs avec eux. Frances souriait aimablement. Cependant, elle arborait un air pensif qui intriguait Wendell.

– J'ai l'impression que tu as une idée en tête, lui dit-il, profitant d'un moment où ils pouvaient discuter sans être entendus.

– Leur guide les a abandonnés pour des raisons que j'ignore, et ils semblent désemparés comme s'il était parti en emportant leur confiance et leur foi.

– Qu'est-ce que tu veux dire ?

– Je pense qu'ils ne savent plus à quel saint se vouer ! Peut-être pourrions-nous essayer de leur parler du Christ ?

– Tu veux les convertir ? demanda Wendell.

– Non, peut-être pas… mais au moins, les orienter.

Frances attendit l'heure de la prière. Elle alla voir Tina qui se préparait à rendre grâce à Dieu, et se proposa de se joindre à elle. Surprise, la jeune fille n'osa pas refuser. Qui défendrait la prière à une sœur, fût-elle mécréante ? Idriss et les autres pèlerins observaient la scène de loin. La femme blanche se tenait debout, les mains jointes, la tête baissée. Elle chuchotait une litanie chrétienne qu'ils ne pouvaient comprendre. Soudain, Frances tomba à genoux. Son visage levé vers le ciel présentait une pâleur extrême. Des larmes apparaissaient au coin de ses yeux, ses lèvres tremblaient. Les femmes qui terminaient leurs invocations échangèrent des regards étonnés. Un murmure monta au sein du petit groupe. Bientôt, les hommes, alertés par l'agitation dans les rangs des femmes, s'approchèrent. Tous observèrent Frances, à genoux, et le visage en pleurs. La blancheur de sa peau inondée de soleil semblait renvoyer une lumière surnaturelle. Elle se mit à chanter d'une voix douce un vieux cantique luthérien que lui avait appris son père. La scène s'avérait particulièrement déconcertante. C'est alors qu'un phénomène vint plonger certains des pèlerins dans le trouble le plus profond. Une brume envahit le ciel, dessinant autour du soleil un arc que les Sahéliens connaissent bien puisque généralement ce type de manifestation annonce avec quelques jours d'avance le début de la saison des pluies. En cet instant, l'arc-en-ciel aux allures miraculeuses produisit un effet sensationnel sur les âmes pieuses réunies autour de Frances. Celle-ci acheva son cantique dans un silence respectueux. Tina l'aida à se relever et la prit dans ses bras, la serrant longuement contre sa poitrine. Frances pouvait sentir son cœur battre. Elle se dit qu'elle venait de remporter la partie. Wendell s'approcha à son tour, et lui murmura à l'oreille :

– J'ignorais que tu chantais si bien.

Frances lui sourit d'un air faussement timide avant de se réfugier dans l'habitacle de la voiture pour cacher son émotion. Wendell la rejoignit.

– Peux-tu m'expliquer ce qui se passe, Frances ?

– J'aimerais vraiment aider ces pauvres gens à trouver la voie du salut.

– Je ne vois pas comment nous pourrions les secourir. Et puis je te rappelle que la zone est dangereuse et que nous ne savons pas grand-chose sur ces personnes. Si tu veux mon avis, nous ferions mieux de gagner Maiduguri au plus vite.

– Wendell, je peux encore reconnaître un croyant quand j'en croise un. Ces pèlerins sont des âmes pieuses qui ont perdu leur boussole. Nous pourrions les aider à trouver le chemin de Dieu.

– Et pourquoi accepteraient-ils ?

– Tu as vu leurs têtes pendant que je chantais ? Ils sont prêts à me suivre, j'en suis convaincue.

– Les miracles, vrais ou faux, ne résolvent pas tout. Et c'est une insulte que tu fais au Seigneur.

– L'Éternel attend de moi que je convertisse les hommes !

Elle ressortit de la voiture, coupant court à ce débat, et se dirigea vers Idriss, en grande discussion avec les plus âgés des pèlerins. Elle leur demanda respectueusement la permission de leur exposer l'idée qu'elle venait d'avoir. Idriss eut une sorte de rictus à mi-chemin entre l'incrédulité et la répulsion en l'écoutant formuler son projet. Il rejoignit ses compagnons et leur résuma les propos de l'Américaine. Elle voulait prendre la place de l'Initié et les conduire vers la cité du nord dont parlait le maître. À peine eut-il terminé que ce fut une bronca suivie de paroles tumultueuses. Les regards devinrent des piqûres de guêpes. Idriss se tourna vers Frances.

– Vous ne pouvez pas devenir notre guide. Et je ne comprends pas comment une telle idée a pu naître dans votre esprit. Vous n'êtes pas musulmane. Le seriez-vous que cela ne suffirait pas. Nous sommes peut-être seuls et abandonnés, mais notre Dieu nous protège et nous soutiendra comme toujours. Vous ne pouvez pas nous aider. Personne ne le peut.

Frances acquiesça prudemment et revint vers Wendell.

– Tu avais raison. On ne peut pas tout résoudre avec des miracles.

Vocations

Les corps avaient été ensevelis, les prières avaient été dites. L'Initié marmonnait. Il prêchait pour lui-même, interprétant pour la millième fois des sourates qu'il connaissait par cœur, cherchant à y percer des secrets qu'il n'aurait pas encore découverts. Il se lançait aussi d'innombrables injonctions, se réprimandait pour son manque de courage, pour n'être pas resté en compagnie de ses fidèles afin de tenter de les ramener à Dieu. Il passa ainsi un long moment d'introspection, désemparé et seul. La folie n'était pas loin, et il avait cru à plusieurs reprises apercevoir les remparts de cette cité magnifique qu'il avait cherchée des années durant, celle où les hommes de foi pourraient enfin prier en toute quiétude. Mais son esprit se moquait de lui. Sans qu'il s'en rende compte, il tournait en rond dans la savane aride et rien ne l'effrayait davantage que la perspective de s'arrêter. Il lui fallait poursuivre sa route pour la simple raison que l'immobilité lui aurait été fatale. Il annonça donc à Balthus qu'il allait partir. Il lui proposa même de l'accompagner. Non qu'il désirât un nouveau compagnon ou un fidèle, mais ce jeune homme inconsolable et orphelin d'une partie de lui-même lui inspirait de la pitié.

Ce que recherchait Amadou Diallo ne pouvait se comparer avec ce à quoi aspirait Balthus, ni avec ce qu'il espérait devenir. Le premier était en quête d'un idéal religieux, d'une mystique que certains hommes de son pays avaient rejetée au profit d'une lutte sanguinaire, dévoyant les textes sacrés, les dépouillant de leur dimension spirituelle pour les utiliser à des fins de domination. Le second espérait découvrir sa nature profonde. Il ne croyait pas en Dieu, se méfiait des systèmes politiques et philosophiques. Il avait compris au cours de ces derniers jours qu'il pourrait passer sa vie à chercher une réponse sans jamais la trouver parmi les hommes. Car la solution était là, devant lui, elle s'offrait à ses yeux dans le reflet du soleil sur la cime des arbres, dans les jappements joyeux des lycaons rassasiés, dans l'eau claire d'une source sortant du flanc de la colline. L'explication aux questions que posait la vie était la vie elle-même.

Ces deux hommes aussi dissemblables que le ciel et la terre n'auraient pu cheminer longtemps ensemble. L'absolu qui guidait leurs pas n'aurait pas suffi à les faire marcher dans la même direction. Ils prirent donc deux routes différentes, se séparant au terme d'une chaleureuse accolade et après avoir chacun souhaité à l'autre qu'il trouvât la paix et le bonheur. Balthus partit vers le nord, l'Initié s'en alla vers le sud-ouest selon le cercle tracé par son esprit.

Balthus Kouémé n'avait plus d'ennemis ni de quête. Laya était désormais libre, elle saurait sans doute se débrouiller sans lui. Ce qui importait maintenant était de continuer à suivre l'exemple que lui montrait la nature, de se livrer à une contemplation respectueuse de ses miracles permanents. Les hommes faisaient partie de ces curiosités prodigieuses. Au même titre que les poissons volants et les rapaces nocturnes, ils constituaient des bizarreries, tantôt singulières comme cet imam perdu dans le labyrinthe de ses fantasmes, tantôt dangereuses comme ces fous de Dieu. La sélection naturelle travaillait à éliminer les plus néfastes et les plus incongrues. Il suffisait de patienter, d'observer, d'aimer la vie. Et plus important encore, il lui fallait trouver comment combler ce vide en lui. La disparition de son lycaon l'avait bouleversé, mais au fond, cette mort était tout ce qu'il y avait de naturel. Le cycle de l'existence, le phénomène de prédation, la vie et la mort. Tout était lié. Tout était respectable. Tout était logique.

Renoncements

Laya observait Issa en se disant qu'elle s'était trompée. Elle ne s'était pas éprise de ce garçon, même si elle avait cru le contraire. Son histoire l'avait touchée, ses sourires l'avaient charmée, ses fragilités lui avaient plu. Mais ce n'était pas de l'amour. Peut-être le désir de l'amour, mais pas l'amour en soi. Issa avait des qualités, il avait aussi beaucoup de freins, de préjugés, de barrières. Or, Laya n'avait pas besoin d'entraves supplémentaires, elle cherchait justement à se délester de tout ce qui pouvait l'empêcher d'avancer. Elle avait vu en Issa la figure vivante de la liberté, voltigeant de ville en village, arpentant les chemins au service d'un prêcheur respectable et digne. Finalement, le jeune homme n'était qu'un enfant prisonnier d'un monde violent, englué dans les toiles maléfiques tissées par de sombres araignées. Il se débattait et cherchait à s'en défaire, et pour cela Issa méritait son admiration, cependant il n'était pas celui qu'elle aurait souhaité épouser un jour. Dans son village, toutes les filles de son âge songeaient au mariage. La plupart savaient d'instinct que ce ne serait pas une sinécure. Le mariage était une soumission au patriarcat. L'époux avait tous les droits sur sa femme, et s'il était violent, méprisant ou simplement mauvais, la vie devenait rapidement un enfer. Tous les hommes n'étaient pas aussi bons que son père, et Laya ne voulait pas prendre ce risque. Sa nouvelle vie comportait son lot de dangers. Être une jeune fille libre et indépendante signifiait s'exposer au rejet et à la violence, mais au moins, elle avait le choix de partir, la possibilité de se battre.

Et puis l'Américaine avait débarqué avec son drôle de compagnon libérien au sourire doux et au regard profond. En les observant, Laya s'était demandé ce qui unissait cet attelage si disparate, mais finalement cela ne la concernait pas. Ils avaient l'air de bien s'entendre. Lui, surtout, semblait très amoureux. Il fallait reconnaître que la femme blanche était plutôt jolie avec ses cheveux bruns, son teint bronzé, son nez fin et ses yeux bleus. Laya n'avait pas bien compris ce qu'ils fichaient en pleine brousse. Mais peu importait, ils étaient là, et leur présence lui offrait une occasion inespérée. Car elle était bien décidée à quitter le groupe et à partir ailleurs tenter sa chance. Si ça ne marchait pas, elle pourrait toujours rentrer au Cameroun. Elle n'avait ni argent ni métier, elle avait simplement du courage et de l'ambition. Le mot intrépide qu'avait un jour employé Idriss à son sujet lui convenait. Elle se voyait depuis comme une personne vaillante. Finalement, cette longue errance dans la brousse avait conforté ses choix et renforcé sa détermination. Elle n'avait que faire d'une vie de paysanne, de femme au foyer, elle n'avait que faire de la religion. Elle n'était pas née pour ça, c'est ce que lui avait dit sa grand-mère dont chacun savait au village qu'elle possédait des dons de divination. « Il n'est pas plus inconcevable de pouvoir lire l'avenir que de pouvoir lire ses souvenirs, si l'on y réfléchit, lui avait-elle expliqué mystérieusement un jour. Il suffit de savoir comment s'y prendre. » Laya avait découvert son avenir, et il n'y était nullement question de troupeaux, de champs, de religion et de mari. Elle n'y avait certes pas vu d'Américaine non plus, mais ce n'était pas là l'essentiel.

Laya se rapprocha d'Issa. Elle devait avoir une drôle de mine car il la regarda d'un air étonné.

– Je dois t'annoncer quelque chose, lui dit-elle d'emblée avec son habitude de ne jamais tourner autour du pot.

– Quoi ?

– Je vais partir avec les deux étrangers. L'Américaine et le Libérien… Du moins s'ils sont d'accord pour que je les accompagne.

– Hein ? Mais tu ne peux pas faire ça ! C'est insensé !

Issa avait un air affolé qui le rendait encore plus enfantin aux yeux de Laya.

– Pourquoi donc ? Qu'est-ce qui m'en empêche ?

– Je ne sais pas, moi… rien, en fait. Mais est-ce que tu as pensé à nous ?

– À qui « nous » ? À toi ? Oui, j'y ai pensé. Tu te débrouilleras bien sans moi. Tu es un grand garçon.

Issa baissa la tête. Il avait l'air triste. Laya était troublée.

– Comprends-moi, Issa. Je ne vais pas passer encore des semaines à errer sans but dans la brousse. Ce n'est pas ce que je veux.

– Tu veux rentrer chez toi ?

– Non. Je veux aller vers le sud… ou vers le nord. Rentrer au Cameroun, ou aller ailleurs… Mais pas chez moi.

Issa se taisait.

– Et toi ? reprit la jeune fille. Qu'est-ce que tu comptes faire maintenant que le maître est parti ?

– Je… Je ne sais pas… Je crois que je vais continuer comme avant. Je vais protéger les autres. Après tout, c'est ce qu'il voulait que je fasse et c'est pour cela qu'il m'avait proposé de le suivre. Je vais lui obéir. Il reviendra peut-être, tu sais.

Laya se rapprocha d'Issa et le serra contre sa poitrine. Elle était émue mais ne voulait pas trop le montrer ni s'attarder dans les bras de son ami, de peur que le regard d'Issa la fasse changer d'avis. La pitié peut amener à des erreurs de jugement. Elle s'éloigna d'un pas lent et tourna le dos au jeune garçon. Il lui fallait avertir Idriss et Tina de sa décision. Mais avant cela, elle devait aussi convaincre les deux étrangers de l'emmener avec eux.

Frances avait souri en écoutant Laya. La jeune fille était belle, fraîche et déterminée. Elle ne voulait plus de cette vie d'errance et souhaitait les suivre, elle et Wendell. Elle lui avait dit qu'ils allaient vers Maiduguri et qu'ils ne verraient pas d'objection à la déposer là-bas. Si elle avait besoin d'aide une fois arrivée, une congrégation religieuse pourrait l'héberger. Et si elle voulait descendre vers le sud, ils se feraient un plaisir de voyager avec elle. Les deux femmes s'étaient serré la main, l'affaire était entendue.

Frances regardait Laya faire ses adieux à ses amis. C'était comme si elle observait le groupe de pèlerins pour la première fois. L'émotion sur leurs visages, leurs mots apaisants et leurs remerciements sincères. Ils se séparaient comme des personnes respectueuses et attentionnées. Frances jalousait presque cette bonté et cette simplicité. Elle aurait voulu, elle aussi, se sentir proche de quelqu'un. Mais avait-elle été capable, jusqu'alors, d'actes aussi purs et aussi beaux ? Peut-être tout ceci serait-il possible avec Wendell ? En elle, une mue s'opérait. Elle ne se demandait plus si Dieu l'avait abandonnée, ou même jamais écoutée, elle acceptait son sort. La religion se limiterait désormais pour elle à ce décret évangélique qu'elle avait souvent entendu : « Dieu réside en toutes choses et en toutes créatures. » Elle y ajoutait cependant ce codicille en forme de question : « À quoi cela sert-il ? » Elle connaissait désormais la réponse.

Wendell arriva et lui prit la main. Elle lui sourit, s'efforçant de mettre dans cette expression toute sa bonté et tout son amour.

– Que faisons-nous maintenant ?

– Nous allons à Maiduguri, comme prévu. Et ensuite nous rentrons à la maison.

– La maison ? Quelle maison ?

– Celle que nous allons construire à deux, mon cher !

Wendell posa un doigt sur sa cicatrice et la massa doucement pendant quelques secondes. Il la fixa d'un air surpris et ravi à la fois.

– Alors, dépêchons-nous. Nous avons suffisamment perdu de temps !

Après avoir longuement salué leurs hôtes, ils embarquèrent avec Laya à bord de leur véhicule. Frances s'installa au volant et démarra dans un petit nuage de poussière. La voiture bifurqua vers l'ouest et grimpa sur une butte couverte d'herbes hautes. Plus loin en contrebas, à l'endroit où deux pistes se croisaient, Frances aperçut un homme entouré d'animaux, marchant d'un pas lent derrière un buffle. Elle ralentit, à la fois pour éviter l'accident car la piste était étroite, mais aussi par curiosité. L'homme leur adressa un geste de la main. Wendell lui rendit son salut. Laya, assise à l'arrière, ouvrit la vitre pour mieux le regarder. Alors que la voiture s'éloignait, elle entendit, ou plutôt crut entendre, le voyageur prononcer quelques mots improbables : « Fais bonne route, Laya ! Et profite de ta liberté ! » Elle avait dû mal comprendre, comment cet homme pouvait-il connaître son prénom ? Elle pencha néanmoins la tête par la fenêtre pour lui répondre. Le vent fouettait son visage, l'air était doux et le soleil encore clément ; Laya se sentait heureuse. Tandis que la voiture reprenait de la vitesse, elle lança à l'adresse de ce curieux berger :

– Bonne route à toi aussi, et que Dieu te protège, ainsi que tes animaux !

Merci pour son indéfectible soutien à ma chère Kidi Bebey.
Merci également au photographe Mabeye Deme, dont le talent illumine ce livre.